李敬一 ◎ 著

壮哉唐诗

图书在版编目（CIP）数据

壮哉唐诗 / 李敬一著. — 北京：商务印书馆，2024
（2024.11 重印）
ISBN 978-7-100-23213-5

Ⅰ.①壮… Ⅱ.①李… Ⅲ.①唐诗—诗歌研究
Ⅳ.① I207.227.42

中国国家版本馆 CIP 数据核字（2023）第 215081 号

权利保留，侵权必究。

壮哉唐诗

李敬一 著

商 务 印 书 馆 出 版
（北京王府井大街36号 邮政编码100710）
商 务 印 书 馆 发 行
北京市白帆印务有限公司印刷
ISBN 978-7-100-23213-5

2024年4月第1版　　开本 880×1230　1/32
2024年11月北京第2次印刷　印张 11 3/4

定价：69.00 元

目录

第一讲 唐诗之盛

一、唐诗——中华民族的文化名片 …… 002

二、唐代,哪些人在写诗? …… 005

三、唐诗,大约有多少首? …… 022

四、诗歌,为什么鼎盛于唐朝? …… 023

第二讲 唐诗之美

一、唐诗之境界崇高 …… 038

二、唐诗之语言精美 …… 047

三、唐诗之形式多样 …… 054

第三讲 初唐诗人的人生感悟

一、华美的初唐诗歌 …… 058

二、「年年岁岁花相似，岁岁年年人不同」
——刘希夷「红颜」与「白头」之叹 …… 063

三、「江畔何人初见月？江月何年初照人？」
——张若虚「宇宙」与「人生」之辨 …… 068

四、「前不见古人，后不见来者」
——陈子昂「古人」与「来者」之怨 …… 074

第四讲 盛唐诗人的壮烈情怀

一、旗亭画壁 …… 080

二、盛唐气象 …… 084

三、「未得报恩不得归」
——李颀《古意》 …… 088

四、「功名只向马上取」
——岑参的边塞诗 …… 091

五、「纵死犹闻侠骨香」
——王维的豪壮 …… 095

目录

第五讲　仰天长啸的诗仙李白

一、学文习武少年志 …… 101
二、辞亲远游十七年 …… 102
三、蹉跎岁月长安道 …… 106
四、两番投军留遗恨 …… 112
五、直抒胸臆唱千古 …… 114
六、清水芙蓉咏蛾眉 …… 119
七、亲下傲上真君子 …… 122
八、谪仙亦是酒中仙 …… 127
九、学士吟诗讽杨妃 …… 129
十、别样李白能击剑 …… 132

第六讲　悲天悯人的诗圣杜甫

一、浪漫少年 …… 136
二、残杯与冷炙 …… 139
三、穷年忧黎元 …… 147
四、一棵枣树 …… 153
五、诗圣之死 …… 155

第七讲　中唐诗歌与元稹悼亡

一、「中唐之再盛」
——精美的中唐诗歌 …… 160

二、从美男子潘安与悼亡诗说起 …… 169

三、「贫贱夫妻百事哀」
——元稹哭妻 …… 170

第八讲　「沉舟侧畔千帆过，病树前头万木春」
——刘禹锡的讽喻诗

一、刘白对诗 …… 180

二、变革者的歌唱 …… 183

三、玄都观桃树的故事 …… 186

四、乌衣巷口咏史 …… 188

五、多情刘郎 …… 189

第九讲　白居易与《长恨歌》

一、口舌成疮，手肘成胝 …… 194

目录

二、惟歌生民病，愿得天子知 …… 196
三、此恨绵绵无绝期 …… 202
四、同是天涯沦落人 …… 211
五、花非花，雾非雾 …… 214

第十讲 险怪派与『鬼才』李贺

一、一群失意人，一个险怪派 …… 218
二、『雄鸡一声天下白』
　　——少年李贺的『心事』 …… 227
三、『石破天惊逗秋雨』
　　——唐代最『怪』的音乐诗 …… 232
四、『天若有情天亦老』
　　——李贺怀古 …… 235

第十一讲 『满城尽带黄金甲』
　　——黄巢与晚唐诗歌

一、凄美的晚唐诗歌 …… 240

二、晚唐小诗集锦 …… 252

三、黄巢咏菊 …… 257

第十二讲　杜牧对历史的反思

1、「铜雀春深锁二乔」
—— 杜牧笔下的赤壁大战 …… 262

2、「赢得青楼薄幸名」
—— 多情杜郎诗 …… 274

3、「鸳鸯相对浴红衣」
—— 杜牧在黄州 …… 279

第十三讲　『无题』诗人李商隐

1、「无端嫁得金龟婿」
—— 李商隐的婚姻与政治 …… 286

2、「心有灵犀一点通」
—— 李商隐无题诗的奥秘 …… 291

3、「夕阳无限好，只是近黄昏」
—— 李商隐的晚唐之叹 …… 301

第十四讲 中秋节与咏月诗词

一、"今人不见古时月，今月曾经照古人"
——月亮与历史 …… 308

二、"海上生明月，天涯共此时"
——月亮与人情 …… 312

三、"但愿人长久，千里共婵娟"
——月亮与中秋 …… 318

第十五讲 屈原与端午节

一、端午故事 …… 328
二、屈原传奇 …… 331
三、楚辞之花 …… 339
四、屈子精神 …… 352

再版后记 …… 357

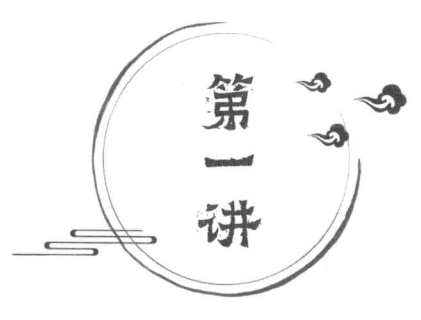

第一讲

唐诗之盛

一、唐诗——中华民族的文化名片

唐诗是中华民族一份珍贵的文化遗产,是中国乃至世界文学艺术宝库中一颗璀璨的明珠,是中国人的骄傲。就像英国人为莎士比亚自豪、法国人为雨果和巴尔扎克自豪、德国人为歌德自豪、俄罗斯人为普希金和托尔斯泰自豪一样,中国人与世界各民族交往,会自豪地告诉别人:我们的唐诗,我们的李白、杜甫……。

所以,唐诗是中华民族的一张精美的文化名片。它宣示着我们民族历史的悠久、文明的发达和艺术的精美!作为中华儿女,你不一定要做唐诗研究的专家,但你一定要继承这一份宝贵遗产,要诵读几首唐诗,品鉴几首唐诗,从而丰富自己的知识结构,提高自己的文化品位,改善自己的生活质量,增强自己的交际能力。

事实上,唐诗不仅属于过去的时代,而且在今天依然有着鲜活的生命力,它从不同侧面融进当今的社会生活中。比如说,报道某次少儿诗词朗诵比赛,某报的标题是《桐花万里丹山路,雏凤清于老凤声》,用的是晚唐李商隐的诗;报道某国领导人竞选,前任领导人上次落选,此次再度上台执政,我通讯社的标题是《前度刘郎今又来》,用的是中唐刘禹锡的诗;报道老百姓生活水平提高,新的家用电器或汽车进入普通家庭,报纸喜用的标题是《旧时王谢堂前燕,飞入寻常百姓家》;报道社会改革开放

第一讲 唐诗之盛

进程时，报纸常见的标题是《请君莫奏前朝曲，听唱新翻杨柳枝》《沉舟侧畔千帆过，病树前头万木春》等（以上三句均为刘禹锡诗）。又如社会上的流行歌曲"昨日像那东流水，离我远去不可留；今日乱我心，多烦忧。抽刀断水水更流，举杯消愁愁更愁，明朝清风四飘流"，唱的是盛唐李白的《宣州谢朓楼饯别校书叔云》："弃我去者，昨日之日不可留；乱我心者，今日之日多烦忧。长风万里送秋雁，对此可以酣高楼。蓬莱文章建安骨，中间小谢又清发。俱怀逸兴壮思飞，欲上青天揽明月。抽刀断水水更流，举杯销愁愁更愁。人生在世不称意，明朝散发弄扁舟。"还有"月落乌啼，总是千年的风霜；涛声依旧，不见当初的夜晚"，化用的是中唐张继的《枫桥夜泊》："月落乌啼霜满天，江枫渔火对愁眠。姑苏城外寒山寺，夜半钟声到客船。"再如旅游，不拘小节者会带一把小刀，在旅游景点里刻几个字——"×××到此一游"，真是大煞风景；稍有文化者会带一部相机，或用手机在景点里拍几张含有特殊标志的照片，以示曾经到过某景点，其实也不过是"到此一游"而已；高品位的应该欣赏景点文化。每个旅游景点除了自然景观之外，更重要的是人文景观。因为，仅从自然景观方面看，很难判断这个景点是否是美的，美不美需结合各地的风俗人情、各人的主观感受来综合评价。比如说，你游黄鹤楼，看什么？看建筑，但大多数人不懂建筑美学。那就看文化，登上黄鹤楼，读一读楼上刻写的盛唐诗人崔颢的诗："昔人已乘黄鹤去，此地空余黄鹤楼。黄鹤一去不复返，白云千载空悠悠。晴川历历汉阳树，芳草萋萋鹦鹉洲。日暮乡关何处是？烟波江上使人愁。"这时，你会感到天地之浩茫、人生之渺小，会激励你抓住机会，建功立业。在黄鹤楼上，你还会读到李白的诗《与史郎中钦听黄鹤楼上吹笛》："一为迁客去长沙，西望长安不见家。黄鹤楼中吹玉笛，江城五月落梅花。"以及《黄鹤楼送孟浩然之广陵》："故人西辞黄鹤楼，烟花三月下扬州。孤帆远影碧空尽，惟见长江天际流。"又如游岳阳楼，你会读到一副对联：

一楼何奇？杜少陵五言绝唱，范希文两字关情，滕子京百废俱兴，吕纯阳三过必醉。诗耶？儒耶？吏耶？仙耶？前不见古人，使我怆然涕下。

诸君试看：洞庭湖南极潇湘，扬子江北通巫峡，巴陵山西来爽气，岳州城东道岩疆。潴者，流者，峙者，镇者，此中有真意，问谁领会得来？

其中"杜少陵五言绝唱"，就是指盛唐杜甫的《登岳阳楼》："昔闻洞庭水，今上岳阳楼。吴楚东南坼，乾坤日夜浮。亲朋无一字，老病有孤舟。戎马关山北，凭轩涕泗流。"这样的旅游，会使你增加许多历史、文化的内涵。

可见，唐诗与当今人们的社会生活息息相关，你甚至无法拒绝它，只有老老实实地接受它。比如老人可以读一读"莫道桑榆晚，为霞尚满天"（刘禹锡诗）、"天意怜幽草，人间重晚晴"（李商隐诗），中青年可以读一读"欲穷千里目，更上一层楼"（王之涣诗）、"会当凌绝顶，一览众山小"（杜甫诗），少年郎可以读一读"鹅、鹅、鹅，曲项向天歌。白毛浮绿水，红掌拨清波"（骆宾王诗）、"锄禾日当午，汗滴禾下土。谁知盘中餐，粒粒皆辛苦"(李绅诗)。一年四季,春花秋月,你很想写一首诗抒发一下自己的感受,但你可能写不出来。没关系,你可以读一读唐诗:"春江潮水连海平,海上明月共潮生。滟滟随波千万里,何处春江无月明。"(张若虚诗)"仲夏苦夜短,开轩纳微凉。"(杜甫诗)"秋风万里动,日暮黄云高。"(岑参诗)"停车坐爱枫林晚,霜叶红于二月花。"(杜牧诗)"晚来天欲雪,能饮一杯无?"(白居易诗)"夜深知雪重,时闻折竹声。"(白居易诗)……

正因为唐诗是民族的文化遗产,也正因为唐诗仍然"活"在我们的生活中,所以,学习唐诗是接受一次教育,承担一份责任,获取一种享受。其实,我们每一个人对唐诗也并非陌生,一般都读过几十首、上百首,也能脱口而出,背诵几首,但大多数人对唐诗的总体面貌、唐诗的艺术特征、唐诗的发展脉络、唐诗的作者和风格流派等,却知之甚少,这会影响我们对唐诗的思想艺术性的理解。大家知道,每一个时代总有它的文学特点,有那个时代特有的文学样式,唐诗就是唐代的"一代之文学"。所谓"一代之文学",就是代表那个时代的文学倾向、文学潮流、主要文学成就。而唐诗就是唐代标志性的文化,体现了大气磅礴、震古烁今的盛唐气象!

二、唐代,哪些人在写诗?

唐诗代表了唐代的文学潮流。说它能代表,自然会有一些特征,或者说一些标志,比如说诗人数量多,作品种类繁,风格流派丰富多彩，内容题材覆盖面广，写作艺术精湛、独特，等等。下面先跟大家聊聊唐代的诗人。

唐代有哪些人在写诗呢？稍作考察便知，在唐代，上至帝王后妃，下至村夫农妇，雅至文人学士，俗至文盲武夫，长至耄耋老人，小至垂髫少年，几乎人人能写，仿佛个个会吟。

我们先看一首诗，诗是这样写的：

> 疾风知劲草，板荡识诚臣。
> 勇夫安识义？智者必怀仁。

这是唐太宗李世民的诗，题目叫《赠萧瑀》。萧瑀，本是南朝梁政权的后裔，曾经在隋朝及唐高祖李渊手下做官。当李世民与兄弟争夺政权，在玄武门打得你死我活的时候，萧瑀坚定地站在李世民一边，可以说，他跟李世民的关系是经历了血与火的淬炼的，是共过患难、经得起历史考验的。当李世民得天下后，萧瑀也自然受到信任，成为重臣。

萧瑀之所以深受李世民喜爱，更深一层的原因是因为他为人耿介，为官清正。李世民曾评价萧瑀说："此人不可以厚利诱之，不可以刑戮惧之，真社稷臣也。"（《旧唐书·萧瑀传》）意思是说：萧瑀这个人，你很难用丰厚的利益引诱他，你打他、杀他，他都不怕，依然会坚持原则，这样的人才真正是国家的栋梁。

所以，萧瑀被唐太宗找画师画了像，挂在凌烟阁上。这个凌烟阁，在我们今天是个什么概念呢？大概相当于名人蜡像馆一类的，是国家功臣榜，所以说是很高的荣誉了。

第一讲 唐诗之盛

后来,萧瑀的官也一直做到宰相,并被封为宋国公,唐太宗送了一首诗给他,就是我们上面说的那首。"疾风知劲草,板荡识诚臣。""疾风知劲草"比较容易理解:只有在大风当中,才知道哪一种草、哪一棵树是吹不断、吹不弯的。"板荡识诚臣"中的"板荡"是什么意思呢?"板荡"不是板子在荡,"板"和"荡"是《诗经》里面两首诗的名字,因为《诗经》的这些诗是在社会动乱时期写的,所以后世就以"板荡"作为社会动乱的代名词,如"中原板荡,夷狄交侵"(岳飞语)。这里是说,板荡之中,才能知道谁是真正的忠臣。后面讲"勇夫安识义",是说一个人如果没有头脑,没有一点原则,不知道坚持真理,那就不过是一介勇夫,而一介勇夫是不知道大义的。"智者必怀仁",一个智者,一定怀着仁爱之心、仁义之德。

这首诗最有名的两句就是"疾风知劲草,板荡识诚臣",讲的是如何检验大臣对国家是否忠诚。在和平时期,大家都说我忠于祖国,但是真正是否忠于祖国、是否忠于这个政权,在社会动乱时才看得出来,大风大浪中,最能显示一个人的劲节。对国家是这样的,对朋友呢?对一个企业呢?对团队呢?也是这样的。平时大家都是哥们儿,喝酒吃肉,称兄道弟,全是酒肉朋友。只有到灾难来临时,或者当你陷入困顿时,才能知道谁平时说的话是发自肺腑的,谁是真正能和你共患难的。或者说,你在很顺利的时候,你可能朋友很多,当你不顺利的时候,当你遇到挫折的时候,那时候还有朋友,才是真朋友。

讲这首诗,主要是告诉大家,唐太宗李世民是能写诗的。其实,岂止是李世民能写,唐代的皇帝,差不多都是诗人,差不多每个人都有诗歌留下来。

我们再看一首诗：

> 明朝幸上苑，火急报春知。
> 花须连夜发，莫待晓风吹。

这首诗的题目叫《腊日宣诏幸上苑》。腊日，指腊月初八。农历的腊月初八是一年中最寒冷的时候，遍地银装素裹，百花凋谢，不可能有花开，但是这个人她非要去看花。"明朝幸上苑"，明天早上我要到上苑去看花。"上苑"指上林苑，皇家花园。"火急报春知"，火急火燎，十万火急，告诉春之神（主管百花的神）。告诉他什么呢？"花须连夜发"，百花一定要今天晚上连夜开放。"莫待晓风吹"，不要等到明天早上晓风吹来，她们才姗姗开迟。

大家可能会疑惑，敢这样写、能写出这样霸气诗歌的，是何许人也？原来是曾经被打发到长安感业寺削发为尼的武媚娘武则天。武则天先做后妃，后来当了女皇。这样的女人也能写诗，而且这首诗活脱脱一副女皇的口气。"花须连夜发，莫待晓风吹"，一个"须"字体现出了不可商量、不能改变、一定要照办的口气。百花必须为我而开，而且要准时开、快开，挨到明天早上都不行！读此诗可以感受作者那不可一世的气派：女皇的威仪、女强人的泼辣，当然也有人类驾驭自然的气魄。真可谓"非此人不能为此诗"！

而且据说百花真的连夜都开了，只有一种花抗旨不开，什么花呢?牡丹花。据说由于牡丹抗旨不开,武则天一气之下把她贬到洛阳去了,所以现在大家赏牡丹都到洛阳去。除了贬谪之外,还下令把它烧掉,烧成焦骨,只剩下个枝干,所以牡丹花中有一个名贵品种叫"焦骨牡丹"。

武则天能写诗。我们说这首诗表现了一位女皇、一位后妃那种居高临下的口气,可能有人会详加追究:百花到底有没有为她而开?牡丹到底是不是被她贬到洛阳?其实,诗歌就是诗歌,文学就是文学,你别把它太当真,不要以为都是这样的,甚至也不要以为她就是在用帝王的口气。你说她是帝王口气,她说我没有这么个想法,是你们读诗的强加于我头上的;你说她没有,她可能又会说你太浅薄,没有读懂她的诗。这首诗实际上表现了人们对春天的盼望,希望春天早日来临。所以我们这些普通人,尽管不是武则天,不是帝王后妃,也希望"花须连夜发,莫待晓风吹",这是热爱美、热爱生活的人们的一种普遍心情。

武则天人美,诗也美。大家读了上面这首诗,不要以为她就是一个女强人,就只会在写一些颐指气使、盛气凌人的诗歌。实际上,她毕竟也是个女人,她的诗要温柔起来,要婉转起来,也是很耐人寻味、很让人感动的。大家看看武则天写的一首诗《如意娘》:

> 看朱成碧思纷纷,憔悴支离为忆君。
> 不信比来长下泪,开箱验取石榴裙。

这首诗写的是男女相思爱恋,说我的丈夫离家了,去求官,去求学，我在家里很想念他。特别是春天，"看朱成碧思纷纷"，红花少了，绿叶多了，看朱成碧，正是怀人的春归时候，我思绪万千想念他。想得怎么样呢？"憔悴支离为忆君"，我想念他，想得人儿憔悴了，想得神情恍惚了。第三句一转，"不信比来长下泪"。比来，就是从分别以来。假如你不相信的话，自从我们离别以来，我想你想到每一天都在流泪。最经典的是最后一句——"开箱验取石榴裙"。诗人说：亲爱的，如果你觉得奴家矫情，觉得我想你还不是那么厉害的话，等你回来那一天，我把装衣服的箱子打开，让你看看，那条石榴裙上、这只衣袖上、这方手绢上，到处都是斑斑泪痕，那都是我想念你的证据，都是我流眼泪的证据啊！

这首诗写春愁，说相思，细致婉丽，活显媚娘娇态。"开箱验取石榴裙"一语，写出点点泪痕皆为相思泪。构思奇特，感情真挚，足见武则天之才。

武则天这样的女强人能写诗，一些"深宫尽日闲"的后宫佳丽们怎么样呢？下面讲一位极有才情，可以说是才色兼备的后妃的诗。这个妃子是晚唐五代时候的人，本姓徐，人称徐氏、花蕊夫人，是后蜀国主孟昶的贵妃，青城（今四川都江堰市）人氏，是当时著名的女诗人。

北宋灭后蜀时，后蜀君臣毫无抵抗，献城就降。花蕊夫人身为一介弱女子，自然无力回天，也被掳入宋朝，因貌美而为宋太祖赵匡胤所宠幸。一次，赵匡胤同她谈及后蜀灭亡的原因，称世人皆言后蜀之所以败亡，是孟昶宠幸花蕊夫人而荒疏国事所致，问徐氏作何感想，徐氏便写下了下面这首诗——《述国亡》：

第一讲 唐诗之盛

君王城上竖降旗，妾在深宫那得知？
十四万人齐解甲，更无一个是男儿。

宋太祖是将花蕊夫人当作战利品而轻看的，徐氏于他，只不过是一个玩物，一个花瓶而已，所以他拿民间的说法来调侃徐氏，可能也有提醒自己不能因为耽于女色而误国的意思。然而出乎赵匡胤意料的是，花蕊夫人并不是一般的见识短浅的女人，她的这首诗，后来成为对"红颜祸水说"的最经典的批判。

作为蜀国人，花蕊夫人对后蜀亡国深怀痛惜，对孟昶君臣荒淫误国极为愤恨，而对世人将亡国的原因归咎于"女祸"，让她来背这个黑锅，则尤为不平。她高声抗议："君王城上竖降旗，妾在深宫那得知？"君王不战而降，这本是那帮昏庸、腐败无能的男人们所干的事，妾作为一名女子，住在深宫，不与国事，哪里知道他们的决策过程？再向前推一步，即使知道，我一个弱女子又怎奈何得了他们？尤其令花蕊夫人不能容忍的是，历来亡国之后，人们都把责任推到女人头上，往女人身上泼脏水。所以，花蕊夫人悲愤地反诘道："十四万人齐解甲，更无一个是男儿。"当初北宋军队攻打后蜀之时，不过几万人马，而以逸待劳的蜀军人数多达十四万，且兼有蜀地易守难攻之天险。可正是这十四万人众，在宋军兵临城下之时，却一齐丢盔弃甲，拱手献城而降，十四万人中竟无一个称得上是真正能挽狂澜于既倒的好男儿！

花蕊夫人的悲愤是在情理之中的。在那个男人主宰一切的封建时代，女人很容易就成了失败的男人们的替罪羔羊，以至于中国古代有一个在许多人脑子里根深蒂固的谬论，即"女人是祸水",或者说"女人误国论"。这一类的主题很多诗人都写过，也批判过，比如说唐代一位叫罗隐的有真知灼见的诗人，他的一首诗《西施》，便与花蕊夫人的《述国亡》有异曲同工之妙。

大家知道，西施被越王勾践献给了吴王夫差。历史记载，她是一位为了国家利益而勇于献身的巾帼英雄，她是去迷惑吴王、引诱吴王腐化的。最后吴国灭亡了，吴国人把气都撒到西施身上来，抱怨责任就在"祸水"西施身上。而罗隐却不这么看，他的观点是：

家国兴亡自有时，吴人何苦怨西施！
西施若解倾吴国，越国亡来又是谁？

大意是说：一个家族、一个国家的兴盛与灭亡，自有它内在的规律，是由许多因素共同决定的。吴国人为什么要抱怨西施呢！如果说西施导致了吴国亡国这一说法成立的话，那么越国呢？他们不是把"祸水"西施泼给别人了么？他们自己最后为什么也被楚国灭亡了呢？他们的灭亡又该怪谁呢？

同样还是反诘结尾，同样是非常有力的批判。罗隐批判"女人祸国论"的诗，还有另外一首，同样精彩。这首诗叫《帝幸蜀》，写的是晚唐僖宗时期农民起义，打到长安城时，唐僖宗弃城逃入四川。

历史往往总有很多巧合。在盛唐时期，唐玄宗就曾做过这么一件事。当时叛军安禄山已经打到临潼，马上就要兵临长安城，唐朝的文武百官簇拥着皇上仓皇弃城而逃，结果在马嵬坡这个地方，原本是用来保卫皇上的军士们哗变了，大家都不愿意走，说因为有杨国忠祸国殃民才造成大乱，愤而把杨国忠杀了。杨国忠是当时皇上最宠幸的贵妃杨玉环的哥哥，玄宗迫于压力，认可了军士们的做法。但军士们仍旧不依不饶，要把杨国忠的妹妹也杀掉，因为他们担心，如果杨贵妃留在皇上身边的话，一旦以后吹点枕边风，这些当年杀她哥哥的人就不会有好下场。玄宗无奈，赐白绫让杨玉环自尽。一代美人就此香消玉殒，成了战争的牺牲品，成了男人间政治斗争的牺牲品。这本是一个很委屈、很可怜、很悲情的故事，结果天下人却说，安史之乱之所以会发生，就是因为唐玄宗宠幸杨玉环。

如果真如世人所说，杨玉环应该为安史之乱担责，那么，现在唐僖宗也逃到四川，而且从四川又经马嵬坡回长安了，唐僖宗身边可没有什么"杨贵妃"的，他为何会有这么一个下场呢？所以罗隐在诗中写道：

马嵬山色翠依依，又见銮舆幸蜀归。
泉下阿蛮应有语，这回休更怨杨妃！

马嵬坡的山色依然那样青翠欲滴，又看到皇帝的銮驾从四川归来，九泉之下的阿蛮（唐玄宗李隆基的小名）这回可有话说了：当年你们逼我赐死爱妃，说是爱妃误国，那现在这个唐僖宗，他没有"杨玉环"，怎么也往四川逃啊？诗中直呼玄宗的小名阿蛮，用他的口气来批评"女人祸国论"，堪称一绝。

再回到花蕊夫人的《述国亡》。如果说罗隐的诗还只是一位有真知灼见的诗人对"女人祸国论"的批判，那么，作为当事人，作为女人，花蕊夫人徐氏的现身说法则更具说服力，也更有力量，尤为感人！

花蕊夫人的诗表明她还真比自己的丈夫强。后蜀国主孟昶被俘之后，仅仅七天就病死了。说到孟昶的死又必须说一说另外一位烈女人，就是孟昶的母亲李太后——花蕊夫人的婆婆。

据史料记载，孟昶死后，其母李氏（当初亦在被俘之列）"以酒酹地祝曰：'汝不能死社稷，苟生以取羞。吾所以忍死者，以汝在也。吾今何用生为！'因不食而卒"（《新五代史·后蜀世家》）。

这可是有史可据的悲怆故事：孟昶死了，他的母亲不但不哭，反而将酒洒在地上，悲愤地对儿子的亡灵说："你不能为国家而死，反而苟且偷生，投降宋朝，自取羞辱，我为你感到羞耻！我之所以没有殉国，是因为你还活着，我割舍不下母子情。现在你死了，我还活着干什么！"于是，这位老人绝食而死。

一位老妇人，一位有气节的刚烈女子，同时她又是一位母亲，所以，当儿子在国破之时未敢英勇赴死，她为之感到羞愧。但儿子没死，她因为牵挂儿子不能先死。儿子既死，自己生而何益？乃至绝食而亡。李太后实胜十四万解甲男儿多矣！

以上所言花蕊夫人《述国亡》，亦为后妃之诗。帝王后妃能为诗，布衣百姓呢？在唐朝那样一个诗的时代，也能！下面一首家喻户晓、脍炙人口的诗，就是一个叫张打油的村夫所写。他可能是一个工匠，与他齐名的还有胡钉铰，胡钉铰可能是钉马掌的人。他们都是生活在下层的劳动人民。

第一讲 唐诗之盛

张打油有一次遇到天降大雪,诗兴大发,学着文人骚客口占一首《雪》诗:

> 江上一笼统,井上黑窟窿。
> 黄狗身上白,白狗身上肿。

张打油当时顺口这么一念,可能没有想到,这一首顺口溜,一千多年后还能被人们记住。这首诗的主要特点是很形象:平时,江水是白的,江岸可能是绿的、黄的、灰的,总之可能各种颜色都有。但是下雪以后呢,"江上一笼统",江水是白的,江岸也是白的,一笼统都是白的。大地只有一个地方是黑窟窿——井口,老百姓打水的水井,井口特别小,看起来里面黑咕隆咚的,很深,屯不住雪。接下来是两个特写镜头:"黄狗身上白",咱们家的黄狗回来了,黄狗因为披上一层白雪,变成白狗了;"白狗身上肿",白狗身上因为加了层雪,好像肿了一样。诗歌既通俗幽默,又风趣形象,描述的场景亦为今人生活中所习见。想见之中,会令人忍俊不禁。

就是因为张打油,后世一些人才把顺口溜等通俗的诗歌称为"打油诗"。读了这首诗,我们就知道,其实打油诗也不是那么容易写的,打油诗的开山鼻祖张打油,他写的诗就很雅(被收入《全唐诗》)。

农妇也有会写诗的。唐朝一个叫葛鸦儿的女子,她写了一首《怀良人》:

蓬鬓荆钗世所稀，布裙犹是嫁时衣。
胡麻好种无人种，正是归时底不归？

"蓬鬓荆钗世所稀"，这个"荆"是荆条，"荆钗"就是用树枝做的发钗（簪子）。女人都是爱美的，而农妇用这种东西挽头发，可见她贫困。"布裙犹是嫁时衣"，穿着布裙这样的粗布衣服，而且还是出嫁时候置办的，穷！第三句说"胡麻好种无人种"，现在正是种"胡麻"（有的说是芝麻，有的说是苎麻）的时候，种子虽好，但却没有人来播撒。"正是归时底不归"，正是你该回来耕田的时候了，为什么没有回来呢？

头插"荆钗"，身着"布裙"，且久未更新（"犹是嫁时衣"），足见农妇之贫寒；蓬鬓垢面，亦见其劳苦。自己的良人（丈夫）或者出去做生意了，或者为官家服徭役、打仗去了，算算日子，早该归来，却为什么还没回来呢？她一个弱女子在家里，贫穷、困顿，失望、无奈，一个无助的女人。此诗读来令人心酸！

村夫咏鸡犬，农妇叹农时，此为村夫农妇能为诗。当然，诗人队伍的主体还是文人士大夫们，有一句话说得好，最雅不过文人诗。下面谈一下文人学士储光羲的《钓鱼湾》之雅：

垂钓绿湾春，春深杏花乱。
潭清疑水浅，荷动知鱼散。
日暮待情人，维舟绿杨岸。

这是一个美丽的故事：一个小伙子在钓鱼湾垂钓，他钓鱼是名,实是等待自己的意中人。不是吗?"垂钓绿湾春","春"字便透露了爱情的信息。而爱情的背景又是如此美妙:钓鱼湾中,水清见底。"潭清疑水浅",是一个美丽的错觉。(本来潭水很深,但因清澈见底,反而觉其浅。)潭中的荷叶已经长出肥厚的绿叶,荷叶颤动,方知是水中鱼儿游戏。"荷动知鱼散"使人想起汉乐府民歌《江南》:"江南可采莲,莲叶何田田,鱼戏莲叶间。鱼戏莲叶东,鱼戏莲叶西,鱼戏莲叶南,鱼戏莲叶北。"诗中的鱼儿与莲荷的相依相戏,正是爱情的象征啊!

钓鱼湾的岸边,杏花花瓣飘飘洒洒,纷纷扬扬,正是"春深杏花乱"的时节。杏花儿飘落在小伙子的头上、肩上,他一任它落下又飘去。他期待着,从清晨到傍晚,"日暮待情人"。"情人"是否赴约?诗人没有写明,大概是爽约了。但这位垂钓者却依然那么执着——"维舟绿杨岸"。他把渔船系在岸边,他将继续等待。

这首诗的主题,我们说它是写爱情的,那么到底是不是呢?不知道。如前所述,你要说它是,作者在九泉之下可能不同意,说是你强加于他的;但如果你说没有,他可能又说你肤浅,没有读懂他的诗。不管如何,我们姑且当作写景的诗来欣赏,当作爱情诗来玩味。诗中描述了一幅钓鱼湾美丽的图画:钓鱼湾,绿色的湾;钓鱼湾,杏花湾;钓鱼湾,莲荷湾;钓鱼湾,游鱼湾;钓鱼湾,浅水湾;钓鱼湾,绿杨湾。啊!钓鱼湾,春的湾;钓鱼湾,爱的湾。文人诗雅到这种地步,令人拍案叫绝。

在一个诗的时代,文盲武夫也会受到熏陶,也能"写"诗。下面看看唐代一位戍边的将军高崇文所咏雪诗。高将军粗豪勇猛，打仗很厉害，但文化水平不高，大概是一位类文盲。有一年边疆下了场纷纷扬扬的大雪，他手下的文人幕僚们纷纷诗兴大发，写诗抒怀，大家相互拿出来吟诵、品评。有人揶揄将军，让将军也来写一首。没想到这位鲁莽将军一点都不含糊，胸脯一拍："没有关系，老夫也来一首！"于是以手抚髯，口占一绝：

崇文崇武不崇文，提戈出塞号将军。
那个髯儿射雁落？白毛空里雪纷纷。

第一句"崇文崇武不崇文"，什么意思呢？第一个"崇文"是指他的名字，我高崇文名字叫"崇文"，但是实际上呢，是"崇武"而"不崇文"。其实我这人文盲一个，只喜欢舞枪弄棒的。"提戈出塞号将军"，我虽然不能文，但拿着长戈来到边疆塞外，保卫家国，咱是响当当的将军！很自豪。现在下雪了，"那个髯儿射雁落"？"髯儿"是当时的地方俗语，家伙的意思。哪个家伙把大雁射下来了啊？这是对人的一种蔑称、一种戏称。是哪个家伙呀？你把天上的大雁给我射下来了，害得满天飞雁毛，不正是"白毛空里雪纷纷"吗？

这里没有风雅文人"雨雪霏霏"的咏叹，也没有字斟句酌的优美修辞，但军人的坦率和自豪，语言的粗浅却不失形象、幽默，依然可以见出。文人学士储光羲"垂钓绿湾春"的优雅，高崇文"白雪如雁毛"的比喻，说明唐朝文人、武夫都有人能写诗。

很多文人雅士，从小就开始写诗，一直到耄耋之年，依然笔耕不辍。有一位著名的诗人叫贺知章，这是中国文学史上一位很奇特的人。在我国古代，文人往往都是不得志的，又往往是不幸的，一生中能顺风顺水、衣食无忧且能得到善终的极少，贺知章就是这么一位传奇人物。他二十几岁中进士，然后做官，一直做到八十五岁，自己辞职，告老还乡。他跟皇上说："老臣要回家乡去养老了，要退休了。"皇上亲自撰诗为他送行，太子及百官同他执手饯别，这是很高的礼遇了。

古语云："人生七十古来稀。"贺知章已经八十五岁了，能活到这么大岁数，还能回到故乡，叶落归根，他很高兴，心情一好，一切皆可入诗，大家看看他的《回乡偶书二首》：

少小离家老大回，乡音无改鬓毛衰。
儿童相见不相识，笑问客从何处来。

离别家乡岁月多，近来人事半消磨。
惟有门前镜湖水，春风不改旧时波。

诗人年轻时离开家乡，外出求官，八十五岁退休回到故里，家乡的人事、景物令他既熟悉又陌生。几十年风雨漂泊，游子的乡音没有一丝改变，因为这是永远抹不去的家乡的烙印。但鬓发却已稀疏脱落，记载着岁月的痕迹。此所谓"少小离家老大回，乡音无改鬓毛衰"。更有甚者，年轻一代已认不出远行归来的游子了，一句"笑问客从何处来"，令人顿添陌生感。然而，让游子稍觉安慰的是，尽管归来物是人非，亲朋故旧消磨过半，但

"惟有门前镜湖水，春风不改旧时波"：家乡的湖水，风景如画，春风吹拂，波光粼粼，这情景与少小离家时一模一样。在游子的心中，家乡的湖光山色永远也忘记不了。而故乡的山山水水，也永远不会抛弃游子，她曾微笑着送他远游，如今又微笑着迎接他归来——不变的是慈母般伟大的情怀！

这首诗的写作年代已经过去一千多年，但它却道出大卜游子的共同感受。当今的朋友，你也可能离乡背井，在外地经商打工，当兵教书，为官为宦，当你回到故乡时，这首诗一定会引起你的共鸣和感叹。

除了耄耋老人，那个时代还出现过很多会写诗的垂髫少年，被称为神童。请看下面这首《咏鹅》：

鹅，鹅，鹅，曲项向天歌。
白毛浮绿水，红掌拨清波。

大家都知道这首诗是骆宾王写的，但很多人可能不知道骆宾王当时多大——七岁。大白鹅在水中游泳，这样的场景我们经常能见到，可唐朝时一个七岁的小男孩，看到这样的一幕，却摇头晃脑地吟出了这样一首充满生活情趣、连牙牙学语的幼儿都会张口背诵的小诗。

读骆宾王的这首诗，我们眼前会浮现出这样一幅景象：一群大白鹅，弯曲着优美的长脖子，对着蓝天大声歌唱。它们洁白的羽毛漂浮在碧绿的池塘中，鲜红的脚掌拨开清泠泠的水波，宛如一幅美丽的图画。鹅是常见的家禽，可诗人却从它们身上发现了

第一讲 唐诗之盛

这样明快活泼、令人赏心悦目的美。可见，只要热爱生活，就能时时发现美，处处找到诗意。

骆宾王七岁能写诗，而且他后来成名了，成了初唐四杰之一，所以他这首诗流传下来了。其实，在唐朝，还有很多小孩都能写，不但男孩，女孩也能写。有一个七岁的女孩，诗写得不亚于骆宾王，但由于古代重男轻女，没有留下她的名字，所以《全唐诗》里只称她为"七岁女子"。这个七岁女孩是当时南海人，据说武则天很欣赏这个女神童，专门召见她。当时是她哥哥送她到洛阳去的，后来哥哥要走，武则天就说："你写首诗送你哥哥吧！"实际上是现场命题，检验一下这孩子的诗才。只见小女孩应声成就此篇《别兄》：

> 别路云初起，离亭叶正飞。
> 所嗟人异雁，不作一行归。

"别路云初起"，在分别的时刻，天边的云涌起来了，那么压抑，那么让人伤心。"离亭叶正飞"，离别的时候树叶飘坠，这句主要写自己的心情，同时点明季节——秋天。秋天，大雁南飞，但"所嗟人异雁"，我这个南方人却不如大雁，要留在北方了；同时，大雁飞行是成群结队地南去的，我们呢？"不作一行归"，我不能跟哥哥一起回去，哥哥走也孤单，我留也孤单。一首诗写出了兄妹的分别情境，很美很生动。而且，客观地说，此诗比骆宾王那首《咏鹅》要老成多了。同是七岁的孩子，即使在古代，谁说女子不如男呢？

总之，唐人写诗蔚然成风。上述作者代表了社会各个阶层，更不用说产生了诗仙李白、诗圣杜甫，以及王维、孟浩然、白居易、刘禹锡、李商隐、杜牧这样在中国乃至世界文学史上灿若繁星、"光焰万丈长"的诗人群体。整个唐代（公元618—907年），从高祖李渊至哀帝李柷，将近三百年，即使将五代十国（公元907—960年）算在一起，也不足四百年，流传至今有名有姓的诗人竟有二千二百多位，这是任何一个时代都不可比拟的。所以，唐代真正称得上是"诗的时代"，当时人们写诗就像今人使用网络一样普及，现今中国有多少网民，如同唐代有多少诗人。唐诗，实际上是当时的通俗文学，离大众很近，离时代很近，是人们用来表达思想情感、表现社会生活的一种工具。它在当时不神秘，今人读来也并不神秘，它离我们很近！

三、唐诗，大约有多少首？

唐诗共有多少首？难以数计。仅清代康熙年间所编《全唐诗》，就收录了四万八千九百余首，后来人们又陆续搜补唐代逸诗一千多首，今人能读到的唐诗总计约五万首。请注意，这只是在经历了信息极不发达的一千四百多年之后流传下来的作品数目，当时实际产生了多少首诗？不知道。在一千四百多年的改朝换代、风云变幻、天灾人祸中，又流失了多少首唐诗？也无法准确知道了。

对于今天的人们来说，对于那些有志于学习、继承祖国优秀文化遗产的人来说，读五千首唐诗不为多，因为你还只读了唐诗的十分之一呢。读五百首还算可以，但那也仅仅只是唐诗的百分之一而已。背诵五十首，仅仅是全部唐诗的千分之一，这是底线，是每一个识字的中国人的文化底线，也是提高全民族文化素养的需要！

所以我呼吁大家多读点唐诗，多背点唐诗，光唐诗就那么多了，还有宋词、元曲、诸子百家、《诗经》、楚辞、散文、小说等，中国传统的古代文献、典籍浩如烟海，作为中华儿女，我们应当掌握这些国学的精华。多少了解一点这方面的内容，对提高人生境界和生活档次是有益的，即使是对传统文化本身而言，与其热衷于宫闱秘史、趣闻小道，不如读唐诗、宋词来得"正"一些！

从上述两个数字（二千二百多位诗人、五万余首诗作），我们知道唐诗何其繁盛。那么，为什么诗歌会在唐代繁荣？其奥秘究竟在哪里？

四、诗歌，为什么鼎盛于唐朝？

诗歌繁荣的原因是复杂的，也是多方面的。了解唐诗繁荣的主要原因，有助于认识和掌握唐诗的思想艺术精华，同时也有助于认识文学与社会发展的关系，从而发扬我们的文学传统，开创新时代有中国特色的文学事业。

考察一下唐代社会政治、经济、军事、民生概况及诗人们的心态，就可知唐诗繁荣的第一个原因是盛世大舞台。唐代的太平盛世，为诗歌繁荣提供了广阔的社会平台和诗人创作的底气，正因为如此，所以很多诗只有在唐代才能写得出。大家知道，唐政权建立之初，社会政治趋于稳定，经济逐步繁荣。同时，唐朝军力强大，开边拓土，疆域辽阔。唐王朝统治者又鉴于农民起义的威力和前代王朝覆灭的教训，实行了一系列开明措施，缓和阶级矛盾，发展社会经济，安定人民生活。因而在建国后的一百多年间，便出现了贞观之治和开天（开元、天宝年间）盛世。

当时，唐帝国达到中国封建社会繁荣昌盛的顶点，而在世界范围内来说，当唐王朝建立之时，西欧的封建制度诞生才一百余年，拜占庭帝国和印度则刚刚开始走向封建社会，朝鲜、日本都是在公元七世纪中期即唐高宗时期才进入封建社会。唐王朝则处在中国封建制度运行一千多年、已经达到顶峰的时期，是当时世界上首屈一指的强大帝国。政治的安定和经济的发展必然导致文化的繁荣，这一切，正为唐诗的发展创造了前提。

当时的诗人都以那个清明的时代为自豪，都想能为国家建功立业，甚至渴望出将入相。翻开唐代的一些人物传记，便可发现，唐代的那些仁人志士、那些诗人们，一个个都非常自信，认为自己"文可以为相，武可以为将"，大多具备太平盛世士人所特有的积极用世、出将入相、舍我其谁的壮阔情怀。李白就希望自己能"申管、晏之谈，谋帝王之术。奋其智能，愿为辅弼"，认为自己文能做宰相，武能当元帅。别说李白这样俊逸风流之人，就连杜甫那样一个儒生气十足的人物，在那个特殊的时代环境中，也认为自己是做宰相的料。他曾经这样说过："自谓颇挺出，立登要路津。致君尧舜上，再使风俗淳。"意思是说我杜甫就是个人才，而且是个突出的、杰出的人才，马上就要青云得路、一展抱负了，我要告诉国君，愿意辅佐他，使社会改革得更好，社会进步得更快，民风更加淳朴。这个话，活脱脱一番宰相口气。

伟大的时代给了诗人以胆魄和底气，而他们写起诗来才更壮美。所以说时代造就诗人，而诗人们也正唱出了时代的昂扬精神，唐诗的壮美与昂扬，系拜时代所赐。

唐诗繁荣的第二个原因是民族大融合。唐以前是短命的隋代，隋以前是魏晋南北朝时期，那是中国历史上分裂时间最长（从西晋灭亡算起，有二百七十多年）、分裂最彻底的一个不堪回首的时期：南北对峙，各民族之间连年战争。汉民族内部，宋、齐、梁、陈频繁更替；民族之间，五胡十六国相互残杀。社会分裂动荡，民不聊生。隋代统一了全国，到唐代更加稳定了，所以民族之间的交流、融合更多了。民族融合的好处是扩大了诗人的视野，南方诗人可以到塞外去看看大漠长河、秦城汉关，而北方的文人可以到江南来，看看清溪绿野、碧树亭台。这样，南方的诗人们写诗可能会在温婉中透着一股粗犷，而北方的诗人们在豪迈中可能点缀一点婉约。

除了国内不同地域和民族的交流外，一些国际交流也在唐朝勃兴。唐朝是一个非常开放的社会，因为经济发达，社会稳定，所以有一种自信，有一种胸怀，不管哪个国家，只要你愿意与我交往，都可以互为友好。当时的长安，人口将近一百万，是世界上最大的都市，"四方珍奇，皆所积集"（宋敏求《长安志》）。所以，既有走出去的玄奘西游、鉴真东渡，更有被吸引而来的外国留学生。所以唐诗当中有许多和外国友人交流的诗篇，下面给大家介绍两首。一首是李白的《哭晁卿衡》。晁衡是从日本到唐朝来实习的官员。因为唐朝是世界上最发达的国家，所以很多国家都派人来学习、考察，主要是学习怎样做官，怎样治理国家。这些人往往跟朝中的权贵和精英们关系都很不错，这个晁衡就跟李白以及当时很多诗人都是好朋友。晁衡在回国途中遇大风落海，传闻他死了，李白就写了下面这首诗悼念他：

日本晁卿辞帝都，征帆一片绕蓬壶。
明月不归沉碧海，白云愁色满苍梧。

在唐朝，写诗与外国朋友相互应和者很多。下面再介绍一首韩愈写的《听颖师弹琴》：

昵昵儿女语，恩怨相尔汝。
划然变轩昂，勇士赴敌场。
浮云柳絮无根蒂，天地阔远随飞扬。
喧啾百鸟群，忽见孤凤凰。
跻攀分寸不可上，失势一落千丈强。
嗟余有两耳，未省听丝篁。
自闻颖师弹，起坐在一旁。
推手遽止之，湿衣泪滂滂。
颖乎尔诚能，无以冰炭置我肠！

第一讲　唐诗之盛

颖师是一位从印度来的僧人，特别会弹琴，韩愈在听他弹琴之后，写了这首诗。诗里描述颖师音律之妙：当琴声低沉时，像一对青年男女恋爱时的昵昵耳语；当琴声高昂雄壮时，则像千军万马奔向战场。当弹奏轻音时，仿佛天边的一片浮云、一缕柳絮，飘飘扬扬；当弹奏亮音时，但闻百鸟朝凤喳喳声中，凤凰引吭高唱，将百鸟的声音都压过去了。

随后，韩愈用两个形象的比喻描摹了颖师琴音的跌宕起伏。"跻攀分寸不可上，失势一落千丈强。"像人攀岩一般，爬到最高处，再也无法往上一寸，突然哗啦一声，从万丈高山上跌落下来。所以，诗人抒发感慨说："嗟余有两耳，未省听丝篁。"颖师啊，可叹我韩愈徒有两只耳朵，却不懂得听你的音乐。当然，这是诗人的自谦，是为下文做铺垫的。"自闻颖师弹，起坐在一旁。推手遽止之，湿衣泪滂滂。颖乎尔诚能，无以冰炭置我肠！"我虽然不懂音律，但坐在一旁听颖师弹琴，一会儿激动得跳起来，一会儿哀伤得又坐下去。我赶快压住颖师的手，央求他别弹了：你看我的眼泪不停滚落，打湿了衣襟。颖师啊，我太佩服你的琴艺了！只是你不要这样一会儿放一块冰在我心里，一会儿又放一块烧热的炭火在我胸中。

所以说，唐代的文化交流和民族融合，给诗人提供了很多新的素材。像上面这两首诗，如果没有与外国友人的交往，诗人怎么能写出这样题材独特的作品呢？而这些题材独特的诗歌，也是唐诗中的一道风景线。

唐诗繁荣的第三个原因是思想大解放。唐朝是个社会思想开放、人际环境宽松洒脱的时代，诗人们的创作比较自由而随意，国家少有文字狱，诗人也少有因写诗而获罪的。

　　这里举一个例子。唐初有一篇小说叫《补江总白猿传》，是一位无名氏文人写的，大致内容说的是南朝时期的梁朝末年，有一位将军名叫欧阳纥，他携妻南征，途中妻子被白猿掠走，后虽历经千辛万苦逃回来，但已身怀有孕，生下一子，取名为"询"，孩子模样像猴。后来欧阳纥因罪被杀，欧阳询被陈朝的尚书令江总收养。欧阳询长大后，"文学善书，知名于时"。

　　大家知道，欧阳询是初唐时一个真实人物，为官经历了隋、唐两朝，太宗时官至太子率更令，是当时的大学问家（主持编纂《艺文类聚》一百卷）、大书法家。大概因为他的长相有点像猴，所以无名氏文人居然敢拿这位朝廷命官来开涮，可见当时风气的开放了。

　　有趣的是，朝廷官员也常常拿欧阳询的长相来取笑他。有一次朝廷议事之后，唐太宗长孙皇后的哥哥、国舅长孙无忌叫住欧阳询，说要赠一首诗给他。欧阳询受宠若惊，急忙道谢。谁知长孙无忌却吟出这样一首诗：

　　耸膊成山字，埋肩畏出头。
　　谁言麟阁上，画此一猕猴！

　　欧阳询形象不太好，面相长得有点像猿猴且喜欢把肩膀抬起来，长孙无忌便以诗来讥讽他：欧阳公啊，你把肩膀耸起来，就是个"山"字；你把头埋在肩膀里面，像只缩头乌龟不敢出头啊。嘲笑了欧阳询的外形后，他还不罢休，因为欧阳询功勋卓著，皇上请画师画了他的像，挂在凌烟阁里，也就是相当于现代社会的国家名人蜡像馆之类的，这本来是很严肃的事情，皇上下旨办的事，长孙无忌却拿来说事。他说：我们国家的凌烟阁中，不知怎么画了个猕猴在上面呢！这番话，即便在今天看来，也是非常过分的了。

而欧阳询并没有因为对方是国舅爷而忍气吞声，才思敏捷的他马上抓住长孙无忌祖先出自北魏拓跋氏、是少数民族这一特点，准备拿长孙无忌的发型、服饰打趣。果然，只见欧阳询不紧不慢、不露声色、彬彬有礼地说："国舅爷如此瞧得起下官，下官受宠若惊，来而不往非礼也，我也回赠你一首诗。"

长孙无忌也想知道欧阳询能作出首什么诗来，就哈哈一笑说："愿闻其详。"欧阳询随口吟出下面这一首：

　　索头连背暖，漫裆畏肚寒。
　　只缘心混混，所以面团团。

因为长孙无忌的祖先是少数民族，所以他的穿着打扮跟其他官员不一样。欧阳询说："索头连背暖，漫裆畏肚寒。"意思是：国舅爷，我们的头发都是往上盘起来的，唯独你却编成那么多小辫子，而且披在背上，大概是怕背后受寒吧！还有，你腰上缠的带子这么长，把裤裆全遮住了，大概是怕下身着凉吧！

长孙无忌长得又白又胖，欧阳询接下来的两句马上就拿这个做文章了。他说："只缘心混混，所以面团团。"你是个没有头脑的人，所以心宽体胖，脸大而圆。

当时皇上李世民恰好在场,微笑地看着两位爱卿相互揶揄,于是哈哈大笑,说:"欧阳公这样说他,不怕皇后报复吗?"这句话实际上是给双方一个台阶下,免得闹下去影响和谐。大家想想,唐太宗尚且大笑,长孙皇后当然不会追究了。

以此可见,唐代君臣之间、同僚之间多么轻松、随意,那当然是一个诗歌创作的好环境!

唐诗繁荣的第四个原因是官家大力提倡。前面讲了,唐朝历代皇帝都爱诗;不但爱,而且自己带头写。上行下效,这样诗歌创作的风气能不好吗?所以,唐朝历代皇帝又差不多都是诗人,都有诗作传世。

而且,唐朝的帝王,除了自己写诗之外,还常常鼓励词臣唱和,自己乐观其盛。《全唐诗》中有不少同题诗,就是不同的作者在同一天写作同一题目的诗。其成因是,朝廷议事之后,皇上突发雅兴,金銮殿上留下众爱卿,他亲自命题,大臣们同时做"作业",于是,诗便同题了。

官家提倡的另一个方式是科举考试有考诗的科目。那时的科举考试是真正的一考定终身,寒门学子除了科举,没有其他的出头之路。所以,有了考诗这根指挥棒,诗写得好就可以做官,有谁不努力学写诗呢?唐代的所谓诗人,其实大多数是官员,而且大多是通过科举考试选拔出来的,像贺知章、陈子昂、王维、白居易等均如是。

大诗人王维在十六七岁的时候就单枪匹马到长安闯天下、谋前程去了。他当然也想通过科举考试谋个一官半职,但是当时的科举程序很繁杂,先要通过府试成为贡生,再参加礼部试成为进士。王维当时寄居在岐王府中，岐王问他怎么没去参加礼部试，王维说："我要考就考第一名，但是听说今年的第一名已经由公主内定了，是宰相张九龄的弟弟张九皋，所以我就不去考。"岐王一听，这小孩有点意思，就说："我带你去见公主，只要你真有本事，就让公主把第一名改成你。"

少年王维怀抱琵琶，携着自己新创作的曲子《郁轮袍》，跟在岐王的身后去见公主。历史上有记载，王维是个聪明绝顶的人，他能力很全面，多才多艺，除了诗写得好之外，还会写散文，又精通音律、书法、绘画，甚至在盆景艺术方面造诣也颇深。

岐王以青年才俊的名义把王维引荐给公主，王维为公主抚琴一曲，就是那曲《郁轮袍》。公主听后连连拍手称好，而王维却将琴向前轻轻一推，朗声说道："如果跟我的诗比起来，我的琴艺只能算一般。"

于是他把自己以前写的诗拿出来，献给公主。公主一读，大惊："原来这些诗是你写的啊！我以前早就读过，还以为是哪位老前辈写的呢！"就这样，当年府试的第一名，顺理成章地落到了王维的头上。

后来的白居易也是在王维那个年纪就带着他的诗集去长安了。按照当时的风俗，考科举之前都要行卷、温卷，就是说考生们要把自己平时写的诗送给跟主考官有关系的人，或者送给文坛名宿、政界要人，让大家有个印象，好提拔推荐他们。

白居易当时拜访的是大诗人顾况。递过诗集后，白居易双手一垂，说："先生，请指教。"顾况一看，署名为"白居易"，就开了个玩笑说:"长安米价方贵,居亦弗易。"意思是说:你这小伙子的口气不小啊!竟敢取名"居易",长安的米价很贵,在这儿混饭吃那是"居大不易"哦!潜台词是:首都人才济济,没点本事很难立足。

一边说一边开始翻他的诗集,第一首就是"离离原上草,一岁一枯荣。野火烧不尽,春风吹又生",顾况连连点头:"道得个语,居即易矣!"说你能写出这样的诗来,居住下来就很容易了。后来顾况果然四处宣传、推荐白居易。

还有一位靠献诗得到提拔的年轻人,叫项斯,他把自己的诗集送给一位叫杨敬之的老前辈看,杨敬之读后提笔写了一首诗回赠给项斯。诗是这样写的:"几度见诗诗总好,及观标格过于诗。平生不解藏人善,到处逢人说项斯。"意思是说:以前曾几次读过你的诗,今天你来见我,发现你人品比诗品更好。我这个人是不懂得掩盖别人的优点的,以后我见人就要说项斯不错。今天仍有成语谓"为人说项",其出典即在此处。

与项斯一样幸运的,还有一个叫朱庆馀的年轻人,他因为在上考场之前有些不自信,心里没底,于是把自己的诗集送给当时的大诗人张籍看。他没有直接说:"张大人,你看看在下的诗作得如何,能否举荐一下?"而是用一种很雅很含蓄的方式表达,他写了一首《闺意献张水部》:

洞房昨夜停红烛,待晓堂前拜舅姑。
妆罢低声问夫婿:画眉深浅入时无?

这首诗描摹了洞房花烛夜的次日凌晨,新娘子仔细梳妆完毕,等待天亮后见公婆(舅姑)时的那种忐忑不安,她怯生生地低声问夫婿,自己的妆化得如何。为什么怯生生呢?因为跟新郎还有些陌生。为什么低声呢?因为自己心里没底,不自信。这首诗恰如其分地表达了自己对考诗没信心的那种状态。而张籍也很理解他的心情,于是回赠他一首《酬朱庆馀》:"越女新妆出镜心,自知明艳更沉吟。齐纨未足时人贵,一曲菱歌敌万金。"你是越女西施呀(朱庆馀是越州人),你明知自己漂亮还犯啥嘀咕?天下女子即使穿上齐纨(名贵丝绸)也比不上你呀,你不但人长得俏,而且还有一副好嗓子,唱出的歌儿定能一鸣惊人。用比兴手法对他的才能表示肯定。

可以看出,科举考诗对士人的生活和前途有多么重要的影响。科举考诗,造就了大批诗才。

唐诗繁荣的第五个原因是艺术大综合。在唐代,中国文化中的各种艺术综合成长,高度发达,臻于成熟,呈现出五彩缤纷的光芒。如唐代音乐有《十部乐》《霓裳羽衣曲》等名曲,唐玄宗还亲自在禁苑梨园中训练音乐、歌舞人员,盛极一时,后世遂尊唐玄宗为"梨园"祖师。唐代舞蹈也美不胜收,《十部乐》《霓裳羽衣曲》等都配有大型舞蹈,而小型舞蹈节目更是数不胜数,且有健舞、软舞之分(唐诗中有杜甫《观公孙大娘弟子舞剑器行》一类诗歌,描写的就是健舞)。唐代杂技也很繁荣,常有戴竿、掌上轻一类惊险节目,令人叹为观止。唐代又是中国书法、绘画的繁盛期,中国历史上知名的大书法家、大画家,许多都出现在那个时代。书法如唐初四大家——虞世南、欧阳询、褚遂良、薛稷，盛唐以后的张旭、怀素、颜真卿、柳公权等，画家如阎立本、吴道子、李思训、王维等，都曾影响过中国书画发展的历史。

上述艺术门类及其繁荣盛况，都在唐诗中得到广泛的反映。如杜甫就曾写诗赞美草圣张旭："张旭三杯草圣传，脱帽露顶王公前，挥毫落纸如云烟。"史书记载张旭写字之前一定要先喝酒，喝完后将酒杯一扔，帽子一脱，外衣一甩，将头发握在手上，蘸上墨汁，一边喊，一边跳，一边跑，一边写。"呼号狂走"，气势磅礴，尽显唐人气概。

另外一位大书法家怀素，是个和尚，和尚原本是酒肉不沾的，可怀素一写起字来也要喝酒，所谓酒肉穿肠过。喝完酒之后像发狂一样，写出来的字也如暴风骤雨般东倒西歪，但法度俱备，所以张旭被人称作"癫张"，怀素被称为"狂素"，合称"癫张狂素"。怀素的书法在唐诗中也得到大量描写。

从综合艺术互相促进和影响的角度看，唐诗根植于如此肥沃的文化艺术土壤之中，怎能不繁荣？

唐诗繁荣的第六个原因是诗流大汇集。从中国诗歌的成长历史来看，到唐代，诗歌走向盛壮之年，理所当然是最美、最完善的时期，这是诗歌发展自身的规律所决定了的。

中国的诗歌创作历史悠久。原始社会的《弹歌》（"断竹，续竹，飞土，逐宍"）非常简单，是原始人打猎时唱的歌，意思就是：砍下竹子，弯成弓箭，弹出石头，打死野兽。这样的诗歌属于萌芽幼稚期。一直经历了"关关雎鸠，在河之洲"和"路曼曼其修远兮，吾将上下而求索"的奴隶社会、早期封建社会诗歌的青少年期，又经历汉魏六朝时期的培育、成长，至唐代，中国诗歌的发展经历了几千年的历史，形成了良好的创作传统，积累了丰富的写作经验，已经臻于必然成熟的时期，所以才有如此完善的状态。

以上讲到唐诗繁盛的几个原因，我们可以知道，文学是社会生活的真实反映，一定的文学必然反映了那个时代的政治、经济、文化和社会面貌，而了解了这些奥秘，既有助于我们正确地认识历史，准确地把握社会发展的规律，也有助于我们学习和欣赏唐诗的思想内涵与艺术成就。而唐诗之所以堪称中华民族一份优秀的文化遗产，主要是由它自身的思想、艺术价值体现出来的。我们今天的人读唐诗，无不惊叹：唐诗太美了！那么，唐诗究竟美在哪里呢？我们从中可以获得哪些生活启示和审美享受呢？唐诗中那些或昂扬、或悲壮、或精巧、或凄婉的名篇该怎样品鉴？下一讲再给大家介绍。

第二讲

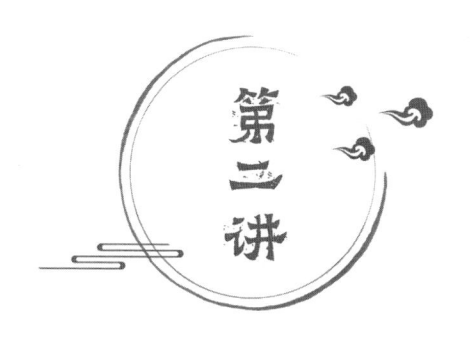

唐诗之美

此前我们谈到唐诗的作者、数量,以及唐诗繁荣的主要原因,为我们进一步欣赏唐诗作品,学习唐诗精神,领略唐诗美感打下了一个良好的基础。下面我们要探讨的是唐诗之美。唐诗是我国传统文化的瑰宝,它的思想艺术成就是多方面的,我们很难用较短的篇幅来进行全面、准确的归纳和总结,但人们对于唐诗之美毕竟是有共识的,那么它到底美在何处呢?

古人对诗、词、曲思想内容的评价有一个传统观念,即:"诗言志","词写情","曲叙事"。也就是说,在古人看来,诗、词、曲这三种文学体裁在表现思想内容方面是有分工的。诗是写大事的:宇宙天地,忧国忧民,胸襟抱负,人情物理。词是写个人情感的:男欢女爱,相思离别,风花雪月,酒边樽前。曲是演绎故事的:悲欢离合,曲折传奇,缠缠绵绵,情肠九曲。

一、唐诗之境界崇高

唐诗最符合"诗言志"的标准,它关注社会,关注民生,积极进取,昂扬乐观,内容非常健康。所以,唐诗之美,首先表现在内容上的崇高境界。

写过《黄鹤楼》的崔颢是一位大家都熟悉的诗人,他还写过另外一首诗,叫《赠梁州张都督》:

闻君为汉将,虏骑罢南侵。
出塞清沙漠,还家拜羽林。

第二讲 唐诗之美

> 风霜臣节苦，岁月主恩深。
> 为语河西使，知予报国心。

张都督是戍守在梁州的一位将军，崔颢在诗中称赞张都督的雄威和勋劳，同时也表达了作者自己的爱国抱负。"闻君为汉将，虏骑罢南侵"是说：当敌人听说你为大将，率兵戍边，就不敢南下侵犯我边境了。"汉将"即唐将，唐诗中以汉代唐是通例。"出塞清沙漠，还家拜羽林"，写将军出征一战，沙漠地区便整肃清静，而班师回朝之后便得到皇上封赏，被擢拜羽林大将。但是，"为语河西使，知予报国心"，此时要告诉张都督的是，我也有同样的报国之心。是啊，人人都有一颗报国心，这是当时的时代主旋律。

盛唐时期还有一位大诗人王昌龄，他的诗歌大多以爱国为主题，请看他的《从军行》：

> 青海长云暗雪山，孤城遥望玉门关。
> 黄沙百战穿金甲，不破楼兰终不还。

这是唐时守边将士的豪言壮语，更是一首英雄的赞歌。"青海长云暗雪山，孤城遥望玉门关"，镇守"孤城"的唐军，拒吐蕃，抗突厥，肩负着保卫家国的使命。尽管边塞上黄沙弥漫，战云翻滚，但是，"黄沙百战穿金甲，不破楼兰终不还"，哪怕磨穿金甲，哪怕牺牲在战场上，不破强敌决不还乡！读者要考察唐朝军威，领略盛唐气象，于此诗可略见一斑矣。

王昌龄的诗常以形象说话,特别感人,他的另一首《从军行》是这样写的:

> 琵琶起舞换新声,总是关山旧别情。
> 撩乱边愁听不尽,高高秋月照长城。

戍边的将士是特别可爱、可亲、可敬的人,他们一方面守土有责不敢懈怠,另一方面还承受着离乡背井、抛妻别子的感情折磨。

酒宴、歌舞,书写着欢乐。但在军营里,欢乐只是表面的、暂时的。这不,为了排遣将士们的思乡之情,酒宴上不断变换着新的曲目,或舒缓,或激昂,但在将士们的听觉里,每一曲似乎都是咏叹别离的!可怜的将士们啊,一刻也没有淡忘思乡的情感,只是戍边的责任让他们把感情压抑在心里。现在音乐一起,心儿被撩乱了,听不尽的只有边愁啊!

离愁如潮,思乡情切,将士们是不是就此动摇了呢?没有!眼前是高高秋月,映照着巍峨的长城。这是祖国的长城,也是将士们心中的长城,保卫长城,化身长城,天大的责任不容将士们多想别的了。

唐诗的韵味在这首诗里体现得淋漓尽致,既含蓄又富有感染力,唐诗真实而又崇高的境界也得到最完美的体现。

再看一首大家都很熟悉的诗——王翰的《凉州词》:

> 葡萄美酒夜光杯,欲饮琵琶马上催。

第二讲 唐诗之美

醉卧沙场君莫笑,古来征战几人回。

这首诗写的是军营宴会的情景。军营宴会一般有两种情况。其一是誓师大会,马上要上战场了,喝酒宣誓,这个酒是壮胆的,一喝,就意味着可能要牺牲了,意味着美好生活可能要结束了,所以很残酷。另外一种是庆功酒,这个酒也不好喝,虽然胜利了,但是一般都会付出惨重代价,多少弟兄牺牲了,多少弟兄受伤了。所以军营里的宴会是非常沉重的。"葡萄美酒夜光杯",这句诗说明了当时宴会的酒是好酒,是边疆的"葡萄美酒";盛酒的杯子是好杯,是古代少数民族献给中央王朝的"夜光"宝杯。生活如此美好,正反衬了战争的残酷,因为这极有可能是很多将士的最后一次享受了。"欲饮琵琶马上催",正当大家要喝的时候,马背上乐队弹奏的琵琶声轰然响起,为我们助兴。这样的气氛实在是好啊:葡萄美酒,夜光宝杯,再加上有人伴奏助兴,大家都想一醉方休。所以"醉卧沙场君莫笑",将士们放开胸怀喝,哪怕醉倒在战场上,也就是说牺牲在战场上,大家不要笑他们是酒鬼,不要笑他们贪杯,因为将士们都明白:"古来征战几人回",自古以来上战场打仗的,能有几个活着回来啊!最后两句诗说明大家早就把生死置之度外了。这种笑傲疆场、慷慨赴死的勇气,体现了唐代军人的英勇气概,也体现了唐诗的思想境界。

同样风格的还有戴叔伦的《塞上曲》:

汉家旗帜满阴山,不遣胡儿匹马还。

愿得此身长报国，何须生入玉门关？

"汉家旗帜满阴山"说的就是"唐家旗帜满阴山"，还是以汉代唐的写法。"阴山"代指敌军驻地。"不遣胡儿匹马还"，是说决不让"胡儿"（少数民族进犯者）一人一马逃生回去！诗的前二句如此豪壮。后二句借用当年班超戍边思乡的典故，表达将士的忠诚。班超投笔从戎，戍守边疆，晚年思乡，曾上书朝廷，希望"生入玉门关"。叶落归根，狐死首丘，本是人之常情，此诗却反其意而用之，认为只要能为国效力，即便马革裹尸，血溅沙场，战死在玉门关外也是值得的，"愿得此身长报国，何须生入玉门关"，就表达了愿将血肉之躯报效国家的赤诚之心。

唐诗不仅表现爱国激情，它所表达的人生境界，同样值得人们思考。如杜甫《望岳》中的"会当凌绝顶，一览众山小"，虽然说的是登山，但我们今天的人生、今天的事业何尝不是这样？只有永远怀着不登上最高峰决不罢休的勇气和决心，才能享受到"一览众山小"的喜悦和满足。王之涣的《登鹳雀楼》"欲穷千里目，更上一层楼"，则说明人生要有登高望远、举首高歌的胸怀和视野。

李白《将进酒》的"天生我材必有用，千金散尽还复来"、《行路难》的"长风破浪会有时，直挂云帆济沧海"，表达了一种自信、一种潇洒，是对人生的充分肯定。人的一生中，难免会遭受挫折，但只要坚持乘长风破万里浪，就肯定能够有成功的那一天。

初唐时期虞世南的一首《蝉》，表达了另外一种人生境界：

第二讲 唐诗之美

> 垂绥饮清露，流响出疏桐。
> 居高声自远，非是藉秋风。

诗的大意是说：蝉的头上有两根须，就像当官的人官帽上的带子（地位高），蝉饮的是露水（品位高），从梧桐树上发出叫声（声誉高），所以蝉的叫声自然而然地传播很远，而不需要借助秋风吹送。诗人笔下的蝉，居于梧桐之巅，"地位"不可谓不高；吸吮纯清之露，"内美"不可谓不洁。唯其如此，所以它才能够"居高声自远，非是藉秋风"。地位之高应与品德之高相一致，这样就可以获得美誉，且声名远播而无须借助别人的吹捧。蝉的启示弥足珍贵，当今，做人应该这样，为官者更应该这样，一个企业、一个团队也都是这样啊！

唐诗还表现了一种独特的人生价值观。例如诗人杨炯有两句诗说："宁为百夫长，胜作一书生。"（《从军行》）是说人们宁愿做一个带领一百个士兵打仗的小军官，也比做一个坐而论道的书生要强。这跟今人所说的"好男人当兵去"是一个意思。

表达类似思想的还有"男儿事长征，少小幽燕客"（李颀《古意》）、"男儿本自重横行，天子非常赐颜色"（高适《燕歌行》）、"功名只向马上取，真是英雄一丈夫"（岑参《送李副使赴碛西官军》）、"男儿何不带吴钩，收取关山五十州"（李贺《南园》）等，这一类的诗歌太多了。不管是在敌人阵营内横冲直撞，还是在马背上取功名，抑或挥动吴钩收复关山五十州，都只是一种意象，反映了唐人积极从戎、刚健尚武的人生追求。

其实无论在哪个时代，经历过血与火的征战的人，人生都会更加具有刚性。所以，有一种说法是，没有当过兵是人生的一大遗憾，只有在军营里，你才能更真切地领会到什么叫责任，什么叫生，什么叫死，什么叫情感……。

唐诗的境界崇高，还在于许多诗篇蕴含着人情事理，在今天依然有着启发意义。请看高适的《别董大》：

千里黄云白日曛，北风吹雁雪纷纷。
莫愁前路无知己，天下谁人不识君？

这首诗是作者送给一位名叫董大的朋友的。董大（即董老大，唐代风气是按排行称呼别人，如"董大""元二""李十二""刘二十八"等）是个琴师，琴弹得非常好，但一直郁郁不得志，在长安没混出名堂，没闯出名声来，于是黯然离开。而高适当时也只是客居长安，同样很不得志，正所谓客中送客，别是一番滋味在心头。"千里黄云白日曛，北风吹雁雪纷纷"，既写出送别时黯淡、压抑的环境，也比喻了人生道路的艰难。尽管如此，诗人还是鼓励董老大："莫愁前路无知己，天下谁人不识君？"不要担心未来的生活中找不到理解你、赏识你的"知己"，你要坚信，凭着你的才华和声望，又有谁不重用你呢？这首诗告诉人们：即使生活中会有挫折、有困难，也一定要乐观面对，相信自己，也相信别人，那么，"前路"总会洒满阳光的。

中唐诗人刘叉的一首小诗《姚秀才爱予小剑因赠》，也通过赠剑这样一件小事，来说明做人的大道理：

第二讲　唐诗之美

一条古时水，向我手心流。
临行泻赠君，勿薄细碎仇。

刘叉来自燕赵大地河朔，好任侠，讲义气，喜佩刀带剑。他有一把宝剑，恰逢朋友姚秀才喜爱，他便从腰间解下，又写了这首诗，一并相赠。

这不是一把寻常"小剑"，而是一把祖传宝剑。"一条古时水，向我手心流"，古人常以水喻剑，取其流动、随意、以柔克刚之意。诗人称自己的剑是"古时水"，足见其价值珍贵；而这把古剑终于流向自己的"手心"，又可知此剑乃其家传。家传宝剑，自然无比珍视，但因朋友喜爱，诗人便毫不犹豫地馈赠，此举更赋予宝剑以新的含义——友情重于器物。

如果说赠剑给姚秀才显示了诗人的慷慨、大义，那么，诗人的嘱托更体现了他的高尚境界："临行泻赠君，勿薄细碎仇。""泻赠"因以水比剑而言，"勿薄细碎仇"（"薄"为接近之意），是告诫姚秀才：不要用剑去解决个人的私仇和小愤。

古代男子以佩刀带剑作为闯天下、取功名的象征，刘叉在这首咏剑诗中，正表达了这样一种理想：好男儿当胸怀大志，自尊自强，报效国家，建功立业，这才是佩剑的真正意义，而不要因为"细碎"的仇隙便拔剑而起，最终干扰了人生的远大目标。

其实，在当今社会中，人们也会遇到许多"细碎仇"：公汽上，你踩了我的脚；餐馆中，你抢了我的座；舞厅里，你欺侮了我的舞伴；小区内，你家小孩打伤了我的儿子；开车时，你剐蹭了我的爱车；上网时，你穿着马甲用板砖拍我……。凡此种种，都是你伤害了我,我怎能忍下这口气!于是怒从心头起,恶向胆边生;于是,拔刀而起,"该出手时就出手";于是,发生了多少血案,酿就多少悲剧……。

但有境界的人决不这样。他们"柔弱",他们退让,他们宽容。道家说:"上善若水。"儒家说:"小不忍则乱大谋。"佛家说:"阿弥陀佛!"基督徒说:"主啊,宽恕他吧,阿门!"当今社会,竞争压力大,生活负担重,人们心中难免都窝着火,烦着呢。所以,人与人之间容易结"仇",容易结"怨"。但这些大多是无关国恨家仇的小恩小怨,千万不要用刀、用剑、用暴力去解决。为了你的前途,为了社会和谐,请记住:"勿薄细碎仇。"

总的看来,唐诗的境界是崇高的,整体表现得很大气,正所谓"气象浑穆",磅礴千钧,在艺术上往往给人以雄奇壮美、气势雄浑的美感,有极强的感染力和震撼力。然而,就个体而言,唐代诗人又风格各异,丰富多彩。如"海内存知己,天涯若比邻",反映了初唐四杰的婉转流丽风格;而同是初唐诗人,"前不见古人,后不见来者。念天地之悠悠,独怆然而涕下",则表现了陈子昂的古朴遒劲;至于"人闲桂花落,夜静春山空。月出惊山鸟,时鸣春涧中"和"野旷天低树,江清月近人",则表现了王维、孟浩然那一种与其他人迥异的恬静淡远心境。

到了盛唐,诗坛风格又一转。飘逸豪放的李白吟出了"君不见黄河之水天上来,奔流到海不复回。君不见高堂明镜悲白发,朝如青丝暮成雪";而与他同时的杜甫则心忧天下,含着眼泪吟唱出"感时花溅泪,恨别鸟惊心",以沉郁顿挫的风格与李白形成鲜明对比;元稹、白居易性格坦易率真,所以"卖炭翁,伐薪烧炭南山中"这样的诗句像说大白话;而韩愈、孟郊的诗则奇崛险怪,比如说"试妾与君泪,两处滴池水。看取芙蓉花,今年为谁死"一诗,初看让人不解,明明是说相思的,为何要把眼泪双双滴入外面和家中的池水中?这跟芙蓉花之死又有何关系?细细想来才明白,原来眼泪是咸的,是含有盐分的,谁的芙蓉花死了,就说明谁的眼泪流得多,就是真感情,反之则说明是虚情假意。

"沉舟侧畔千帆过,病树前头万木春",表现了刘禹锡、柳宗元清丽健峭的诗歌风格;而李贺则又以奇险警迈的诗风著称于世,"衰兰送客咸阳道,天若有情天亦老""我有迷魂招不得,雄鸡一声天下白"等诗句,把他的这种风格体现得淋漓尽致;"春蚕到死丝方尽,蜡炬成灰泪始干"这一千古传颂的名句,让后人记住了李商隐诗歌的绮丽婉曲;"胜败兵家事不期,包羞忍耻是男儿。江东子弟多才俊,卷土重来未可知",则让杜牧诗歌的豪纵雄健为世人所称道。

可以说,唐代诗人又是极具个性的,这种个性让他们创作出了斑斓陆离、光耀夺目的诗歌。

二、唐诗之语言精美

唐代诗人十分追求诗歌的语言艺术,因为语言如同绘画的颜料,诗歌内容以美丽的语言表述出来,则可以使作品表现出绘画美。所以他们"语不惊人死不休","意匠惨淡经营中","新诗改罢自长吟"(杜甫),"吟安一个字,撚断数茎须"(卢延让),务必使诗歌语言准确、鲜明、生动,更具美感。

所以我们欣赏唐诗,先要领会其意境美,通过欣赏崇高的意境,获得一种启迪、感染,同时还应仔细品味诗歌的语言美,来感知一个个生动的场景和一幅幅美丽的画面。比如脍炙人口的杜甫《绝句》:

两个黄鹂鸣翠柳,一行白鹭上青天。
窗含西岭千秋雪,门泊东吴万里船。

这首诗中,诗人用美丽的语言构成四幅画。第一幅:青翠的柳枝间,两只黄莺在跳跃欢唱。第二幅:一行白鹭乘着春风在蓝色的天幕下自由飞翔。第三幅:近处是一个窗口,从窗口望去,远处西山上的千年积雪,别致地点缀着朗朗春色。第四幅:春潮涨满,正是泛舟之时,门前江中停泊着即将出发的万里行船。前两幅呈动态,后两幅呈静态,动静结合,相映成趣,又共同构成一幅美妙的春意图,其中融贯着作者对春天的喜悦之情,使其呈现出一个统一的意境。而且,这首诗还包含着耐人寻味的美学哲理。如第三句"窗含西岭千秋雪",诗人选择窗口作为观察点,从窗口往外看远山,恰如在窗框中嵌进一幅以有限的空间(窗口)与无限的时间(千年)构思而成的美丽的画面。整首诗又十分注意色彩的调配,如"黄"鹂、"翠"柳、"白"鹭、"青"天,十分和谐,足以见出作者的匠心。

四句诗,四幅画。每一个字都有颜色,每一个字都有讲究,

第二讲　唐诗之美

每一个字都体现出勃勃生气,整首诗表现了生动的春日美景。

唐诗中许多精美的字、词,被后人称作"诗眼"。所谓"诗眼",就是一首诗或一句诗中的一个奇特的字或一个精当的词语,它好比人的眼睛最能传神一样,能传递出一首诗的精神,这实际上也就是锤炼诗歌语言,避免陈词滥调,使之能更准确地表达出作者独特的感受。明代胡应麟说:"至老杜(杜甫)而后,句中有奇字为眼。"(《诗薮》)

《红楼梦》中曾经说到香菱拜林黛玉为师,学习作诗。林黛玉当时对她说:写诗有什么难的!起承转合,中间是两副对子。读诗也没有什么难的!先读王维的诗打底子,然后再读李白、杜甫的诗。这里,曹雪芹实际上是借林妹妹之口,告诉我们如何读唐诗。

香菱听了黛玉的话,就开始读王维的诗,读了那首著名的《使至塞上》,她找到老师汇报自己的感受。她说:初读"大漠孤烟直,长河落日圆"时,觉得奇怪,按照常理,烟总是缥缥缈缈、轻轻袅袅的,怎么可能是直的呢?所以"'直'字似无理"。而黄河边上,圆圆的太阳落下去,则更令人费思量:太阳是圆的,这无人不知无人不晓,诗人如此直白,岂不"太俗"?

香菱接着又说:但是,合上书一想,那种情景又好像在哪儿见过,况且,想要找两个字把"直"字、"圆"字换掉,竟不能得。此时她才感觉到该诗的精妙所在。

我们顺着香菱的思路想一下:如果把"大漠孤烟直"换成"大漠孤烟白""大漠孤烟飘"或者"大漠孤烟浓",是不是都感觉不对味啊?而"长河落日圆",如果换成"长河落日红",也总不如原句美。这两个字就是我们常说的诗眼。其实，这首诗不仅是这两个字用得精准，全诗每个字都精准，可以说达到"不可易一字"的程度。

下面我们分析一下："大漠孤烟直"中，"漠"字能换吗？独特的场景——沙漠，不能换吧！"大"字表现出沙漠的茫茫一片，无边无涯，很有力，所以更不能换。两个字组合成的"大漠"，比荒漠、沙漠意蕴要深很多。"烟"是什么烟？是塞外边疆烽火台上的狼烟，不是炊烟。而那种地方只有狼烟，再无别的东西燃烧而形成的烟，所以才是"孤烟"。"直"字尤其不能换，因为这里牵涉到一个军事常识：边疆烽火台是古代常见的用于军事通信的设施，古人每隔数里修建一个高高的烽火台，一直延绵到首都，每当敌人来犯，则点燃狼粪，相邻的烽火台守军看到后，也点燃烽火，这样如火炬接力般一直传到首都，所以这是个很严肃的事情。当年周幽王为博得美人一笑，曾经烽火戏诸侯，最终因这个历史玩笑而受到惩罚。

可能有人觉得奇怪：为什么叫"狼烟"？狼烟就是狼粪烧出的烟。其实，烽火台上烧的一般是柴草，但沙漠地带柴草极难寻得，所以便烧狼粪，因为狼粪烧出来的烟特别黑、特别浓，易于望见。且边疆荒野，狼群出没，干狼粪也容易收集得到。所以段成式《酉阳杂俎·广动植》云："狼粪烟直上，烽火用之。"当然，虽然是狼烟，但如果风一大，依然会吹散，所以"直"字表达了另外一层意思，就是塞外干旱无风。此外，一个"直"字写出一种精神，连烟都是笔直的，我们的戍边将士想必更加挺拔伟岸。通过这样细细把玩，大家想想，"大漠孤烟直"每一个字是不是

第二讲 唐诗之美

都包含着作者的艺术匠心？

"长河落日圆"，"河"指黄河，西北地区是黄河的发源地，这地方没别的景，所以没法换。"长河"的"长"字，体现出一种时空的延伸。"落日"，为什么要写落日呢？因为这体现出一种心情，诗人王维当时是到边疆去慰劳军队的，他深切体会到戍边将士的悲苦心情，所以用了"落日"而不是"朝阳"。"圆"字为什么用得奇妙呢？大家想想，在现代大都市里，能看见"落日圆"吗？显然不行，一栋栋楼、一座座山会挡住你的视线，只有在沙漠中、在黄河边上，无楼无树无山的环境中，才能看到圆圆的太阳缓缓地沉入地平线。"圆"字突出了太阳的形象。况且，夕阳越圆，晚霞越红，正是残阳如血啊，它衬托了一种悲壮。

还有一个故事，讲宋朝几位太学生正聚在一起读杜甫的诗集，翻到有《送蔡都尉》这首诗的那一页时，有个地方破损了，导致"身轻一鸟□，枪急万人呼"中一字缺失。这两句是赞颂那位姓蔡的武官武艺高强、身手敏捷的，"枪急万人呼"指的是蔡武官手中枪舞动起来，呼呼直响，如千万战士齐声吼叫。而前面一句则意在体现他身体敏捷，一跳起来好像鸟如何如何。于是，几名太学生一起猜。先是猜"起"字，但旋即遭否定，因为"起"无法体现出快捷；又有人猜"下"字、"落"字，大家也不认同，因为"落"和"下"同样不能体现快捷；还有人提出应为"疾"，但"疾"字形容状态，显然与下句的动词"呼"无法对应；最后有人认为可能是"度"，但"度"字一般后面需带宾语。正当众人一筹莫展时，另外一名学生拿了本未破损的杜甫诗集进来，大家翻开一看，原来，所缺一字为"过"，尽皆叹服!"过"字取运动全过程中的一瞬间,一掠而"过",不管怎样理解都是快。大家不禁感叹唐诗太精练、太美了,杜甫的诗太精妙了。

贾岛是唐朝著名的苦吟诗人,据说他创作诗歌时曾经"两句三年得,一吟双泪流",从一定程度上看,这种说法为唐诗的语言美做了一个很好的注脚。下面的故事是关于贾岛的。他有一首诗叫《题李凝幽居》,其中"鸟宿池边树,僧敲月下门"两句家喻户晓。据说关于第二句中到底是用"推"字还是"敲"字,贾岛一直犹豫未定。一天,他骑驴走在长安城的大街上,寻思到底是"敲"还是"推",一时入神,冲撞了一位官老爷的马队。这位官老爷也不是寻常人,竟是著名的大诗人、大学问家韩愈。韩愈当时任京兆尹,相当于首都长安市市长。士兵们把冲撞官老爷的冒失鬼带了过来,一看闯了祸,贾岛连声道歉并解释原因,而韩愈也是好诗之人,竟停下来与贾岛一起推敲起来。最后他说:还是"敲"字好,因为敲有声音,以响声来反衬周围的静,意境很美。

唐朝有个著名的僧人叫齐己,他写了一首咏梅诗《早梅》,赞美梅花冒着风雪早早怒放。原诗中有两句是:"前村深雪里,昨夜数枝开。"他的一位叫郑谷的朋友读了后,给他提了个建议,将"数枝开"改为"一枝开"。郑谷的理由是:"'数枝'非早也,未若'一枝'佳。"意思是说:既然有数枝开放了,就不能算早梅;只有一支独放才是早。齐己听后非常佩服,称郑谷为自己的"一字师"。

此外,晚唐温庭筠《商山早行》中的两句"鸡声茅店月,人

第二讲　唐诗之美

迹板桥霜"，亦为炼字名句，其十字之中，描写了六种景物：鸡声、茅店、月亮、人迹、板桥、白霜。通过这些景物勾画出深山中的荒村野店，鸡声唤起赶路的旅客，残月犹自挂在天边；店外一道小河，河上一座板桥，桥上白霜正重，留下了早行人匆忙的脚印。诗人以最精练的语言，表现了一种野店霜晨、旅客道路辛苦的生动意境。此情此景，尽可想象出来，其表现手法宛如当今的电视短片，推、拉、摇、移的镜头都有。

我们再来完整地看一首诗——杜甫《闻官军收河南河北》：

> 剑外忽传收蓟北，初闻涕泪满衣裳。
> 却看妻子愁何在，漫卷诗书喜欲狂。
> 白日放歌须纵酒，青春作伴好还乡。
> 即从巴峡穿巫峡，便下襄阳向洛阳。

这首诗每一句中都有一个形容动态的状词，写来看似平常，细品方知生动无比：第一句"忽"字，状写出盼望之中又感到突然的心理；第二句"初"字，显出惊喜，引出诗人激动过度，以致喜极而悲、悲喜交集的状态；第三句中"却"字表现出感情上的转折；第四句中"漫"字显出心情的轻松；第五句中"须"字用词有力，透出狂喜；第六句中"好"字语气肯定，流露快意；第七、八两句中"从……穿"和"下……向"的句式本自有快速、轻松之感，再冠以"即"字和"便"字，则更加深了轻捷的程度。诗中这八个状词的运用，生动传神地写照了作者的心理状态，而且使得整首诗音节活跃，语言明快，呈现出高度和谐的美感。作者似乎信手写来，实际上是颇费推敲的，"看似寻常最奇崛，成如容易却艰辛"（王安石《题张司业诗》）。所以，语言美是唐诗艺术的一个重要方面。

三、唐诗之形式多样

唐诗作品中，从字数看，有三言诗、四言诗、五言诗、六言诗、七言诗、杂言诗，从体裁看，有古体诗（歌行体、古风诗）、近体诗（格律诗）、乐府诗等，芸芸齐备。可以说，中国古代诗歌的各种体制，在唐代已经全部形成、确立或得到进一步完善了。

大家通常读到的唐诗，大多是五言诗、七言诗，这里给大家介绍一首六言诗——王维《田园乐》：

> 桃红复含宿雨，柳绿更带朝烟。
> 花落家童未扫，莺啼山客犹眠。

这是一幅山水景物画，严格地说，更像当今的艺术摄影照片。"桃红复含宿雨"——桃花特写：粉红的花瓣上凝聚着夜雨的雨滴，鲜澄、柔和、晶莹、透明。"柳绿更带朝烟"——雾中晨柳：春色正浓，杨柳本自堆烟，再加朝雾迷蒙，显得分外袅娜多姿。这里有意境之美、构图之美、着色之美，真正是"诗中有画"。"花落家童未扫，莺啼山客犹眠"，更与孟浩然《春晓》同趣,写出隐士高人对大自然的热爱和不与世事的清高。此外,全诗每句六字,分为三个音节,顿挫之间,节奏欢快,有助于表现喜悦、乐赏之情,甚为别致。

此外,唐诗的平仄、押韵、对仗等格律方面的要求也是非常严整、优美的,读来让人感觉形式之规整、节奏之鲜明、韵律之流畅,均妙不可言,使得唐诗成为后世格律诗创作的范式,也代表着中国古典诗歌在世界诗歌苑地中的独特体制与风格。

仅以唐诗的对仗为例。所谓"对仗",是指诗句的对偶。这一说法出自古代的仪仗队,仪仗队出行时,人数、男女、服饰、器杖等一般都是对称的,故借以作为诗歌对偶的术语。对仗,主要用在律诗中,一般规律是上下两句(亦称"出句"和"对句")之间同类词两两相对,亦即名词对名词,动词对动词,形容词对形容词,颜色词对颜色词,数量词对数量词,方位词对方位词,等等。如山对水,去对来,红对绿,千对万。唐诗名句如:

平沙渺渺迷人远,落日亭亭向客低。(刘长卿《登余干古县城》)

无边落木萧萧下,不尽长江滚滚来。(杜甫《登高》)

一年将尽夜,万里未归人。(戴叔伦《除夜宿石头驿》)

这些都是精彩的对仗。对仗尚有许多具体要求,如平仄相对、虚实相对、句法相当、两句之间不能出现相同的字等;对仗的方式,除上、下句相对外,也还有许多特殊的例子,如:

隔句对(亦称"扇对"):

昔年共照松溪影,松折碑荒僧已无。

今日还思锦城事,雪销花谢梦何如?(郑谷《寄裴晤员外》)

在这首诗中,第一句与第三句是对仗的,第二句与第四句又

是对仗的。因为中间都隔着一句,故称"隔句对"。此外,还有一种特殊的对仗,称为"流水对"(亦称"连珠对"):

宁为百夫长,胜作一书生。(杨炯《从军行》)

所谓"流水对",是指两句诗在内容上彼此互相依存,舍掉其中任何一句,另外的一句就无法独立表达完整的意思。

当句对(两句之间小对):

小院回廊春寂寂,浴凫飞鹭晚悠悠。(杜甫《涪城县香积寺官阁》)

桃花细逐杨花落,黄鸟时兼白鸟飞。(杜甫《曲江对酒》)

之所以称为"当句对",是因为这些诗句在每一句中都会有词语互相对仗,如"小院"对"回廊","浴凫"对"飞鹭","桃花"对"杨花","黄鸟"对"白鸟",等等。

诗歌的对仗,实际上是一种修辞手段,它可以使作品表现出整齐的建筑美。今人读唐诗,在这些地方要细细体味,从而获得更多的艺术享受。至于唐诗的平仄、用韵、句法、结构等方面的具体知识,大家还可阅读专门的诗词格律工具书,以加深理解。但前提是多读作品。熟读唐诗作品,其形式艺术会在无形中掌握;没有作品基础,专攻格律知识,便会有"隔"的感觉。

以上讲到唐诗境界崇高、语言精美、形式多样,从一个侧面展示了唐诗的思想、艺术风貌。那么,唐诗发展的每一个时期有哪些诗人的诗是我们今天非读不可,不读就会终身遗憾呢?下一讲将会告诉大家。

第三讲

初唐诗人的人生感悟

上一讲我们谈到唐诗的繁盛以及唐诗的审美价值。实际上，唐诗三百多年的发展是一个曲折的过程，在不同的历史时期，唐诗所表达的内容、精神风貌以及风格都不尽相同。一般研究唐代历史者都把唐朝分为四个时期，即初唐、盛唐、中唐、晚唐，这一概念既是对唐代社会历史的划分，也是对唐诗发展阶段的表述，更是对唐诗风格的写照。作为普通读者，我们虽然不一定去探究唐诗发展的深层规律，但起码要达到这样一种境界：拿一首古诗给你，不说这是唐诗，你一读，从它的内容和韵味，你马上判断出这是唐诗；拿一首唐诗给你，不说作者是谁，但你一读，根据它的风格就会分辨出这是盛唐诗还是晚唐诗。这就是我们给唐诗划分时期的意义。一般说来，初唐诗歌，诗风华美，如"洛阳城东桃李花，飞来飞去落谁家？洛阳女儿惜颜色，行逢落花长叹息"；盛唐诗歌，诗风壮美，如"君不见黄河之水天上来，奔流到海不复回"；中唐诗歌，诗风精美，如"柴门闻犬吠，风雪夜归人"；晚唐诗歌，诗风凄美，如"夕阳无限好，只是近黄昏"。

下面我们先谈谈初唐的诗。

一、华美的初唐诗歌

所谓初唐，是指从唐高祖武德元年到唐玄宗开元初年（公元618—713年）。在这一百年间，唐诗逐渐摆脱六朝浮华的文风，开始走向健康发展的道路。这是一个转变期，大体上又可以把它

第三讲 初唐诗人的人生感悟

分为前五十年和后五十年。前五十年的初唐诗歌沿袭了六朝浮华的风气,宫体诗遍地开花,什么叫"宫体诗"将在后文讲到。这期间的代表流派有上官体(代表人物虞世南、上官仪)和沈宋体(代表人物沈佺期、宋之问)。

后五十年里,先有初唐四杰从内容到形式对唐诗进行了革新。初唐四杰即王杨卢骆——王勃、杨炯、卢照邻和骆宾王,这个顺序就是他们四人当时的排名。据说,他们自己是有点不服气的。比如排第二的杨炯说:我"愧在卢前,耻在王后"。卢照邻那么有成就,我排在他的前边,感到很惭愧;王勃那么年轻,排在他后面,我感到很羞耻。这也可以看出,当时王杨卢骆都很有影响,所以后来杜甫写道:"王杨卢骆当时体,轻薄为文哂未休。尔曹身与名俱灭,不废江河万古流。"这是说:不管别人怎么来骂初唐四杰,但他们就像江河长流,永不消逝,影响广泛。初唐四杰之后则有陈子昂倡导建安风骨,以《诗经》、汉乐府,特别是以曹操时期的建安文学为榜样,使唐诗具有了强烈的政治性和崇高的思想性,开创了唐诗健康发展的道路。这样,我们已粗略勾画出一百年间唐诗的发展脉络:前五十年宫体诗充斥诗坛,后五十年是个改革转变时期——先有初唐四杰,然后是陈子昂完成了这个改变。

这里要跟大家介绍一下什么叫"宫体诗"。南朝后期的梁、陈时代,南方统治者安于局部稳定,不思进取,腐化堕落,君臣们将视野局限在宫廷生活的范围之内,在文学上,尤其是诗歌创作上,以声色为主题,内容贫乏,形式柔弱,他们创作的诗歌被称作"宫体",也就是专注于宫廷内部的生活题材。这些诗大多以女性为描写对象，而且重点不是写女性的情感，而是写女性的容貌、肢体、形态，在今天来评论它，那真是说不出口，拿不出手，这是中国诗歌史上一个堕落的时期。初唐的诗歌就曾受宫体的影响。

为了帮助大家理解宫体诗，在这里介绍两首南朝时期还算拿得出手的作品。

有一首诗是梁代简文帝萧纲写的《咏内人昼眠》，这里的"内人"可能是皇后或妃子，总而言之是身边一个女子。这首诗写她"昼眠"，就是睡午觉：

北窗聊就枕，南檐日未斜。
攀钩落绮障，插捩举琵琶。
梦笑开娇靥，眠鬟压落花。
簟文生玉腕，香汗浸红纱。
夫婿恒相伴，莫误是倡家。

一般坐北朝南的居室前面是堂屋，后面是卧室。诗中的这位女子在"北窗""就枕"，就是回房睡觉。"南檐日未斜"，指太阳还没有西斜，那正是白天睡午觉。这女子想睡觉了，丈夫（可能就是作者）便"攀钩落绮障"，把她的"绮障"（绣花的帏帐）放下来，挡住光线，让她安睡。"插捩举琵琶"，弹琵琶的那些配件，作者把它插起来，把琵琶挂起来。女子睡着了，他在旁边观察，她是什么样子呢？"梦笑开娇靥"，哦，她做了一个美梦，露出笑容，脸上还有一个酒窝，多好看啊！"眠鬟压落花"，她

第三讲 初唐诗人的人生感悟

乌黑的头发滑落在枕头上,把花儿压住了。"簟文生玉腕","簟"就是南方的那种竹席,她翻过身来,手腕上印着席子的纹路。"香汗浸红纱",你看她微微出了点汗,香汗把她红色的内衣浸湿了。作者说:这样娇美的女子,应该"夫婿恒相伴",作为丈夫要永远伴随她身边,要好好爱她;"莫误是倡家",别把她当作倡家女,轻易地抛弃。

大家看,宫体诗写得美不美呢?美。美感在哪里?描写很细致,尤其对人物形态的描写、细节的勾画,都十分精到。但是写一位女子睡觉,睡得好还是不好,有什么意义呢?对社会发展有什么促进作用?或者说,对生活又有多少启发意义?

再举个例子,这是陈代最后一个君主——后主陈叔宝写的一首诗,叫《三妇艳词》。他这样写道:

> 大妇年十五,中妇当春户。
> 小妇正横陈,含娇情未吐。
> 所愁晓漏促,不恨灯销炷。

这里写了三个女子,一个才十五岁,一个当门户,一个横陈于床,"含娇情未吐"。她们所担心的事情是报时的漏斗催促天亮(嫌良夜短),而不怕晚上的蜡烛一根接一根消融(盼春宵长)。作者写这些女子很娇弱,很柔美,但是也没有什么社会意义。陈叔宝还有一首《玉树后庭花》,同样写美女:

> 丽宇芳林对高阁,新妆艳质本倾城。

> 映户凝娇乍不进，出帷含态笑相迎。
> 妖姬脸似花含露，玉树流光照后庭。

后来杜牧曾写"商女不知亡国恨，隔江犹唱《后庭花》"，其中《后庭花》就是指陈后主这首诗。可以看出，这些诗是如何的浮华和艳丽。这就是堕落的宫体诗，很美很细腻，但不能给人一种积极向上的情感。

隋朝统一中国以后，统治者已经看到六朝浮艳文风的消极影响，曾经试图扭转这种风气，但隋政权统治的时间太短，不足四十年，来不及改变。而且文化风尚是一种无形的力量，不容易革新。所以到了初唐，六朝的文风依然统治诗坛，诗人在视角上依然不注重社会生活，题材上还是离不开女性，离不开风花雪月，风格也仍是缠缠绵绵的。比如上官仪写春天："瑶笙燕始归，金堂露初晞。风随少女至，虹共美人归。"笔下还是少不了少女啊、美人啊，缺少一种刚健清新的气息。这就是前五十年的初唐诗歌，离社会生活比较远。

直到后五十年间刘希夷、张若虚的出现，他们虽然延续着初唐的风气，依然还在写女性，但是已经开始思考人生和宇宙这样一些大命题了。

第三讲　初唐诗人的人生感悟

二、"年年岁岁花相似，岁岁年年人不同"
——刘希夷"红颜"与"白头"之叹

很多人知道这样两句诗："年年岁岁花相似，岁岁年年人不同。"这是刘希夷在《代悲白头翁》中对"红颜"和"白头"的感叹。全诗如下：

> 洛阳城东桃李花，飞来飞去落谁家？
> 洛阳女儿惜颜色，行逢落花长叹息。
> 今年花落颜色改，明年花开复谁在？
> 已见松柏摧为薪，更闻桑田变成海。
> 古人无复洛城东，今人还对落花风。
> 年年岁岁花相似，岁岁年年人不同。
> 寄言全盛红颜子，应怜半死白头翁。
> 此翁白头真可怜，伊昔红颜美少年。
> 公子王孙芳树下，清歌妙舞落花前。
> 光禄池台文锦绣，将军楼阁画神仙。
> 一朝卧病无相识，三春行乐在谁边？
> 宛转蛾眉能几时？须臾鹤发乱如丝。
> 但看古来歌舞地，惟有黄昏鸟雀悲。

这首诗是以一个女孩的口气来写的。"洛阳城东桃李花，飞来飞去落谁家",这句写春天。春天已逝,在洛阳城东,落花纷飞,花瓣啊花瓣,你飞来飞去,会落在谁家呢?暗寓着姑娘的心情:小女子我也将花落谁家呢?这就是初唐诗歌的风格,叹惋、缠绵,难免有点消极。花瓣无根无蒂,最后不知会飘到哪里,人生也是如此,"洛阳女儿惜颜色",洛阳女孩看到落花飘坠,联想到了自己,"惜颜色",就是珍惜自己的青春美貌。哪个女孩不爱美?哪个女孩不以年轻为骄傲?但是年轻和美丽是否永恒呢?所以洛阳女儿"行逢落花长叹息",她也难免叹息,因为曾经那么美的花儿凋零了,自己那么年轻,那样美丽,也会有老去的一天。这种感叹是过于悲哀了,过于没有自信了,但它是事实。"今年花落颜色改,明年花开复谁在",今年花儿落了,我又老了一岁,明年花开的时候,我还在不在呢?这就好比黛玉葬花:"侬今葬花人笑痴,他年葬侬知是谁?"当大家读到《红楼梦》中这两句时,可以发现,黛玉葬花的意境就出自这首诗。

"已见松柏摧为薪,更闻桑田变成海",世事无常,坚贞如松柏,经得起岁月的考验,但松柏也变成了薪柴,也会枯萎。沧海看起来是不可变的,但沧海变桑田,桑田变大海,宇宙间已经发生过几番轮回了。大家知道,我们的高原、喜马拉雅山,原来都曾是大海,可见这个变化多大。所以说"古人无复洛城东,今人还对落花风",洛阳城东曾有古人来看花,现在他们还在吗?不在了,今天是我们来面对落花,面对东风。"年年岁岁花相似,岁岁年年人不同",年年岁岁,花开花落,这是永恒的,但是岁岁年年,人却不同,前些年看花的人早就不在了,今年看花人大多是新的面孔。所以,"寄言全盛红颜子,应怜半死白头翁",

第三讲 初唐诗人的人生感悟

作者说：我要告诉"全盛红颜子"，你们正当妙龄，青春美丽，你们要同情尊重那些已半身入土的白头翁。这里提出了一个问题：对白头翁应该怎么看待？作者认为，"此翁白头真可怜，伊昔红颜美少年"，他现在老了，白发苍苍，满脸皱纹，但他过去也曾经是美少年。所以，年轻的朋友们，当你们走在大街上，看到一个老人拄着拐杖，气都喘不上来，你可不要轻视他，也许他是个科学家，或者是个老革命，他也曾有过辉煌的岁月。"公子王孙芳树下"，他年轻的时候，也曾是公子王孙；"清歌妙舞落花前"，他也曾经清歌妙舞，在花前月下生活。"光禄池台文锦绣"，也许他曾经是一个大官，穿着锦绣官服，在光禄池台主持政事。他也许是"将军楼阁画神仙"，国家的名人蜡像馆里面可能有他的蜡像，他为国家做出过很大的贡献。现在，老人"一朝卧病无相识，三春行乐在谁边"，人老了，卧病在床，很多朋友不理他了，就像我们今天很多空巢老人、孤寡老人，"三春行乐"已经没有了。所以作者说"宛转蛾眉能几时"，"蛾眉"意指年轻漂亮，这能够保持多长时间呢？"须臾鹤发乱如丝"，眨眼间，满头的青丝已成"鹤发"（白头）了。"但看古来歌舞地，惟有黄昏鸟雀悲"，过去曾经是翩翩行乐的"歌舞地"，现在也荒芜了，可见，人生变化不过须臾之间。

关于刘希夷这首诗，还有一个传说。据记载，刘希夷的舅父宋之问曾要求希夷将"年年岁岁花相似，岁岁年年人不同"这两句让给他（也就是将著作权转赠），希夷坚决不肯，宋之问盛怒之下竟用沙袋将其砸死。为了这两句诗竟然被砸死，当时的人们惋惜地说："年年岁岁花相似，岁岁年年人不同"，似乎预言明年会"人不同"了,不吉利,没想到果真成了作者的诗谶啊!所谓"诗谶",即一诗成谶,也就是不幸被诗中词句言中的预言。这个故事未必真实,但可见当时这首诗的影响之大。

大家读这首诗,有几点值得注意。首先,它揭示了一条宇宙规律——人生有限,宇宙无穷。"年年岁岁花相似,岁岁年年人不同",花儿年年开放,这是一个不变的规律,而人生短暂,年年看花的人却是不同的。

中国古典诗词有两个永恒的主题,一个是谈爱情,另一个就是人生有限、宇宙无穷。东汉末年无名氏文人写的《古诗十九首》,其中有一首诗叫《驱车上东门》:"人生忽如寄,寿无金石固。"意指人生很短暂,就像宇宙间一个匆匆忙忙的过客一样,寿命没有金石那么坚固。曹操的《短歌行》里讲道:"对酒当歌,人生几何?譬如朝露,去日苦多。"其实人生很短,就好像早上的露水一样,转眼之间就干了,留给我的岁月太少了。曹植曾在《送应氏》中说:"天地无终极,人命若朝露。"天地是没有终极之时的,而人的生命则如同清晨的露珠。魏晋时期的阮籍在《咏怀》中说:"人生若尘露,天道邈悠悠。"人的生命就像细碎的灰尘和脆弱的露水,天的运行则无限邈远,永不止歇。当代伟人毛泽东也曾在他的词里说过:"人生易老天难老。"人生是容易老去的,天却不会衰老。这些都是对宇宙规律的大彻大悟。看到这一点是要有见识的,说出这一点更是要有勇气的,因为一般人都不承认人生渺小,或者说,如果你承认人生有限,那就是消极人生观。

问题的关键是,看到这一点之后,你采取的是什么态度?

第三讲 初唐诗人的人生感悟

有人说"不如饮美酒,被服纨与素"(《古诗十九首·驱车上东门》),体现一种消极人生态度;有人说"老骥伏枥,志在千里;烈士暮年,壮心不已"(曹操《龟虽寿》),表明生命虽有限,壮心永不息。其实,读曹操的诗,不能光看前面四句"对酒当歌,人生几何?譬如朝露,去日苦多",你还要读后面几句"山不厌高,海不厌深,周公吐哺,天下归心"。这是说:人生短暂,我要及时建功立业,人才都到我这儿来吧!"山不厌高",越多越好;"海不厌深",越精粹越好。我要学当年的周公,周公为了吸引人才,"一饭三吐哺,一沐三握发"。话说周公当年,有一次正在吃饭,外面报告说有人才来投奔了,他马上把饭吐到盘子里面,来不及咽下去,就赶快去接见他。等到接见回来以后继续吃饭,饭还没有咽下去,外边报告说,又有一个人才来投奔了,他又吐到盘子里面。是谓"一饭三吐哺"。"一沐三握发",是说周公正在洗头,外面报告说有人才投奔,他来不及把头发拧干就出去接见,接见完继续洗,又有人才来了,又去接见,反复三次。曹操自比周公,可见他求贤若渴的心情。所以说,刘希夷的诗揭示了人生苦短、宇宙无穷的规律。面对这个规律,可以有两种态度:一种是消极的,那是不可取的;另外一种是积极的,像曹操那样,把握短暂的人生,做出大事业,这是我们要体会的。

《代悲白头翁》还描述了一个人生现象——"红颜"终会变"白头","白头"也曾是"红颜"。从古到今,一个人不可能终生保持"红颜",哪怕你用了再多的化妆品,哪怕你多少次地整容、拉皮、除皱,你能够青春永驻吗?人总会衰老,人生总有生老病死,这都是不可避免的。而一个老人,白发苍苍,风烛残年，看起来不如"红颜"美丽、潇洒，但一定别忘了，他也曾是"红颜"，他也许曾经很帅、很美丽、很酷、很辉煌。生活中，如果我们看不到这一点，就是自欺欺人，就会对人生做出许多错误的判断和选择。

这首诗又指出了一种生活态度——珍惜"红颜"，尊重"白头"。既然明白了"红颜"终会成"白头"，"白头"也曾是"红颜"这一道理，那么，正确的态度应该是：珍惜"红颜"——趁青春年少之时，努力学习，发奋努力，"莫等闲，白了少年头，空悲切"。当今有些年轻人逃学、逃课、迷恋网络游戏而荒疏学业，甚至游手好闲，无所事事，是多么不可思议啊！年轻人在珍惜"红颜"的同时，还要尊重"白头"——"白头"的经验、"白头"的成功，甚至包括"白头"的教训，都是"红颜"的宝贵财富。尊重"白头"，是优良的传统；尊重"白头"，是感恩的观念；尊重"白头"，实际上是尊重自己！

这些，正是《代悲白头翁》告诉我们的。

三、"江畔何人初见月？江月何年初照人？"
——张若虚"宇宙"与"人生"之辨

在初唐诗歌中，探讨宇宙和人生关系的佳作，除了刘希夷的《代悲白头翁》，还有张若虚的《春江花月夜》：

春江潮水连海平，海上明月共潮生。

第三讲 初唐诗人的人生感悟

滟滟随波千万里，何处春江无月明！
江流宛转绕芳甸，月照花林皆似霰。
空里流霜不觉飞，汀上白沙看不见。
江天一色无纤尘，皎皎空中孤月轮。
江畔何人初见月？江月何年初照人？
人生代代无穷已，江月年年只相似。
不知江月待何人，但见长江送流水。
白云一片去悠悠，青枫浦上不胜愁。
谁家今夜扁舟子？何处相思明月楼？
可怜楼上月徘徊，应照离人妆镜台。
玉户帘中卷不去，捣衣砧上拂还来。
此时相望不相闻，愿逐月华流照君。
鸿雁长飞光不度，鱼龙潜跃水成文。
昨夜闲潭梦落花，可怜春半不还家。
江水流春去欲尽，江潭落月复西斜。
斜月沉沉藏海雾，碣石潇湘无限路。
不知乘月几人归，落月摇情满江树。

  我们读这首诗，首先要好好读一读题目，它的内涵很丰富：春、江、花、月、夜，五种很美的景物，但是这个题目并不是张若虚首创的。在南朝乐府诗里，就出现过《春江花月夜》的题目。而最早以此为题的人，相传是前文提到的那个宫体诗人——陈后主陈叔宝，其诗没有流传下来。但是，可以想象得出，这位以写艳词为务的诗人，其《春江花月夜》大概不出描写女性之范围。

　　后来，隋朝的隋炀帝杨广也以《春江花月夜》为题写过两首。其中一首曰："暮江平不动，春花满江开。流波将月去，潮水带星来。"这首诗按照题目的要求，把春、江、花、月、夜都写出来了。"暮江平不动"，写出了月光之下大江的迷漫，"平"而"不动"，显得浩渺而神秘。"春花满江开"，既扣住"春"字，又写出月光之下江面波光粼粼、闪闪烁烁的奇幻景象。"流波将月去"，是说江水流淌到哪里便将月亮带到哪里；而"潮水带星来"，写出江海相接处，倒灌入江的海潮带着星星逆流而上。其实这两句是互文见义，写出星月皎洁、江天相映的夜景，极富想象力。

　　另一首这样写道："夜露含花气，春潭漾月辉。汉水逢游女，湘川值两妃。"这首诗的前两句依然是写景：露珠儿凝聚着春花的芳香，江面上荡漾着月亮的光华，晶莹、芳洁，美不胜收。诗的后两句，则借历史传说写出春江花月夜背景之下的人物美、情感美。"汉水逢游女"，说的是西周时有一个名叫郑交甫的人，旅行至汉水岸边，月光下遇见两个美丽的女子。郑交甫顿生爱慕之情，便向二位美女讨求纪念品。二女将随身玉佩解下相赠，交甫满心欢喜，将玉佩揣于怀中离去。走出十余步，怀中玉佩忽然不见，郑交甫回头再看，二女也消失得无影无踪。他这才明白，二女是传说中的汉水女神。神女解佩的故事流传了几千年，今日之湖北襄阳万山，仍有解佩渚遗址。而"湘川值两妃"，是讲舜帝与二妃娥皇、女英的故事。当年舜帝南巡安抚少数民族，不幸死于苍梧，葬在九嶷山。二妃千里寻夫，至九嶷，知舜死，悲啼不止,泪水洒落竹上,竹尽斑,至今湖南仍产斑竹。后来二妃投水而死,芳魂化为湘水女神。可见,隋炀帝的《春江花月夜》,无论从内容上看,还是从艺术上看,都与这个美丽的题目相称。

盛唐诗人张子容写过两首《春江花月夜》,为五言六句,题材、艺术均无发展。晚唐温庭筠也写过一首,但却是政治讽刺诗,讽刺隋炀帝因写《春江花月夜》而亡国,所以他也以《春江花月夜》来讽刺之。

真正将《春江花月夜》推向极致的还是张若虚的这一首。张若虚平生只有两首诗流传至今,《春江花月夜》是其中之一。可以说,是张若虚拯救了《春江花月夜》这个乐府古题,使它焕发出新的艺术生命力,也正是《春江花月夜》成就了张若虚在中国诗歌史上的地位,只凭这首诗,他就足以跻身于初唐众多杰出的大诗人之列。

这首诗比较长,如果要背的话,有个诀窍告诉大家:全诗一共三十六句,可分为五个层次,第一个八句是第一层,第二个八句是第二层,第三层是四句,接下来两个八句,是最后两层,这五层分开来背就容易多了。其实,这五个层次也是《春江花月夜》的内在结构,它们是起、承、转、合的关系。

所谓"起",就是破题,《春江花月夜》的前八句好像是用一组特写镜头描写出春江、潮水、明月、花林、月夜这些美好的景物。第二层八句是"承",就是承接第一层的内容,由眼前的美好景物引发出宇宙无穷、人生有限的感慨。第三层是"转",由人生短暂的感慨转而写人生中最令人不堪忍受的离情别绪。接下来八句是"转承",将第二层"转"过来的内容再展开,从思妇的角度写离愁。最后八句亦为"转承",从游子的角度写离愁。全诗最后一句("落月摇情满江树")是"合":照应诗的开头"春""江""花""月""夜",全诗以写景起,以写景收。

如果大家读唐代的律诗或绝句,就更容易理解起、承、转、合这种结构。律诗两句是一层,一共八句,实际上是四层,每两句叫"联",前两句叫"首联",三、四两句叫"颔联",五、六两句是"颈联",七、八两句叫"尾联"。首联、颔联、颈联、尾联之间的关系就是起、承、转、合。绝句一共四句,也是起、承、转、合的关系。大家看古人写诗,不但在内容、词语上用尽心机,而且在篇章结构上都遵循这样的规律,即起、承、转、合。在今天,比如你写春天,第一句要点题(起):春天来了。第二句要展开描写(承):春天景色如何。第三句一转(但是):春光虽好,但流逝很快。第四句作结,篇末点题(合):所以要珍惜春天,等等。这样写,内容上就有起伏跌宕,有变化,而不是平铺直叙。

再回到这首诗。张若虚的笔下,春天是美好的,滚滚滔滔的大江是美好的,百花盛开的景象是美好的,春宵良夜也是美好的,而那亘古以来照耀着人间的月亮更是美好的。作者正是将这五种美好的景物构织在一幅图画里。

其实,张若虚在五种景物中又着重在写"月"。有了"月",江流、大海、旷野、花林都显得生机勃勃。"春江潮水连海平,海上明月共潮生",春江潮满,江水浩荡,东流入海,海天相接。而在那海天相接处,因月满而吸引出潮水,又因潮大而托涌出明月,"共潮生"的景象何其壮观!当月亮刚一出现在夜空时,

第三讲　初唐诗人的人生感悟

世上的一切便格外迷人：江面之上，闪闪烁烁，江流万里，波随万里，江月同在，情水同长。那弯弯曲曲的江流，绕过芳草地，行程万里，流芳万里。月光洒泻在花树之上，如同雪珠散落；夜空中，好像有薄雾笼罩，浑然一片，使人感觉不到雾气的飞动；沙汀之上，月色显得更加皎洁，白沙竟被月光所淹没。

有了"月"，世上的人也就会举头望月，就会生发出许多与"月"有关的问题。而在这许许多多问题中，最大的，也是最难解答的问题，莫过于人与宇宙的关系了。"江畔何人初见月？江月何年初照人？人生代代无穷已，江月年年只相似"，是啊！亘古以来，是什么人第一次见到月亮？天上的月亮又是从何时开始照耀人间的？很显然，答案只有一个，那就是：人生有限，宇宙无穷。张若虚认为：一个人的一生是有限的，代代相承却又无穷无尽，人类的代代承传可以和天地的长久、月亮的永恒相媲美。而月亮虽然一直到现在还照耀着人间，但月亮还是那个月亮，没有变化，人类却在不断地繁衍、新生，因此还是人类最伟大。

有了"月"，也就有了月夜里男女相思爱恋。人生长相厮守者少，生离死别则常见。"谁家今夜扁舟子？何处相思明月楼？"在这朗朗月夜，有多少独驾扁舟的游子漂流在外？在那明月高照的闺楼之中，有多少孤身女子被相思所折磨？他们苦苦相思，切切爱恋，终不免"鸿雁长飞光不度，鱼龙潜跃水成文"，终究是"不知乘月几人归，落月摇情满江树"。

人的一生中见过许多优美的景物，但你是否欣赏过春江花月夜这样的美景？人的一生中会有许多感情的经历，但你是否体味过"愿逐月华流照君""昨夜闲潭梦落花"这样的温情与痴迷？

人的一生中也会有许多哲学的思考，但你是否思考过"人生代代无穷已，江月年年只相似"这样的人生与宇宙的命题？如果没有，不妨读一读《春江花月夜》，你便可徜徉于诗的意境中，领略到大自然的美，体悟到人生的意趣。如果你有过上面所说的经历，也不妨读一读《春江花月夜》，你或许会与作者产生共鸣，从而加深你对生活的认识和对人生的思索。

四、"前不见古人，后不见来者"
——陈子昂"古人"与"来者"之怨

　　刘希夷、张若虚写出了各自关于人生的思考，初唐时期，还有一个人也发过感叹："前不见古人，后不见来者。"这个人是陈子昂。他在感叹"古人"与"来者"之间的一种遗憾、一种怨愤。前文曾讲到，陈子昂把唐诗引到了一个新的发展道路，他本身也是很有传奇色彩的一个人物。

　　陈子昂年轻时四处行侠仗义，十八岁才开始刻苦攻读。他性格豪放、浪漫，胸怀大志，行为举止不同于常人。传说他到长安考进士的时候，先在闹市之中用重金买得一把非常珍贵的胡琴，一时引来许多人围观。人们纷纷猜测，舍得花钱买这样贵重乐器的人，必是操琴高手，于是提出请他当众演奏一曲。陈子昂微微一笑，说道："各位如果要听琴，明天请到我住的客舍来。"第二天，人们果然都涌向陈子昂的住处。只见陈子昂拿出那把胡琴，啪的一声当众摔在地上，胡琴被摔得粉碎，众人都惊呆了。这

第三讲　初唐诗人的人生感悟

时，只见陈子昂从屋里抱出一摞稿纸，高声说："诸位与其听我操琴，不如读我的诗文！"于是把平日所作诗文分发给大家，众人读了连连称赞。一时间，陈子昂名噪京华。这就是古代的"炒作"行为，足见陈子昂的豪迈与非同凡响。后来，他果然中了进士，并在武则天执政时做过麟台正字、右拾遗等官职。他多次给武则天上书，力陈时弊，主张革新，因而得罪权贵，三十八岁时不得不辞官归乡，过起了隐居生活。隐居后，武则天的侄儿武三思指令当地县官借机将他关押起来，并且害死于狱中，死时才四十二岁。

陈子昂的诗流传下来的不多，最著名的就是《登幽州台歌》：

前不见古人，后不见来者。
念天地之悠悠，独怆然而涕下！

这首诗脍炙人口，人家都觉得好，究竟好在哪里呢？首先，你得知道"幽州台"，幽州台据说是战国时期燕昭王修的一个黄金台，燕昭王曾经问他的谋士郭隗该怎样求得贤才，郭隗说："就请大王从尊重我开始吧！"于是，燕昭王就为郭隗专门修了一座宫室，并且将他当作老师来侍奉。又传说，燕昭王曾在易水边上筑了一座高台，用黄金千斤作为招募人才的奖赏，结果得到了像乐毅、邹衍、剧辛那样的良将和谋臣。从那以后，黄金台成了君王知遇、信用贤臣的代名词。（后世被认为是黄金台遗址的有好几处，幽州台相传就是燕昭王求贤的黄金台。）

武则天万岁通天元年（公元696年），北方契丹族攻陷营州，武则天派建安王武攸宜率兵征讨，陈子昂以右拾遗身份在军中任参谋。武攸宜在军事上是一个无能之辈，出征的第二年，由于他指挥不当，手下先锋王孝杰等人竟全军覆没。在局势危急之时，陈子昂要求分兵破敌，为国前驱，结果武攸宜不但不答应，反而将他降职为军曹。陈子昂忠而见弃，悲愤填膺，他登上幽州台，举目四望，天地苍茫，很自然地就会想到古代的明君贤臣：他们风云际会，相得益彰，是何等和谐！可是这些"古人"今天已经见不到了，所以陈子昂悲叹"前不见古人"。

陈子昂是在这样的背景下登上幽州台的，这样就可以理解他说"前不见古人"的心情。他实际上在感叹：古时那个爱惜人才的燕昭王在哪里呢？看不见了。"后不见来者"，以后还会出一个燕昭王吗？人生有限，也赶不上了。我陈子昂没有赶上燕昭王那个时代，也等不到以后那个爱惜人才的时代了，生活在这样一个时代里真是生不逢时啊！"念天地之悠悠"，是说登楼远眺，深感天地时空之悠长旷远。"独怆然而涕下"，是说在茫茫宇宙之内，自己是那样渺小和无能为力；在纷攘的尘世之中，自己又是那样地孤独和落寞。所以，当诗人怀才不遇，壮志难酬时，不禁悲从中来，潸然泪下，他仰天长啸："念天地之悠悠，独怆然而涕下！"这首诗写出了英雄气短，是一种无奈、一种悲愤和孤独。它有着很强的感染力，它把一切有理想、有抱负而又不为时世所容、报国无门的志士的心声代为呼喊出来，因而最能引起同情和共鸣，这也是此诗艺术魅力之所在。

面对宇宙无穷，人生有限，陈子昂有万般无奈，但无奈之

第三讲 初唐诗人的人生感悟

中也体现了他的热情,他是想在有限的人生当中报效国家,干出一番业绩来。陈子昂不仅是仁人志士,是诗人,而且是一个诗歌理论家(著名文章有《修竹篇序》)。他主张诗歌创作要注重思想内容和社会作用,不能像以前那样局限于宫廷内部。要"以义补国",也就是通过写诗来促进国家的发展和进步,要学习《诗经》和汉乐的现实主义精神,以及汉末建安时期以曹操等人的作品为代表的硬朗的汉魏风骨,把诗歌写得刚健有力些。陈子昂自己的诗歌创作就实践了这一主张,写来慷慨悲壮,苍凉激越,对唐诗的发展有着重要影响。

概言之,初唐诗歌发展处于转变期。虽然初唐诗人并非都像刘希夷、张若虚、陈子昂那样思考着宇宙与人生的大命题,但刘希夷、张若虚、陈子昂等人的作品毕竟象征着一种转变、一种进步。尤其是陈子昂,他的创作实践、他在理论上的大声疾呼,完全可以说是端正了唐诗发展的方向,为李白、杜甫等人攀登高峰开辟了正确的道路。那么,端正了方向之后的唐诗是如何发展的呢?历史进入盛唐,诗歌将如何写照那个雄壮的时代呢?盛唐诗歌有哪些激动人心的篇章呢?请关注下一讲——《盛唐诗人的壮烈情怀》。

第四讲

盛唐诗人的壮烈情怀

上一讲谈到，初唐华美诗风之中，有刘希夷、张若虚、陈子昂等人对人生、宇宙，以及对古往今来的历史进行深刻思考的诗作。而且自陈子昂之后，唐诗开始走上关注社会、关注现实、格调高昂、诗风强劲的健康道路，开启了盛唐诗歌发展的新格局。那么，盛唐的诗歌是个什么样子呢？先给大家讲一个故事。

一、旗亭画壁

那是唐玄宗开元年间，有一天，长安城中雪花飘飘洒洒，阵阵寒气侵入肌骨。诗人王昌龄、高适、王之涣相邀来到旗亭，想饮酒听曲，消闲遣兴。旗亭就是酒楼，那里有许多歌女乐工，他们把当时流行的诗歌谱曲歌唱，为顾客助兴。王昌龄等三位诗人上得楼来，选了个干净的座位坐下，歌女们的演唱尚未开始。王昌龄笑着对高适和王之涣说："我等三人在写诗方面都有些名气，但平日总分不出高下优劣来。今天我们不妨悄悄观察歌女的演唱，看看谁的诗被她们选作歌词。被她们唱得多的，自然是第一名啰！"高适、王之涣拍着手连叫："好！好！好！"

不一会儿，只见一位歌女手执红牙拍板出场，轻展歌喉唱道：

寒雨连江夜入吴，平明送客楚山孤。
洛阳亲友如相问，一片冰心在玉壶。

这一曲，声音清越，感情真挚，王昌龄击掌而笑，说道：

第四讲　盛唐诗人的壮烈情怀

"这是我的诗!"说着,伸出手来,用指甲在墙上画了一道横线,做了个记号。

酒过一巡,又一位歌女出场,三人同声说道:"听听这一位唱谁的诗。"只见那歌女轻舒红袖,微启樱唇,唱道:

开箧泪沾臆,见君前日书。
夜台何寂寞,犹是子云居。

曲调婉转,情意缠绵。高适听了,哈哈大笑,也用指甲在墙壁上画了一道杠,说:"我的绝句一首!"

又过了一会儿,第三位歌女出来。只见她载歌载舞,款款而歌:

奉帚平明金殿开,暂将团扇共徘徊。
玉颜不及寒鸦色,犹带昭阳日影来。

王昌龄一听,对着王之涣说:"听见了吗?我的绝句又一首。"说着在墙壁上画了第二道,画完又笑。高适也对着王之涣微微颔首,接着摇了摇头,似乎在说:"只有老兄的诗没有人唱呢。"王之涣脸都涨红了,把酒杯往桌上重重地一顿,说:"这班乐工都是潦倒之徒,这些歌女也只会唱'下里巴人',他们哪里懂得'阳春白雪'!俗不可耐,俗不可耐!"说完指了指乐队中一位最漂亮的、尚未出过场的歌女,对王昌龄、高适说:"等到这位女子上场时,她如果不唱我的诗,我就终生不再与你们争高低了；假如她唱的是我的诗，那你们可得要作揖行礼，拜我为师哦。"王昌龄、高适满口答应，大家静候那位美丽的女子出场歌唱。

酒过三巡，她终于出场了，只见她头发梳成双鬟，亭亭玉立，风姿绰约，开口歌唱，如凤鸣莺啼。她唱道：

> 黄河远上白云间，一片孤城万仞山。
> 羌笛何须怨杨柳？春风不度玉门关。

这一下，王之涣可高兴了，他站起身来，仰头喝干了杯中酒，指着王昌龄、高适说："怎么样？二位村夫俗子，俺王之涣没说错吧？只有这样的女子才配唱我的诗！"说完，三人都笑了，又一连干了几大杯。

这便是有名的典故——旗亭画壁，这个成语后来用来代指在酒店里面喝酒唱曲，在墙上做记号。

这个故事颇富传奇色彩，它告诉我们两个信息：一是唐诗其实是当时的通俗文学，流传极广，坊间、酒店都在传唱，如同今天唱卡拉OK，被点唱最多的人，就意味着他最走红；二是王之涣这首诗确实有特色。

诗的开头两句描写了西北高原雄奇的景色。"黄河远上白云间"，是遥望黄河，只见近处宽阔，远处狭长，其源头如一条丝带隐没在白云之间。这是一幅非常壮美的画面，如同当今的广视角、长镜头拍摄而成，其观察的角度是由近到远，由低向高。"远上"二字，显出黄河奔腾的气势和力量。这一句，有的版本

第四讲 盛唐诗人的壮烈情怀

写作"黄沙直上白云间",并且认为在凉州或者在玉门关都看不到黄河,说"黄河远上白云间"不合情理,其实这是一种误解。"黄沙直上"太写实了,平实无味,盛唐诗通常很空灵,很有韵味,作者有时为了意境的创造,并不在意地理位置的准确。写文学作品也是这样,就像我们今天说"长江啊,你滚滚东流",未必就是站在长江边上。王之涣诗中写到黄河,其大致方位在西北,这是不错的,其间道理,大家可以细细体味和比较。

"一片孤城万仞山",写凉州城坐落在崇山峻岭之中。这一句中,"孤城"二字描写出边塞的荒漠、凄冷:这里不是繁华热闹的都市,而是为防御敌人才修建的一座孤城。"万仞山"就是万丈高山。古代以八尺为一仞,"万仞"形容山势极高。这里"孤城"与"万仞山"是对比着说的,显出边地的孤寂、险峻。

三、四句诗意一转,由写景转而刻画守边将士的悲凉心境。戍守在人烟稀少、环境险恶的边防地带,他们见到的是满目荒凉,感受到的是无尽苦寒。所以,当军营中传出哀怨笛曲《折杨柳》的时候,将士们说:"羌笛何须怨杨柳?春风不度玉门关。"这是作者代言。"羌笛"本为古代羌族的一种乐器,后用于军乐。"杨柳"指羌笛所吹奏的曲子《折杨柳》。《折杨柳》本为乐府歌曲名,歌词深婉,曲调幽怨。"玉门关"在今天的甘肃敦煌市西北,是中原地区通往西北的一个关隘,过了玉门关,就开始进入所谓"边塞"了。这两句的大意是说:吹羌笛的人啊,你何必吹奏那哀怨的《折杨柳》曲子呢?要知道,春风是吹不到玉门关外来的。

这里有三层意思。诗中说,吹了一首传统的曲子叫《折杨柳》，这个曲子充满悲怨，这是第一层意思。"杨柳"又可以理解成杨柳树，那个时候，内地杨柳早就发芽了，而在边疆那样苦寒的地方，杨柳到现在都还没有发芽，这是第二层意思。所以诗人说：羌笛啊羌笛，你不要抱怨杨柳没有发芽，因为这地方很冷，春风它吹不过玉门关外。这里有一个比喻，体现了它的第三层意思："春风"代指浩浩荡荡的皇恩，皇帝的恩泽施加不到我们守边将士的身上。我们在这儿守卫边疆，责任那么重，生活那么苦，皇上是否同情我们、关心我们呢？语意中透出讽刺和怨愤，"何须怨"正是因为哀怨太深。这一层揭露了朝廷对守边将士疾苦的漠不关心，实际上也暴露了战争给军人带来的精神痛苦。

我们说王之涣《凉州词》是盛唐诗歌的代表作，那么，盛唐诗歌有什么特点呢？

二、盛唐气象

盛唐时期是指从玄宗开元元年（公元713年）至代宗大历初年（公元766年）。盛唐诗歌是唐诗繁荣的顶峰，这一时期涌现出许多在中国诗史上堪称第一流的诗人——张九龄、孟浩然、王维、贺知章、储光羲、王昌龄、高适、岑参、李白、李颀、常建、杜甫等。

在这段大约五十年的时间里，又以安史之乱为界分为前后两期。前期以李白的诗歌为代表，散发着强烈的浪漫气息，追求进

第四讲 盛唐诗人的壮烈情怀

步的政治理想,抒发昂扬的胸襟抱负,表达热烈的爱国激情。诗作气象浑穆,感情强烈,情调激昂,语言纯美,集中反映了时代的进取精神,被称作"盛唐气象"。安史之乱以后的诗歌依然带着盛唐气魄,以杜甫为代表的一批诗人,敢于正视惨淡的人生和动乱的时代,为国家的安危、人民的疾苦而大声疾呼,洋溢着积极乐观的精神。

盛唐诗风是壮美的,这种壮美首推政治抒情诗,表达诗人的理想和报效祖国的激情。此外,即使是写景诗也很壮美,比如像脍炙人口的李白《望庐山瀑布》:

日照香炉生紫烟,遥看瀑布挂前川。
飞流直下三千尺,疑是银河落九天。

将瀑布形容为"银河落九天",不是盛唐诗人,写不出这样惊天动地的壮美。也许有人会说,这是诗人个性决定的,李白的个性原本就浪漫豪放的,所以他的诗句多有夸张之词。其实不然,盛唐时,即使是最不浪漫的人,写诗也是这样。

这里举一个例子——孟浩然。大家知道孟浩然是一个大隐士,但他的隐居与东晋时期的陶渊明不同,陶渊明隐居是看不惯社会的黑暗腐败,而孟浩然是为了隐居出大名气,好让皇上请他出去做官。结果老先生一直隐居到四十岁,还没有人来请他,他耐不住寂寞,以四十岁"高龄"去考科举,结果落榜了。他心情不好,去找好朋友王维谈心。据说王维把孟浩然邀请到自己办公的衙署里,按当时的规矩,一般的布衣百姓不能随便进衙门,王维私自把孟浩然邀来是违法的。谁知此时,刚巧碰到唐玄宗到王维的衙署来视察,王维和孟浩然都十分惊恐,孟浩然就藏到了桌子底下。皇帝走进来,桌子还在晃,发现了底下有人,王维不得不老实承认说:这是我的朋友,叫孟浩然。皇帝一听是大诗人,立即说:"朕闻其人,而未见也。何惧而匿床下?"我早闻大名,恨未相见,爱卿平身,不要躲了。又问他最近有什么新作。大家可以看出,这个机会对于一直不得志的孟浩然来说可谓千载难逢,如果他在此时吟诗一首,歌颂一下皇帝和太平盛世,会很容易得到皇帝的青睐与重用。谁知这位老兄没这么做,也许是隐居了几十年有些不通人情世故,也许是四十岁没有考中进士怨气太大,他把一肚子牢骚倒出来了,吟诵了最近的一首诗,其中有两句曰:"不才明主弃,多病故人疏。"意思是:我没有什么才华,所以圣明的君主抛弃了我;我经常生病,老朋友也因此和我疏远了。玄宗皇帝一听,勃然大怒,"不才明主弃"明明有埋怨皇帝的意思,于是皇帝说:"卿不求仕,而朕未尝弃卿,奈何诬我!"(《新唐书·孟浩然传》)意思是:你自己要当隐士,不出来考科举,你考不上,是你准备不足,我没有抛弃你啊,怎么还诬蔑我,把这个责任推到我的头上来?于是将孟浩然赶出了长安。

就是这样一个恬静的隐士,这样一个不得志的知识分子,这样一个最不浪漫的诗人,我们来看看他的山水诗。其一,《彭蠡湖中望庐山》(节选):

太虚生月晕,舟子知天风。
挂席候明发,渺漫平湖中。

第四讲 盛唐诗人的壮烈情怀

> 中流见匡阜，势压九江雄。
> 黤黕凝黛色，峥嵘当曙空。
> 香炉初上日，瀑布喷成虹。

他写庐山势压九江，峥嵘当空，写瀑布日上香炉，绚烂如虹，足以与李白的诗相媲美。诗中气势高昂，是典型的盛唐风格。我们再看另一首《望洞庭湖赠张丞相》：

> 八月湖水平，涵虚混太清。
> 气蒸云梦泽，波撼岳阳城。
> 欲济无舟楫，端居耻圣明。
> 坐观垂钓者，徒有羡鱼情。

高秋八月，正是秋水浩渺的季节，洞庭湖水势滔滔，茫茫一片，那气势简直要包融天地，涵孕太空。南楚大地，云梦二泽，弥漫着洞庭湖的蒙蒙水汽；古老的岳州城，被洞庭波涛摇撼着，激荡着，大有山崩海啸之势。大家可以看出这其中的盛唐气象，太平盛世给了诗人底气和胆魄，他笔下的洞庭湖才会"波撼岳阳城"。接着，诗人笔锋一转，面对如此浩瀚宽阔的湖面，他惊呼"欲济无舟楫"，没有舟、桨，怎能渡过这茫茫八百里洞庭？这里体现了诗人对参与国家政治、干一番事业的向往。但谁是他的船和桨呢？就是题中的张丞相（有人考证张丞相是张九龄，也有人说是张说）。倘若端坐不动，不思进取，则愧对这圣明的时代。这也是盛唐人特有的情怀：想做大事，这样才无愧于时代。

无奈之中，诗人慨叹："坐观垂钓者，徒有羡鱼情。"眼看着别人垂钓，收获颇丰，真令人羡慕不已啊！结尾两句话里有话，明眼人一看便知，孟老夫子此话是对张丞相说的：给我一条船和一支桨吧，我与其羡慕别人，不如在您的帮助下成就一番事业。这正是仁人志士的胸怀，也正是盛唐的时代气象。然而，仅仅羡慕别人的好运是于己无补的，生活中总会有机遇，关键在善于把握，毕竟"临渊羡鱼，不如退而结网"啊！

三、"未得报恩不得归"
——李颀《古意》

盛唐诗歌中，最壮美、最精彩的莫过于一些写边塞的诗。这里推荐一首李颀的《古意》：

> 男儿事长征，少小幽燕客。
> 赌胜马蹄下，由来轻七尺。
> 杀人莫敢前，须如猬毛磔。
> 黄云陇底白云飞，未得报恩不得归。
> 辽东小妇年十五，惯弹琵琶能歌舞。
> 今为羌笛出塞声，使我三军泪如雨。

这首诗歌咏了一位好男儿骑骏马，执宝刀，奋战沙场，用自己的生命来争得荣誉。"男儿事长征"，好男儿就应该当兵打

第四讲 盛唐诗人的壮烈情怀

仗;"少小幽燕客",这里的"幽燕"相当于今天的北京和天津、河北、辽宁、山东的渤海湾一带,幽燕大地历来是出豪杰的地方。这两句说出了唐朝人的价值观:好男儿就应该当兵打仗,更何况我来自英雄的故乡。"赌胜马蹄下",自从当兵以后我们说过要赌谁胜谁负,这一切都在马蹄下来比试,也就是在战场上见分晓。哪里像当今少数青少年,迷恋于网络游戏,打打杀杀,忘乎所以,以至于变成其爹娘尚无可奈何的"网虫"!"由来轻七尺",热血男儿从来都把七尺之躯看得很淡,也就是早把生死交给国家了。"杀人莫敢前",战场上,我们在马背上大喊一声"杀",敌人没有哪个敢上前来,大吼一声就足以震慑敌人。"须如猬毛磔",我们的胡须张开像刺猬毛一样一根根竖起来,那才是真正意义上的"酷"!诗的前半部分用寥寥数语,惟妙惟肖地勾画出了一位勇猛刚强的边塞英雄形象。

接着,诗人笔锋一转,又以极为细致的笔触刻画人物内心的情思。"黄云陇底白云飞,未得报恩不得归",边疆黄沙滚滚,乌云笼罩,战火纷飞,但是我们"未得报恩",不能归家。讲"报恩","恩"是什么?从今天的意义上说,恩,首先是一种给予,别人给予我什么,这是一种恩,比如说大自然给我们生存的条件,阳光雨露,绿水青山,还有父母给予我们生命,生身之重,养育之恩。第二种恩是别人的支持和帮助,比如老师、朋友的恩情。此外,还有一种恩是信任。一个团队、一个集体,甚至于国家把某种责任交给你,比如说让你守边疆,那是一种信任,信任就是恩。"未得报恩不得归",国家信任我们,让我们保卫祖国,我能够因为自己想家不顾而去吗?但是,"不得归"并不意味着不想归，军人也是血肉之躯，也有七情六欲，但他们只能把想家的情绪深深地压在自己的心底。想家这根弦，是男人心中最脆弱的一根弦，平时不敢拨动它。"辽东小妇年十五，惯弹琵琶能歌舞"，这大概是军营的一次宴会，也可能是出征以前一次誓师会，请了一个年轻的歌女来为士兵们演奏乐曲。这个歌女来自辽东，也就是将士们的故乡，她会弹琵琶，能歌善舞。"今为羌笛出塞声，使我三军泪如雨"，这位从家乡来的女孩用乡音唱了一曲，立刻触动了将士们心中那根想家的弦，想起了家乡的亲人，所以三军热血男儿顿时泪如雨下。大家不要以为"泪如雨"只是伤心，它说明守边将士内心感情丰富，一曲唱罢，他们擦干眼泪，马上就上战场去了。

  这首诗的开头是金戈铁马，慷慨悲歌，然后突然引入一位妙龄女子。军营誓师酒宴上，她那轻曼的舞姿、悠扬的笛声，正以女性的温柔触动了血性男儿心中最脆弱的地方，他们竟然泣不成声了！可以想见，结局会是"醉卧沙场君莫笑，古来征战几人回"——为了保卫"小妇"，为了保卫家乡，为了保卫祖国，他们义无反顾地血洒疆场。需要强调的是，作者这样写，并非有意显示什么，而是其内心情感的真实流露，这就十分可贵了。所以说，盛唐诗的境界非常高尚，格调很刚健。爱国与思亲、英雄与美女、刚强与柔婉，在这首诗里边显得那样谐和。盛唐诗就是如此，它不是一味地喊高调，而是有刚有柔，从内心深处打动你，震撼你。

第四讲　盛唐诗人的壮烈情怀

四、"功名只向马上取"
——岑参的边塞诗

上文中我们读了李颀的《古意》，这是盛唐边塞诗派的作品之一。边塞诗派通常以描写边塞军事斗争生活为题材。其作品或者歌颂正义战争，表达爱国热情，或者表现慷慨从戎与久戍思乡的矛盾，或者揭露军中将帅玩寇轻敌而士卒戍边辛苦，或者怨刺朝廷统治者对戍边将士的漠不关心，或者描写边疆塞外奇异的风光景物，大多表现出强烈的思想性和独特的艺术性。文学史上习惯于把这些诗称作"边塞诗"，把这一诗派称作"边塞诗派"，其代表作家有高适、岑参、王昌龄、王维、王之涣、李颀、王翰、崔颢等。

在边塞诗人中，当时的风云人物首推高适和岑参。这里要向大家推荐一下岑参的诗，后人评价他的诗"意奇，语奇，人亦奇"，就是说他的诗无论创意、语言都很奇特，这是一个追求奇特浪漫的人。岑参的诗风格豪迈，热情洋溢，富有浪漫色彩，我们一起来欣赏一首《走马川行奉送出师西征》。这首诗写于岑参戍守边疆之时，当时他给一位名叫封常清的将军做僚属。封将军要去西边抵抗敌军的侵袭，岑参送他出师西征，在轮台城门口吟出了这首诗：

君不见走马川行雪海边，平沙莽莽黄入天。

轮台九月风夜吼，一川碎石大如斗，随风满地石乱走。
匈奴草黄马正肥，金山西见烟尘飞，汉家大将西出师。
将军金甲夜不脱，半夜军行戈相拨，风头如刀面如割。
马毛带雪汗气蒸，五花连钱旋作冰，幕中草檄砚水凝。
虏骑闻之应胆慑，料知短兵不敢接，车师西门伫献捷。

读岑参的诗要注意一个特点：他写的边疆塞外是今日的大西北和新疆一带，当时很干旱，是荒漠，景色荒凉；但在他的诗里，你感觉到的却是壮丽。比如"平沙莽莽黄入天"，这分明是沙尘暴，但"平沙莽莽"写得很大气。"轮台九月风夜吼"，不说刮风，而说风在吼，这个"吼"字写出了力量。"一川碎石大如斗，随风满地石乱走"，那个地方风大，斗大的石头也被风吹得滚动，这样的大风一般人会感到害怕，但在他的笔下却有种豪迈的感觉。"匈奴草黄马正肥"，在那个年代，汉族与边疆少数民族的战争一般只在秋天发生。因为春天马瘦，没有草吃，跑不动；夏天水很深，有泥浆，马也跑不动；冬天遍地是雪，还是跑不动。只有秋天，马也喂肥了，地上没有水，正好跑马。所以这个时候"金山西见烟尘飞"，发生了战争。"汉家大将西出师"，唐诗往往以汉代唐，汉家大将实际上是指唐朝大将。唐朝大将是如何行军的呢？岑参写道："将军金甲夜不脱"，将军穿着盔甲，即使晚上也不脱，正说明军情紧急，昼夜兼程。"半夜军行戈相拨"，"戈相拨"是说大军行进途中听不到人喊马嘶，很整齐，只有武器偶尔碰撞发出的声音，这证明唐朝军队纪律严明。为什么呢？因为军纪涣散的队伍，行军时士兵们可能很懒散，一

第四讲 盛唐诗人的壮烈情怀

边走一边聊天,那当然有叽叽喳喳声。而军纪严明的,是"衔枚疾走",也就是士兵们口中会咬住一根形如筷子的器具,避免说话,马嘴中也会横一根小树枝,绑在笼头上,马也就不能嘶鸣了。这情景就像学生上课的课堂:纪律不好的,教室里尽是嗡嗡的说话声;纪律好的,只有老师授课的声音和钢笔沙沙的写笔记的声音。此所谓"半夜军行戈相拨"的意境也。"风头如刀面如割",是说半夜行军天气寒冷,风像钢刀一样割在脸上,可见环境非常严酷。"马毛带雪汗气蒸",急行军时,马跑得汗气蒸腾,马背上的雪也融化了,雪水化成了水蒸气。"五花连钱旋作冰",走的时候是汗气蒸腾,一旦停下脚步,马毛上的水立刻凝成了冰块,像铜钱那样一圈一圈的。由于马毛变成一圈圈的,在诗人笔下就成了名贵宝马"五花""连钱"了,另有一种美感。"幕中草檄砚水凝",等将军到达目的地了,支起帐篷,就是军幕。一入军幕,马上写声讨敌人的檄文,即"草檄",下战表宣布开战。手下人给他磨墨,还没有开始写,砚盘里边已经结冰了,是谓"砚水凝"。"虏骑闻之应胆慑",这样的将军来了,敌人一听,肯定胆战心惊。"料知短兵不敢接",敌人肯定不敢正面与这样的军队交锋,马上就会投降。那时候,"车师西门伫献捷",我在"车师",就是现在的驻扎地——轮台的西门,静候佳音,等待胜利的捷报。

这首诗表达出一种必胜的信念,大家可以感觉到诗人对边塞生活充满热情。再苦再累的经历,岑参写来都富有热情和豪气;再荒凉再冷寂的事物,在岑参的笔下都显得如此的美丽和充满生机。比如他另外一首《白雪歌送武判官归京》中写道:"北风卷地白草折,胡天八月即飞雪。忽如一夜春风来,千树万树梨花开。"边疆八月就下大雪了,天气寒冷,应该是一片荒凉,但在诗人看来,则是"忽如一夜春风来,千树万树梨花开"。他把冬天当春天来写,把雪花当梨花来写,这就叫浪漫主义,充满生活的热情,这种美并不是客观的,而是一种主观视角,是一种感受。

我们再看他的另外一首诗——《送李副使赴碛西官军》。"李副使"是一位姓李的军官,"碛西"就是大漠之西,在当今的新疆境内。这首诗写的是作者为领军出征的李副使送行的情景:

火山六月应更热,赤亭道口行人绝。
知君惯度祁连城,岂能愁见轮台月?
脱鞍暂入酒家垆,送君万里西击胡。
功名只向马上取,真是英雄一丈夫。

诗人送李副使去西部地区,"火山六月应更热",到西部去要经过火焰山,那本是世上最炎热的地方,时值盛夏六月,会更加酷热难当。"赤亭道口行人绝",特别是赤亭道口那个地方,眼下是行人绝迹,飞鸟难渡。"知君惯度祁连城",我知道你多次到边疆去,经常要路过祁连城。"岂能愁见轮台月",这次到轮台去你当然也不会感到什么忧愁,因为你是个能征惯战的将军,到边疆去对你来说是家常便饭。尽管如此,我还是要特意送你一程,"脱鞍暂入酒家垆",将军你下马吧,我请你进酒店喝一杯酒,为你送行。"送君万里西击胡",这万里征途,我要送一送你。而且，我还要送你两句话，与你共勉："功名只向马上取，真是英雄一丈夫。"你这一去，是在马背上去取功名，在战场上去建功立业，这才是真正的英雄、真正的大丈夫。最后两句又上升到新的思想境界。我们说盛唐诗豪迈雄壮，不等于喊口号，而在于创作出一个个豪放的人物形象。可以想想，诗里这位将领"惯度祁连城"，六月过火山，应该是身经百战的，诗人"送君万里西击胡"，经过层层铺垫，最后才喊出"功名只向马上取，真是英雄一丈夫"，体现了盛唐人的人生价值趋向，又特别令人信服。

五、"纵死犹闻侠骨香"
——王维的豪壮

这里还要给大家特别介绍王维的两首诗。在一般读者心目中，王维是山水田园诗派的代表人物，诗歌风格清幽、空灵，殊不知王维也是一位边塞诗人呢！所谓山水田园诗派，是玄宗开元、天宝年间形成的一个诗歌流派，以标举隐逸、寄情山水、歌咏田园生活为其特征。其作品多描绘山水田园景物，表现闲适静谧的情趣和意境，反映出不同流俗的清高。艺术上状物传神、写态逼真、寓情于景、蕴藉有味。代表作家有王维、孟浩然、储光羲、裴迪、祖咏等。作为山水田园诗派的代表人物，王维的诗喜欢描写自然环境中静美的一面，善于描摹、彩绘，情景交融，丰润而富有生气。苏轼曾说："味摩诘之诗，诗中有画；观摩诘之画,画中有诗。"(《书摩诘蓝田烟雨图》)确实如此,如"人闲桂花落,夜静春山空。月出惊山鸟,时鸣春涧中"(《鸟鸣涧》),空幽、静谧;"山路元无雨,空翠湿人衣"(《山中》)、"空山不见人,但闻人语响"(《鹿柴》),空寂、悠远;"空山新雨后,天气晚来秋。明月松间照,清泉石上流。竹喧归浣女,莲动下渔舟。随意春芳歇,王孙自可留"(《山居秋暝》),宁静、清新。这些都显示了王维诗歌的主导风格。然而,这不是王维的全部风格,须知,王维年轻的时候,同当时的一般诗人一样,浪漫、洒脱、豪放,颇有侠士之风,例如他的《少年行》:

> 新丰美酒斗十千,咸阳游侠多少年。
> 相逢意气为君饮,系马高楼垂柳边。

诗中写他邀约一位游侠少年上楼饮酒,那斗酒十千的洒脱,那相逢意气的豪迈,那同上高楼的情义,那系马柳边的爽快,都有英雄的气质,因为他生活在一个蓬勃向上、富有生气的时代!王维写了不少边塞诗,如《陇西行》:

> 十里一走马,五里一扬鞭。
> 都护军书至,匈奴围酒泉。
> 关山正飞雪,烽火断无烟。

这真是一首颇有现代韵味的诗,诗一开头就是一个特写镜头:一匹快马,飞奔而来,马蹄嘚嘚,尘土飞扬,由远而近,马

第四讲 盛唐诗人的壮烈情怀

背上的士兵扬鞭之际,十里、五里之间一掠而过!这场景,似乎令人紧张得喘不过气来。接下来两句"都护军书至,匈奴围酒泉",用化出的镜头告诉读者:边疆发生战事,敌人扰我边境,这位报警的士兵带着守边主帅的火急兵书,回首都搬兵求援来了!而且,关山飞雪,烽火难举,情势危急,只能飞兵独骑兼程而至。

全诗渲染了一种紧张的气氛,以一个报警的场面告诉人们戍边之艰难、守边将士责任之重大。而且,诗中虽然突现一片紧张、危急的气氛,但唐军镇定、威严、雄壮之概,依然可见。再看另一首《少年行》:

> 出身仕汉羽林郎,初随骠骑战渔阳。
> 孰知不向边庭苦,纵死犹闻侠骨香。

诗中以汉代唐,描写一位英雄少年慷慨从军,大义报国(跟随大将军,戍守"渔阳"重镇),视死如归,可歌可泣的形象。"纵死犹闻侠骨香"一句,生动表现了英雄们不惜为国捐躯、其精神永垂不朽、其形象万世流芳的境界。今天读来,依然能震撼人心。媒体如报道那些为国、为民赴难而牺牲的英雄时,也可以引用作为标题。

以上我们通过欣赏边塞诗派的一些作品,已初步领略了盛唐诗歌的豪壮之气。但是,盛唐诗歌最震撼人心的还是李白、杜甫的诗。请留意下一讲——《仰天长啸的诗仙李白》。

第五讲

仰天长啸的诗仙李白

一千二百多年前，有一位自负能够出将入相的人，得知皇上召见，自己的理想抱负即将实现的时候，他唱道："仰天大笑出门去，我辈岂是蓬蒿人！"但是，当他受到权奸的排斥、打击的时候，他又会金刚怒目似地喊出："安能摧眉折腰事权贵，使我不得开心颜！"

这个人，面对黑暗势力，决不低下高昂的头，但对待朋友、对待穷苦大众，他却非常真诚、谦恭。他曾经在长江边上送别朋友："孤帆远影碧空尽，惟见长江天际流。"他也曾在黄鹤楼上对别人写的诗佩服得五体投地："眼前有景道不得，崔颢题诗在上头！"自认不能超越，于是搁笔而去。他曾经为运河上拖船的纤夫而痛哭："吴牛喘月时，拖船一何苦！……一唱都护歌，心摧泪如雨。……君看石芒砀，掩泪悲千古。"他曾经为五松山下穷苦老太的贫困而忧伤："令人惭漂母，三谢不能餐！"他还曾为一位农民朋友的情谊而高歌："桃花潭水深千尺，不及汪伦送我情！"

这个人痛苦时，可以仰天长叹："大道如青天，我独不得出！"迷茫时，可以"停杯投箸"，呜呜咽咽："行路难，行路难，多歧路，今安在？长风破浪会有时，直挂云帆济沧海！"

这个人终生爱酒，曾发表过"饮酒有理"的高论："天若不爱酒，酒星不在天；地若不爱酒，地应无酒泉。天地既爱酒，爱酒不愧天！"

这个人，就是我国唐代伟大的浪漫主义诗人李白。李白以他传奇的经历和个性，熔铸成他那傲岸的人格，以他那伟大的人格写成了他那独特的光耀千古的诗篇。今天，在我们继承、学习祖国传统文化，培养全民族的人文精神的时候，我们不能不关注李白的诗歌和他的人格。

一、学文习武少年志

李白（公元701—762年），祖籍陇西成纪（今甘肃天水），其祖上隋末因罪流放至西域碎叶城，唐武则天大足元年（公元701年），李白就出生在那里，五岁时随父亲李客（商人）迁至绵州彰明县（今四川江油市青莲镇）定居。李白从小学文习武，非常用功。请注意，学文和习武是两方面内容，大家一般关注的都是"文"的一方面，这方面流传的故事也最多。

其中一个典故大家都知道。李白曾经从学堂逃课出来，遇到一个老太太拿一个铁棒在那磨啊磨。年幼的李白就问她："老奶奶，你拿这个铁棒磨它干什么？"老奶奶说："我要把它磨成一根绣花针。"李白又问："铁棒这么粗，怎能磨成绣花针呢？"老太太说："只要功夫深，铁杵磨成针。"李白听了这话，觉得很有道理，于是就又回到学堂去努力学习。这个故事千百年来一直被人们拿来做励志的经典，对我们今天的学生也很有启发意义。

《文选》是南朝时期梁代昭明太子萧统编的一部书，是中国现存最早的综合的文学作品集，收录作品的主要标准是"事出于沉思，义归乎翰藻"，思想性与文学性并重，体现了一定的儒家思想。李白不但把《文选》学了、读了，做到烂熟于心，而且还模仿《文选》所收作品的样式写作诗文，足足模仿了三遍，可见他的勤学以及深受儒家思想的影响。

　　此外，李白还热爱道家著作，热衷纵横家的游历和侠义。道家那种逍遥自由的思想，可以说影响了李白一生；纵横家那种游历天下、打抱不平的经历，也是李白非常欣赏的。但总的来说，李白骨子里仍抱持儒家治国平天下的理想。

　　至于习武方面，李白"十五好剑术"，十五岁时剑术就很不错了，很有功夫，因此他才会有侠客梦，他说："忆昔作少年，结交赵与燕。金羁络骏马，锦带横龙泉。"（《留别广陵诸公》）他在少年时就向往着骑驭高头大马，腰悬龙泉宝剑，结交燕赵侠士的浪漫生活。他甚至声称："十步杀一人，千里不留行。事了拂衣去，深藏身与名。……纵死侠骨香，不惭世上英。谁能书阁下，白首《太玄经》？"（《侠客行》）"十步杀一人"之语，是写侠客还是写他自己？如果是写他自己，是实有其事还是故作豪壮？今天已无法详考。但"纵死侠骨香，不惭世上英"，则表达了他的一种追求：做侠客可能丢性命，但那也自命英雄，问心无愧。而"谁能书阁下，白首《太玄经》"，则以极端的方式把儒、道都否定了。因为西汉扬雄所著《太玄经》，是模仿《易经》的形式，并深受《老子》影响而集儒、道思想之大成的重要经典。李白不愿意白首穷经，而有志于浪迹天涯。

二、辞亲远游十七年

　　二十五岁的时候，李白认为自己该做的准备工作都已经做好了，为了实现自己的抱负，他"仗剑去国，辞亲远游"，开始了既浪漫又充满坎坷的人生旅程。

要读懂李白，必须读懂这八个字——"仗剑去国，辞亲远游"。就是说：我带着宝剑，离开我的故乡。这个"国"指的是故乡，而没有说提着书箱出来。

出川之时，李白自命"怀经济之才，抗巢、由之节，文可以变风俗，学可以究天人"，试图"申管、晏之谈，谋帝王之术"（这就是他骨子里的想法）。就是说：我怀着经天纬地之才，有管理国家的能力，我的节操又非常清高、非常正直，就像古代那个巢父、许由一样。巢父和许由相传是尧时人，都非常清高。尧想把他的帝位让给许由，许由不肯接受；后来尧又任命许由做九州长，许由更加不屑于这种官位，他认为尧跟他说这种话是污染了他的耳朵，于是跑到颍水边去洗耳。就在许由洗耳的时候，巢父正牵着小牛在那儿饮水。他听了许由所说的话，认为许由是"浮游钓誉"，他这样做是故作姿态，他在上游洗耳，是污染水源，害得他的小牛喝不到干净水。于是巢父将小牛牵到上游去饮水。李白说他有巢父、许由的节操，并非是学习巢、由不入仕途这一点，而是强调他的清高、傲岸，决不苟且，更不逢迎。而李白所说的"文可以变风俗，学可以究天人"，才是话中话，意思是：我是个当宰相的材料，我可以改变天下。

李白之所以有这样的想法，是因为盛唐时期很多文人士子都有的一种胸怀，是一种普遍的社会价值取向。大家都认为，太平盛世给我们提供了一个很好的平台，我们应该可以做出一番事业来。

怀着这样辅佐帝王、做出一番事业的理想，李白离开了四川。但是，由于受道家思想的影响，李白的性格有点无拘无束，所以他没有选择当时一般知识分子所走的那一条路。什么路呢？科举考试。

李白是没有参加过科举考试的，按今天的话说，李白是没有文凭的人。因为他的家庭出身是商人，在当时没有多高的政治地位。同时，性格也决定了李白不愿意参加科举，他觉得那个太慢，考上进士，然后做个小官，一步步升迁，时间太长，我一出来就要做宰相，他认为应该是这样的。所以李白没有走当时的一般知识分子通常走的科举入仕的道路，他开始了漫游和干谒。

漫游就是走天下，干是接近的意思，谒就是拜见，干谒也就是去拜访、联络那些有名的人物。这个漫游和干谒的过程，李白从二十五岁走到四十二岁，历时整整十七年。

在这十七年里，李白主要做了三件事。一是入赘许门：二十七岁时在今湖北安陆与前宰相许圉师（武则天时期的宰相）的孙女结婚。这是一桩政治婚姻，提高了他的社会地位。

大家都知道，入赘在中国传统社会看来，是一般男人所不愿意做的。那李白为什么心甘情愿地入赘呢？一方面是因为他已经漫游出来了，不可能把前宰相的孙女儿带回四川去；另一方面，跟李白的性格也有很大关系。李白虽是个很浪漫的人，但也是一个功名心极强的人。他很希望能够步入仕途，现在入赘做了前宰相的孙女婿，身份有所改变，至少介绍起来人们会说这是某某宰相的孙女婿，社会地位就相应提高了。

二是干谒：他名为漫游，实际上一边漫游一边到处写求职信

第五讲　仰天长啸的诗仙李白

和投递简历。每到一处他就给一些地方官员或政治人物写信，或者去拜访他们，希望得到他们的提拔和重用。比方说他曾给安州的裴长史、李长史，给荆州的韩朝宗长史上书推荐自己，信里面申述自己"奋其智能，愿为辅弼"。意思很清楚：请允许我为你做一个助手，我先从你的助手做起，然后希望你们可以提拔我一下，将来把我推荐到朝廷去做大官。

三是交游：就是交朋友，主要结交道士司马承祯、吴筠。为什么要结交这些道士呢？因为唐朝皇帝姓李，道教始祖也姓李，所以唐王朝既信佛教也信道教，很多有名的道士都成了皇上的国师和座上宾。这些人见到皇帝时，言谈之间就可能提到李白，无形中对李白的知名度也是一种提高，而司马承祯和吴筠都是可以出入皇宫、影响皇上的人物。

终于，在吴筠的推荐下，天宝元年（公元742年），李白四十二岁的时候，唐玄宗下诏召见李白。这条道路真的走成功了，李白很兴奋、很满足，"扬眉吐气，激昂青云"的时候到了，于是他说："会稽愚妇轻买臣，余亦辞家西入秦。"这话是针对谁的呢？也许是针对那个侯门之女、"愚妇"拙妻的。你以前不是有点瞧不起我吗？以为我只是个商人的儿子，只会写诗，现在呢？不一样了，皇上亲自召见，我成了当年的朱买臣了！朱买臣是汉武帝时期一位穷书生，穷得在家砍柴、放牛，但仍然坚持读书。他的妻子耐不住贫寒，开始还跟他在一起，说也许能熬出头来吧，结果熬到三四十岁了还没有出头，他老婆就离他而去。后来朱买臣得到汉武帝赏识，做了会稽太守，其妻后悔莫及。当然，李白在这里嘲讽"会稽愚妇"，也许是得意之时同老婆开个玩笑,而实际上是针对社会上那些瞧不起他的世俗之徒。他要告诉他们,皇帝亲自下诏请我去,我的青云志可以实现了,"仰天大笑出门去,我辈岂是蓬蒿人"(《南陵别儿童入京》)!我早就说过我不会是长久埋没在蓬蒿之间的人,我这样的金子总要闪光的,我这样的人是要脱颖而出的,我可以大展宏图了!这几句诗很好地表现了李白这种自信的性格。

三、蹉跎岁月长安道

唐玄宗非常欣赏李白,据说他曾亲自下台阶迎接李白。李白也认为这是好兆头,皇上亲自召见我并且迎接我,应该可以实现自己的夙愿了,就等着皇上封官啦!可以说,李白是怀着这么一种希望来到长安的,所以大家一定要理解后期李白的愤怒。因为他对自己的期望值太高,他认为自己可以当宰相。结果皇上给李白封了一个什么官呢?翰林。

翰林用现在的话说就是秘书,但是前面还有一个限制词"供奉",供奉翰林就是备用秘书。李白对此大失所望,他原以为自己可以当宰相,结果却当了一个翰林,而且还是供奉翰林,也就是说需要你的时候是翰林,不需要你的时候你就顶着空头衔在旁边待着吧。

那么,李白做供奉翰林时主要任务是什么呢?大概干那么两件事儿。一是帮皇上起草一些文书、诏告,比如皇上有一些文书、诏告他不想让那些大臣们事先知道,就让李白来起草。因为

第五讲　仰天长啸的诗仙李白

一般人想象不到会找李白，他地位太低了，可以保密。第二就是唐玄宗和杨贵妃游园时，会召来李白，说：你不是诗人吗？以此情此景为题写一首诗吧！李白的《清平调词三首》，就是唐玄宗和杨玉环在宫中欣赏牡丹花时命令李白做的。诗是这样的：

云想衣裳花想容，春风拂槛露华浓。
若非群玉山头见，会向瑶台月下逢。

表面上写的是牡丹花，实际上写的是杨玉环。"云想衣裳花想容"，"想"就是像的意思。漫天的白云，是你飘动的裙裾；洁白的牡丹花，是你美丽的脸庞。"春风拂槛露华浓"，春风吹过栏杆，也就是春风吹拂着你，雨露滋润着你。这样美丽的女子，"若非群玉山头见"，群玉之山就是道教的仙山，群玉山中如果找不到这样的美人的话，那瑶台月下一定有她，"会向瑶台月下逢"，瑶台是王母娘娘居住的地方，也是仙人居所。那意思就是说：杨玉环像牡丹花一样沐浴着春风和雨露，就像那天上的仙子一般。第二首说：

一枝红艳露凝香，云雨巫山枉断肠。
借问汉宫谁得似？可怜飞燕倚新妆。

杨玉环，你是一枝白牡丹，又是一枝红艳艳的沾着露水的红牡丹，这就是"一枝红艳露凝香"。而你和皇上的关系呢，可谓"云雨巫山枉断肠"。这里用了宋玉《高唐赋》中一个典故。说是有一天晚上，楚怀王梦见一个女子和他相会，早上这女子要走了，楚王问道：你是何方女子？我还不知道你的芳名，你从哪儿来？这个女子回答说：你不要问我从哪里来，也不要问我到哪儿去，妾"旦为朝云，暮为行雨，朝朝暮暮，阳台之下"。我早晨是一片云，傍晚是一阵雨，早早晚晚我游荡在巫山之间。原来楚怀王遇到的是巫山神女，巫山间的云和雨都是神女所化。楚怀王遇到巫山神女，应当是男女之间最美妙的一种欢会，但即使如此美妙的组合，也比不上杨玉环和唐玄宗。"枉断肠"，是说他们拼命地比，也比不上你们俩啊！

接下来，李白又借用汉宫来比。那么，当年汉宫之中还有谁可以同你们比呢？汉成帝和赵飞燕。但是，"可怜飞燕倚新装"，赵飞燕美是美，但是哪能比得上杨玉环呢？她只有着意地打扮自己，凭着一身新装扮，看能不能跟你比一比。

第三首说：

名花倾国两相欢，长得君王带笑看。
解释春风无限恨，沉香亭北倚阑干。

牡丹花是名花，杨玉环有倾城倾国之貌。所谓倾城倾国，出自汉武帝时期的一首歌词。当时一个宫廷音乐家李延年，为了把他的妹妹推荐给汉武帝，就在汉武帝面前歌唱他的新作（后来称作《李延年歌》），说："北方有佳人，绝世而独立。一顾倾人城，再顾倾人国。宁不知倾城与倾国，佳人难再得。"他说北方有一个美丽的女子，当今之世只有她最美丽，独此一人。怎么个美

第五讲 仰天长啸的诗仙李白

法呢?"一顾倾人城",她回头一看,眼神轻轻一瞥,全城的人都被她迷倒了;"再顾倾人国",再回头一看,全国都为之倾倒。本来"城"和"国"都是指首都,但可以扩大一点儿理解。"宁不知倾城与倾国,佳人难再得",你可知道,这种倾城倾国的女子,错过机会就得不到了啊。汉武帝听了这首新歌,说:真有如此绝色女子吗?召来见见。结果一看,果然言之不虚,便宠爱有加,立为夫人,就是著名的李夫人。

倾城倾国是形容女子美丽的一个形容词,"名花倾国两相欢",是指谁"欢"呢?唐玄宗。名贵的牡丹花让唐玄宗高兴,美丽的杨玉环更让唐玄宗欢心,真是"长得君王带笑看",总是让君王带着笑容看她,看不够爱不够。"解释春风无限恨,沉香亭北倚阑干",这是一个倒装句。每当皇上和贵妃在沉香亭北,靠在栏杆上看牡丹花的时候,皇上什么"春风无限恨"都没有了。这是什么意思呢?一般说,文人惜春,文人悲秋。春天来了,文人都会感慨春光流逝太快,人生短暂。但是在这个美好的春天,有了杨玉环的陪伴,什么春风无限恨,都"解释"了,消解了。

这个时期的李白,一是偶尔起草一点秘密文件,二是写一点杨玉环跟皇上的爱情,"你是我的牡丹,你是我的花;你是我的爱人,是我的牵挂"之类,记录一下他们爱情的足迹,做一个御用文人。这对李白来说,是一种巨大的失落。从个人来讲,他的理想没有实现,他的才华没有得到充分展示,这是个人理想的失落。此外,还有一个失落感:李白原以为唐王朝太平盛世,唐玄宗非常伟大,结果真正走进朝廷走近皇上,才发现,在唐王朝表面繁荣的背后,原来是那么黑暗,那么腐败。比方说唐玄宗重用奸相李林甫,宠爱杨玉环,杨玉环的哥哥杨国忠逐渐崛起,而像李白这样的人才却没有得到重用。这种失落也是李白对社会的期望值的失落。

因此,在长安的三个年头(实际上只待了两年),李白心情很郁闷,就借酒浇愁,"长安市上酒家眠","天子呼来不上船",天子叫他去他还不去。从这个方面说,李白还是有一点太书生气了,他对现状不满,就玩世不恭,就靠喝酒来发泄不满。加上朝中不断有人向唐玄宗进谗言,李白的地位也就越来越动摇了。最后,皇上说,李白你"终非廊庙器",廊庙就是皇帝的宗庙,代指国家,就是说你毕竟不是栋梁材,还是"赐金放还"吧。终于在天宝三载(公元744年),李白离开长安,开始了人生第二次长时间漫游。

李白这个人跟杜甫很不一样,杜甫一辈子没有钱,而在钱的问题上,李白好像不怎么缺。年轻的时候他家是富商,应该不缺钱。后来入赘许门,做前宰相的孙女婿,生活上应该也不存在问题。而现在皇上把他赶出来了,还"赐金",打发一笔钱给他。所以李白说"千金散尽还复来",这个话也不是随便能够说出来的,杜甫就从来不说"千金散尽还复来",因为他经常没有饭吃。

在长安的几个年头里,李白过得一直很压抑,也很愤怒,但有一件事让他露了一下脸。正史《旧唐书》写他曾经"沉醉殿上,引足令高力士脱靴"。再就是野史一些记载,串起来就是李白的一个故事。说有一次,西域一个小国的使者带着一封国书来

第五讲 仰天长啸的诗仙李白

拜见唐玄宗,这封国书是用西域当地文字写的,皇上看不懂,大臣们也看不懂。皇上就说:李翰林,你来读一读看。因为李白出生在西域,大概懂一点当地话。李白看后禀报说:这封信里充满了狂妄自大,充满了对唐王朝的不敬,充满了对陛下您的不尊敬。唐玄宗一听,这还了得,这个小国家对我们堂堂大唐还这么不礼貌,爱卿给我写一封信骂他!这是露脸的事儿啊,文武百官都在这儿,李白就说:拿酒来喝!喝醉了以后,李白把脚抬起来说:请高力士把靴子给我脱一脱,我好休息一下。高力士大家都知道,是太监头子,皇上的近侍。这一方面说明李白很傲,另一方面也说明这个时候皇上用得着李白,高力士也不敢得罪他。脱靴休息好了,可以写了吧?不行,我写可以,杨贵妃要给我磨墨捧砚。皇上着急,说:爱卿快点儿!李白怎么回答呢?他说:我还没有醒酒,来给我倒杯茶。于是,"御手调羹",皇上亲手给李白调点醒酒汤喝。

这个故事不见得有历史根据,只是作为文学史上的一个说法,有助于大家来理解李白这个人的性格,非常狂傲。这种狂傲从好的方面讲是傲视权贵,但也确实说明李白"非廊庙器"。大家试想,一个政治家,一个有才华、有远大理想的政治家能够这么不讲方式方法、不顾场合任性而为吗?你对别人不满,不能在朝廷上用这种方式来羞辱人家呀!这是一种低级的方式,只会把事情弄得更糟啊!这从另外一方面说明李白的政治才干确实略微欠缺一些。

四、两番投军留遗恨

李白生命的后十七年,为了解脱精神上的苦闷,到处游山玩水,求仙访道(主要在南方)。到洛阳时李白遇到了杜甫,后来又遇到了高适,这三人从此结为至交,尤其是李白和杜甫关系最好。杜甫后来写诗回忆说:他与李白是"醉眠秋共被,携手日同行"。两人喝醉酒便抵足而眠,每日携手同行,情同兄弟,结为生死之交。后来李白流放夜郎的时候,杜甫以为李白死了,还写了好几首诗哭李白。其中说"死别已吞声,生别常恻恻""故人入我梦,明我长相忆""三夜频梦君,情亲见君意",表达了他对李白的关切与怀念;"告归常局促,苦道来不易""出门搔白首,若负平生志""冠盖满京华,斯人独憔悴",表达了他对李白命运的同情,并为其鸣不平;而一句"千秋万岁名"(《梦李白二首》其二),则预言李白将会产生"千秋万岁"、名垂青史的深远影响。这一评价,今天已得到充分印证。

漫游了一段时间以后,高适说:不能陪你们玩了,我去考科举。又过了一段时间,杜甫也说:你自己去漫游吧,我也考科举去。李白说:你去考科举吧,我从朝廷出来的,知道那儿是怎么回事,你们不碰壁是不会回头的。后来漫游到安徽时,安史之乱爆发了。

安史之乱以前,唐玄宗以及整个唐王朝完全陶醉在太平盛世的繁荣景象中,没有居安思危的心理准备和处理危机的意识,所

第五讲　仰天长啸的诗仙李白

以当"渔阳鼙鼓动地来"时，唐军不知所措，安禄山叛军势如破竹，唐玄宗只好逃到四川避乱。他的儿子——太子李亨迫不及待要登基，说国家不可一日无君，爸爸你既然避难去了，我就当皇帝吧，先当了再说。如果按照礼制来讲，皇上并没有死，太子是不能当皇上的。但这个太子等不得，趁这个机会就坐上了皇位，在今天的甘肃灵武这个地方即位，是为唐肃宗。就在唐肃宗忙着招兵买马、扩充势力的时候，其他皇子们想，既然哥哥你以非正常的程序登基，那么我们也要为国家招兵买马平叛。于是众皇子也纷纷招兵买马，其中一个就是永王李璘。

永王李璘到九江的时候，听说李白在安徽，他为了扩充自己的势力，迫切需要李白这样文武兼备的人才，所以盛情邀请李白为他服务。李白得知消息后很激动，认为既然是为国家平定叛乱，那义不容辞，于是马上投奔了永王李璘。这件事又说明李白在政治方面还真是有点儿天真。你要投军就该投到唐肃宗那儿去（杜甫和高适就去投了唐肃宗），肃宗怎么说也是太子接班，名正言顺啊。后来唐肃宗以叛乱罪派兵镇压李璘，李璘兵败被杀，李白也因参与"谋反"被定为死罪，经众人求情，最后落了一个流放夜郎的下场。幸亏到了夔州，到了白帝城，皇帝大赦天下，李白也被赦免了，所以才有"朝辞白帝彩云间，千里江陵一日还。两岸猿声啼不住，轻舟已过万重山"的诗作。

回来后，又逢太尉李光弼带领大军剿灭叛乱，途经安徽附近，李白这时候已经六十一岁了，他还去投军，他心想，上次投军投错了对象，这次该好好报效国家。结果老人家力不从心，到半路上就病了，不得不返回，次年病故，葬于安徽当涂县采石矶。

李白两番投军，说明他对国家真是忠诚！

五、直抒胸臆唱千古

李白是一位直抒胸臆的豪迈、浪漫的诗人，现存诗歌九百多首，充分显示了他的人格精神。其中一首《将进酒》，就是在离开长安开始第二次漫游，精神上非常苦闷的状况下写的。李白到处游山玩水，求仙访道，他登上嵩山，面对黄河，激动地写道：

> 君不见黄河之水天上来，奔流到海不复回。
> 君不见高堂明镜悲白发，朝如青丝暮成雪。
> 　人生得意须尽欢，莫使金樽空对月。
> 　天生我材必有用，千金散尽还复来。
> 　烹羊宰牛且为乐，会须一饮三百杯。
> 　岑夫子，丹丘生，将进酒，杯莫停。
> 　　与君歌一曲，请君为我倾耳听。
> 　钟鼓馔玉不足贵，但愿长醉不复醒。
> 　古来圣贤皆寂寞，惟有饮者留其名。
> 　陈王昔时宴平乐，斗酒十千恣欢谑。
> 　主人何为言少钱？径须沽取对君酌。
> 五花马，千金裘，呼儿将出换美酒，与尔同销万古愁。

第五讲　仰天长啸的诗仙李白

万古愁怀，如火山迸发；跌宕的诗情，如黄河飞泻；飘逸的神韵，似空中流云。特别是诗人那"人生得意须尽欢""天生我材必有用"宣言式的呼喊，充分肯定自我，追求自由，追求个性解放，千百年后读来仍激动人心。人生有时并不一帆风顺，当你不得意的时候，当你遇到挫折的时候，别灰心，别失望，读一读这首诗，要坚信"天生我材必有用"。

因为李白此时刚被逐出长安，满腔悲愤，所以"君不见黄河之水天上来，奔流到海不复回"，黄河之水，从天而降，起之无端，去之无涯，真是"逝者如斯"啊！而看看自己现在呢，蹉跎岁月，已经是四十多岁了，古人四十岁算老人，所以"君不见高堂明镜悲白发，朝如青丝暮成雪"。我再也等不起了，我已经老了，还有机会实现我的理想吗？还有机会来改变这个世界吗？恐怕不行了。"人生得意须尽欢，莫使金樽空对月"，不要愤怒了，不要伤心了，也不要感叹自己满头白发，喝酒吧！过去的让他过去，把忧愁和烦恼丢到后面。而且我坚信，"天生我材必有用"，上天给予我的一切总有一天还能发挥作用，还能报效国家。为了明天，我要把握今天，"千金散尽"有什么关系！喝了酒再说！

李白是个豪放的诗人，我们可以把他的诗与孟浩然的诗比较一下，"故人具鸡黍"，很婉约、很小巧的感觉。李白的口气就大一些，别人说杀鸡宰鹅，他说"烹羊宰牛"；别人说"把酒话桑麻"（《过故人庄》），他说"会须一饮三百杯"，要喝就一定喝他三百杯！这就是浪漫主义，在抒情的时候，他就是长江大河，激昂澎湃，数字也是夸张的数字。"将进酒，杯莫停"，喝吧！"与君歌一曲，请君为我倾耳听"，我为你们唱一首劝酒歌，你们大家可要倾耳而听哦。"钟鼓馔玉不足贵，但愿长醉不复醒"，什么荣华富贵，那都不在话下，人生洒脱一点，不要做金钱的奴隶，什么富贵的生活，什么宰相，都抛开不去想了！"古来圣贤皆寂寞，惟有饮者留其名"，所谓圣贤有几个人呢！只有我们这些爱喝酒的酒徒，千古之后人们还会记得我们。

这其中有一个酒徒——陈王，就是曹植，曹操的小儿子，"陈王昔时宴平乐"。李白很欣赏曹植，首先因为曹植很有才。南北朝时期的谢灵运曾说过：天下的才华共一石（十斗），从古至今（南朝刘宋）所有文人共一斗，谢灵运他自己拥有一斗，而曹子建（曹植）独得八斗。所以，"才高八斗"是后世文人才华评价的一个标准。李白当然是以曹植自比，自诩才高八斗的。第二呢，曹植爱喝酒，嗜酒如命，"斗酒十千恣欢谑"。另外，曹植一生很受压抑，满腹才华得不到重用，先是被他的哥哥魏文帝曹丕欺压，后来又被他的侄儿魏明帝曹叡欺压，所以李白在这儿用陈王来做比喻，实际上是说我跟陈王一样不得志。说这个话就牵涉到政治了，讲陈王的故事，那是不是影射朝廷那些大臣们一个个都是曹丕？所以主人说：太白先生，别说了别说了，也不要喝酒了，我没有钱啦。别人说没有钱实际上是一句推托词，意思是你别再喝了，你已经有点儿失态了。"主人何为言少钱？径须沽取对君酌"，李白说：没钱是假话，拿钱再去买酒来。这个时候，岑夫子和丹丘生说：真没钱了，你看看我的钱袋。哦，真没钱啊，没关系，"五花马，千金裘，呼儿将出换美酒"，我还有一匹马在外面，身上还有一件衣服，拿出去典当几个钱买酒来继续喝！

第五讲　仰天长啸的诗仙李白

为什么要继续喝？"与尔同销万古愁"！你们知道我心中有愁吗？你们知道我心中有恨吗？你们知道我心中有怨吗？我心里愁有多深，我心里愁有多重，万古的愁都凝聚在我一个人身上，你们理解吗？所以，最后一句让我们可以想象到李白当时的那种郁闷，那种愤怒。

从长安出来以后，李白满腔悲愤，而且他感到，人生的路怎么那么难行啊！在《行路难三首》中，他悲愤地唱道：

> 金樽清酒斗十千，玉盘珍羞直万钱。
> 停杯投箸不能食，拔剑四顾心茫然。
> 欲渡黄河冰塞川，将登太行雪满山。
> 闲来垂钓碧溪上，忽复乘舟梦日边。
> 行路难，行路难，多歧路，今安在？
> 长风破浪会有时，直挂云帆济沧海。

这里有诗人壮志未酬的愤慨，更道出人生道路的艰难，同时表达了诗人希望能一展胸怀、有所作为的志向。一句"长风破浪会有时，直挂云帆济沧海"，在海空回荡，能给古今仁人志士多少信心！

李白说：现在"金樽清酒斗十千"，酒杯是好酒杯，酒是好酒；"玉盘珍羞（馐）直万钱"，装菜的盘子和下酒菜都是极品，价值万钱。但是我咽不下，"停杯投箸不能食"，杯子放下来，筷子丢掉，吃不下！

这样一个社会，我以为它表面那么繁荣，唐玄宗那么英明的君主，实际上他重用李林甫、杨国忠，宠爱杨玉环，看着这些我怎么吃得下？"拔剑四顾心茫然"，拔出宝剑茫然四顾，宇宙之间，哪里是我的出路啊？"欲渡黄河冰塞川"，我想渡过黄河，河水却结了冰；"将登太行雪满山"，我想登上太行，山上却积雪很深。但是我依然要等待，我坚信"天生我材必有用"。所以，"闲来垂钓碧溪上，忽复乘舟梦日边"。这里用的是谁的典故呢？是姜子牙和伊尹。

大家知道，姜子牙到八十岁还不得志，做什么事都很倒霉。他最后去磻溪那个地方钓鱼，"愿者上钩"，用了一条直钩钓鱼。用今天的话讲，这就是一种"炒作"行为。因为如果用弯钩在那儿钓鱼，天下人谁会注意？但是他用直钩钓鱼，而且还钓上了，这就轰动天下，出名了，把周文王引来了。最后姜太公辅佐周文王、周武王父子推翻了商王朝。所以说，李白自命为宰相，是姜子牙那样的人物，坚信有一天唐玄宗还得请他。

"忽复乘舟梦日边"，这是说商朝的宰相伊尹。据说伊尹有一天晚上做梦，梦见自己乘着船绕着太阳和月亮飞行，第二天便遇到商王了，从此辅佐商朝兴旺。所以李白说：尽管我现在"拔剑四顾心茫然"，不知道出路在哪里，但是我坚信，哪怕像姜子牙那样等到八十岁，哪怕像伊尹那样做着美梦，总有一天我会绕着太阳转。这种坚持和等待又颇有当年屈原期待"哲王"醒寤，而自己"路曼曼其修远兮，吾将上下而求索"的志向。

但是，"行路难，行路难，多歧路，今安在"，行路难啊人生难，哪里是我的出路，哪儿有我的前途？"长风破浪会有时，直挂云帆济沧海"！如果有人信任我，有人重用我，我坚信我能扬起风帆在大海中遨游。这句话对我们今天仍有很强的现实意义，人生难免会有点儿挫折，难免会有点儿不顺，当你遇到挫折，你一定要记住李白的话——"长风破浪会有时，直挂云帆济沧海"。

李白漫游途中，还曾写诗尽情宣泄自己的苦闷，如《宣州谢朓楼饯别校书叔云》：

弃我去者，昨日之日不可留；
乱我心者，今日之日多烦忧。
长风万里送秋雁，对此可以酣高楼。
蓬莱文章建安骨，中间小谢又清发。
俱怀逸兴壮思飞，欲上青天揽明月。
抽刀断水水更流，举杯销愁愁更愁。
人生在世不称意，明朝散发弄扁舟。

诗中"抽刀断水水更流，举杯销愁愁更愁"，形象地把人的情绪表达出来，古往今来引人共鸣。以至流行歌曲云："昨日像那东流水，离我远去不可留；今日乱我心，多烦忧。抽刀断水水更流，举杯消愁愁更愁，明朝清风四飘流……。"

六、清水芙蓉咏娥眉

李白的诗歌豪迈、奔放，有很强的感染力，这是主导方面。同时，他的诗也有"清水出芙蓉，天然去雕饰"的一面。他同样会写女性，同样能缠绵。对于柔婉的题材，他"非不能也，是不为也"，偶一为之，即胜人一筹。如《长干行》：

> 妾发初覆额，折花门前剧。
> 郎骑竹马来，绕床弄青梅。
> 同居长干里，两小无嫌猜。
> 十四为君妇，羞颜未尝开。
> 低头向暗壁，千唤不一回。
> 十五始展眉，愿同尘与灰。
> 常存抱柱信，岂上望夫台！
> 十六君远行，瞿塘滟滪堆。
> 五月不可触，猿声天上哀。
> 门前迟行迹，一一生绿苔。
> 苔深不能扫，落叶秋风早。
> 八月蝴蝶黄，双飞西园草。
> 感此伤妾心，坐愁红颜老。
> 早晚下三巴，预将书报家。
> 相迎不道远，直至长风沙。

这首诗描写了青梅竹马的爱情，歌颂了女主人公对爱情的坚贞，表现了夫妻别离的痛苦，细致、形象，感人至深。

诗中写一个女子，她的丈夫出门做生意去了，这女子很思念他。怎样想念呢？回忆过去的爱情，他们俩是青梅竹马、两小无猜，自由恋爱的。李白写道："妾发初覆额，折花门前剧。郎骑

第五讲　仰天长啸的诗仙李白

竹马来，绕床弄青梅。同居长干里，两小无嫌猜。"这几句是以女子的口气写的，说：老公啊，你还记得吗？小时候我的头发还垂覆在额前（小女孩的发型），"折花门前剧"，有一年春天，在门前采花玩。"郎骑竹马来"，那时候你也很小，用竹竿当马骑着过来。"绕床弄青梅"，什么意思呢？我在门前看花，旁边有棵青梅树，因为我身子太矮采不到青梅，刚好阿哥来了，你个子高一些，还有一根竹竿，阿哥你帮我采吧。阿哥采了青梅以后呢，并没有直接给这个女孩，而是拿着青梅逗她。"绕床弄青梅"，这个"床"有很多解释，有的说是井台，有的说是石凳子，总而言之就是这个哥哥帮小妹妹采青梅，然后逗她玩，不给她，二人演绎了一幕青梅树下小妹绕着石凳子追小哥的精彩短剧，又如同当今的慢镜头回放。"长干里"是当时南京城一条街道的名字；"两小无嫌猜"，我们俩是街坊，从小不分彼此的。以上所写的是真正的青梅竹马，两小无猜的情感故事。但是，十四岁的时候我嫁给你了，这个角色就转换不过来，从哥哥妹妹一下变了身份，变成了夫妻。所以在洞房花烛夜的时候，一声"夫人"叫得我"羞颜未尝开"。"低头向暗壁"，每当你喊我夫人的时候，我就把脸蒙着，头朝向墙壁，"千唤不一回"，唤我千遍我也不敢回头，羞煞人啦！

这样的生活过了一年，到十五岁，我才忘却了羞涩，开始享受爱情的甜蜜，"十五始展眉，愿同尘与灰"。懂得了什么叫爱情，从此山盟海誓，化了灰化了尘我还爱你，这一辈子爱你，下一辈子还做夫妻。"常存抱柱信，岂上望夫台"，那时候你发誓坚守抱柱信。抱柱信，是《庄子》里面的一个典故。讲的是一个叫尾生的男子，和一个女子相约在桥下见面。这个男子先去了，女子还没有来，突发洪水，眼看要淹没桥墩。这个男人想，我约她到这个地方来，如果我走了，她看不见我，岂不很失望？最后他抱着柱子被洪水淹死了。形容这个男人很信守自己的诺言。李白形容这个女人的心情，说：你啊你，当初不就是发誓要像那个男人一样抱柱坚守吗？"岂上望夫台"，没想到你失信了，忘记了自己的诺言，现在一去不回来了，把我丢在家里面，孤孤单单，只好登上望夫台翘首望你。

后面写："十六君远行，瞿塘滟滪堆。五月不可触，猿声天上哀。门前迟行迹，一一生绿苔。苔深不能扫，落叶秋风早。八月蝴蝶黄，双飞西园草。感此伤妾心，坐愁红颜老。"十六岁以后，你出去做生意，到现在都没有回来，让我在家里红颜独老。但是这个女子还是那么痴情，"早晚下三巴，预将书报家。相迎不道远，直至长风沙"，说：你如果要回来，就及早给我捎封信，我知道后到路上去接你。"相迎不道远"，我不嫌路远，到中途长风沙这个地方去接你。长风沙就是现在的安庆，女主人在下游，她的丈夫在上游，她说只要你回来，我到中游去迎接你，可见有多么痴心。

从这首诗我们完全可以领略到李白的婉约与才情。

七、亲下傲上真君子

李白性格直爽，"傲上不傲下"是他为人的特点。对权贵他傲岸不屈，"安能摧眉折腰事权贵，使我不得开心颜"。但是，对待劳动人民，他却异常谦恭。可以说，在劳动人民面前，李白就是一个赤诚的儿子！

在中国诗歌史上，李白是最早描写工人生活的诗人，他有一首描写运河纤夫的《丁都护歌》：

> 云阳上征去，两岸饶商贾。
> 吴牛喘月时，拖船一何苦！
> 水浊不可饮，壶浆半成土。
> 一唱都护歌，心摧泪如雨。
> 万人系磐石，无由达江浒。
> 君看石芒砀，掩泪悲千古。

诗歌描写了运河上拉风景石的纤夫。所谓"磐石"，就是宫廷、贵族修园林要用的太湖石。拉石头的工人是很痛苦的，他们从下游往上游走，逆流而上，非常辛苦。李白写道：拖船的船夫们，在那么热的天，"吴牛喘月时"，南方水牛很怕热，太阳一晒牛就伸着舌头直喘气，到了晚上，水牛以为天上的月亮仍然是太阳，于是照样喘气，"吴牛喘月"就是形容天气的热。"拖船一何苦"，拖船的纤夫兄弟们，你们何等辛苦啊！"水浊不可饮，壶浆半成土"，运河的水全是泥浆，一壶水澄清下来，有一半都是泥巴。所以，"一唱都护歌，心摧泪如雨"，想到你们的生活，我心都碎了，眼泪像雨滴一样滚落下来。"万人系磐石，无由达江浒"，千万人拉磐石到达官贵人家里去，何时可以到达终点码头啊!想到富人们的享受和你们的痛苦,两相比照,"掩泪悲千古",揩不尽我的眼泪,令人顿生千古之悲。李白写傲视权贵从来没有写眼泪,但这短短的一首诗,三次写他流眼泪,所以说,李白对劳动人民是很谦卑的。

再比如说,李白在安徽贵池这个地方写了一组关于冶炼工人的诗,其中有一首是《秋浦歌》:

炉火照天地,红星乱紫烟。
赧郎明月夜,歌曲动寒川。

"炉火照天地,红星乱紫烟",晚上炼铜,夜幕下冶炼炉中的红星蹦出来,夜雾之下,"红星""紫烟"翻腾、跳跃,非常美的一个劳动场面。然后一个特写——"赧郎明月夜",赧就是红色,在这明月之下的"赧郎",工作在炉火旁边,一方面他脸色红润,再加上炉火一照,脸庞更红了,简直如后世的油画形象,可观可感。"歌曲动寒川",他们劳动的歌声在江畔、在夜空回荡着。整首诗充满了对劳动人民的热爱,充满着敬佩。

还有一首诗,要推荐给大家读一读,《宿五松山下荀媪家》:

我宿五松下,寂寥无所欢。
田家秋作苦,邻女夜舂寒。
跪进雕胡饭,月光明素盘。
令人惭漂母,三谢不能餐。

第五讲　仰天长啸的诗仙李白

这首诗是李白在安徽铜陵这个地方写的。作者漫游途中经过五松山，在山上一个老太太家里借宿。李白说："我宿五松下"，我在五松山过夜，"寂寥无所欢"，心里很不高兴，很郁闷。为什么呢？因为一路上我看到劳动人民很辛苦："田家秋作苦"，收获庄稼非常辛苦；"邻女夜舂寒"，邻居的妇女们晚上还要舂米，还要做家务，不分白天黑夜都要辛勤劳作。

对于这个老太太来说，大诗人李白到她家借宿，真是蓬荜生辉。但是拿什么来招待这位大学士呢？只能倾其所有做了一碗雕胡米饭。实际上，雕胡米并不是真正的米，是一种水里面的植物——菰的果实，在唐代是美食。于是，老太太做了一碗雕胡饭献给李白，而且态度非常谦恭，跪着请李白用餐，"跪进雕胡饭"。那一碗雕胡饭，在月光下显得尤其珍贵，"月光明素盘"。但是李白说"令人惭漂母"，这里用了一个关于韩信的典故。

大家知道，韩信年轻的时候不得志，到处游荡，在一条溪水旁边遇到很多漂洗丝绵絮的大娘。其中有一位大娘，休息吃干粮的时候看见韩信一个小伙子没有饭吃，在那里游荡，就把自己带来的干粮分给韩信吃。韩信很感动，说：感谢你这一饭之恩，将来如果我发达了，一定要报答您老人家。大娘很生气，说：小伙子，我给你这碗饭吃，只是怜惜你，不是为了你将来报答我。韩信从内心感激她，后来成功以后，找到了这位大娘，赠以千金。这就是所谓漂母的一饭之恩。

那么，李白在这里说"令人惭漂母"，大家可以想象一下这个场景。大娘跪在地上，说：请大学士用餐。李白说：老人家快起来，我惭愧啊！我李白何德何能受你老人家这一碗饭呢？我怎么能比得上当年的韩信呢？韩信受一饭之恩后来能够报答，我李白文不成武不就，一事无成，你还能这样尊重我，我怎么能够报答你？所以，李白"三谢不能餐"，三谢就是多次推辞。从这首诗可以看出，在劳动人民面前，李白就是一个淳朴的儿子，他没有傲气，只有谦卑。

再来看一首诗——《赠汪伦》：

李白乘舟将欲行，忽闻岸上踏歌声。
桃花潭水深千尺，不及汪伦送我情！

这首诗是李白漫游到安徽泾县时候写的。从内容上看，这首诗很平常，就是一首赠朋友的诗。但是要读懂这首诗，必须要理解这么几点。第一，要还原当时的情景。汪伦是桃花潭这个地方的村民，在当地可能是比较喜欢跟外面打交道的这么一位农民。李白到桃花潭游玩，村民们都很高兴，拿出美食美酒来招待李白，可能也都和李白成了很好的朋友。然后李白要走了，李白想：我得悄悄地走，不能声张，不能打扰大家。但是，作为村民来讲，特别是跟他关系亲密的汪伦来讲，他知道李白要走，而且是悄悄地走，所以汪伦就跟村民商量好了——如此这般。但李白都不知道。

第二天早上，李白一个人上船，准备走了。走的时候，他突然有一种失落感，看看这儿看看那儿，"李白乘舟将欲行"，本来是不要大家送的，但是真的没人送，好像有点失落。然而就在此时，突然从芦苇丛中站出来几个人，从大树后面站起来几个人，从河堤后面又站起来几个人,不知道从哪儿突然冒出上百人,站在江边,在汪伦的带领下,大家踏着节拍,一同唱起了歌,送别李白。李白一下子感动得热泪盈眶,以为大家不知道我要走,也不会来送我了,没想到你们都来送我,而且用踏歌这种方式,这让我怎么承受得起啊!因此下面说"桃花潭水深千尺,不及汪伦送我情",这两句是李白发自内心的感慨。

第二,这首诗反映了当时的一种风俗——"踏歌",是那时候特殊的一种民间文化。我们可以理解,李白这个人,在老百姓面前,他就是哥们儿,是可以跟大家一起唱歌喝酒的朋友,但在朝廷就不一样,要让高力士给他脱靴。这就给我们一点启发:人生在世,有的人地位高,有的人地位低,有的人有钱,有的人贫寒。但不管怎么样,人格是平等的,真正高尚的人格就是不卑不亢,平交王侯。无论你地位高还是地位低,无论你是有钱还是没有钱,我都平等地对待。因此我们说李白是个榜样,人格的榜样。

八、谪仙亦是酒中仙

李白当初到长安时,太子宾客贺知章就称他为"谪仙人"(从天庭贬到人间的仙人),他飘逸、潇洒,确有仙风道骨。这一点,还表现在他嗜酒如命上。他被杜甫誉为长安城中八大酒仙之一,而且有饮酒的"理论根据"。如《月下独酌四首》其一、其二:

花间一壶酒，独酌无相亲。
举杯邀明月，对影成三人。
月既不解饮，影徒随我身。
暂伴月将影，行乐须及春。
我歌月徘徊，我舞影零乱。
醒时同交欢，醉后各分散。
永结无情游，相期邈云汉。

天若不爱酒，酒星不在天；
地若不爱酒，地应无酒泉。
天地既爱酒，爱酒不愧天。
已闻清比圣，复道浊如贤。
贤圣既已饮，何必求神仙！
三杯通大道，一斗合自然。
但得酒中趣，勿为醒者传。

  李白说：天如果不爱酒的话，天上怎么有颗星名为"酒星"呢？地如果不爱酒的话，大地上怎么有个名字叫"酒泉"呢？天地既爱酒，那么我爱酒就上无愧于天，下无愧于地。古人喝酒时，把清酒，就是质量好的酒叫"圣"，把质量比较差一点的、浑浊的酒叫"贤"。"已闻清比圣，复道浊如贤"，我曾经听说，清酒叫作"圣"，浊酒叫作"贤"，我喝酒啊，管它什么圣还是贤我都喝。"贤圣既已饮"，这是一语双关，一个说是管它清酒还是浊酒我都喝，第二这个"贤圣"也指生活当中的贤人和圣人，贤人圣人也喝酒，我李白喝酒当然也就是贤人圣人，喝酒的贤人圣人，这是一种自我调侃。而且，喝酒"三杯通大道"，喝三杯就懂得大道理，"一斗合自然"，要是喝了一斗，就回归自然了。当然了，"但得酒中趣，勿为醒者传"，喝酒时跟那个不喝酒的人不要在一起谈，他不懂得酒。所以，只有我们这些喜欢酒的人在一起，我们这些不得志的人，才能谈到一起去。

可以说，李白差不多每一首诗，要么是喝酒以后写的，要么是写喝酒的，要么诗里面含有酒的味道。所以，李白的诗是用酒泡出来的！

九、学士吟诗讽杨妃

李白不仅强烈张扬个性，表现自我，也敢于批判现实，关注现实。如《妾薄命》：

> 汉帝重阿娇，贮之黄金屋。
> 咳唾落九天，随风生珠玉。
> 宠极爱还歇，妒深情却疏。
> 长门一步地，不肯暂回车。
> 雨落不上天，水覆难再收。
> 君情与妾意，各自东西流。
> 昔日芙蓉花，今成断根草。
> 以色事他人，能得几时好？

诗中以陈皇后恃宠而骄暗讽杨玉环,《新唐书》曰:高力士"摘其诗以激杨贵妃,帝欲官白,妃辄沮止"。李白被逐出长安,应与此事有关。

"汉帝重阿娇,贮之黄金屋",汉武帝非常宠爱陈阿娇,把她放在黄金屋里。这个典故是说,汉武帝小时候,他姑妈问他:你将来要娶一个什么样的人做老婆?汉武帝当时很小,他说:我要娶个很漂亮的。然后他姑妈就指着身边的宫女说:这个怎么样?不漂亮。这个怎么样?我也不喜欢。点了一两百个他都看不中。最后姑妈就指着她自己的女儿,小名叫阿娇,说:阿娇怎么样呢?汉武帝就说了一句千古名言:"若得阿娇,当以金屋贮之。"我如果得了阿娇,要做个金房子把她藏起来。后来汉武帝登基当了皇上,果然立陈阿娇为皇后。但是陈阿娇当了皇后以后非常骄横,"咳唾落九天,随风生珠玉",陈皇后咳嗽一声地动天摇,唾沫星子落下来就是珍珠,非常娇贵。但是,"宠极爱还歇",汉武帝宠爱阿娇太厉害了,爱到极点,爱就没有了。而且陈阿娇很爱嫉妒,不允许汉武帝再喜欢别的女子,"妒深情却疏",有点嫉妒心,在所难免,但嫉妒太深,感情会反而疏远了。最后汉武帝把她打入长门宫,"长门一步地,不肯暂回车",陈皇后后悔了,希望能够挽回他们的爱情,于是就找到司马相如,请司马相如给她写一篇《长门赋》,试图打动汉武帝。但这是不可能的,感情破裂了就不可能再挽回,所以李白说"雨落不上天,水覆难再收",这就像天上的雨,落到地上就不可能再回到天上,倾覆的水再难收回。这里用的就是前面提到的朱买臣的典故。朱买臣被封为太守,衣锦还乡之时,他的前妻请求复婚。

朱买臣说：复婚可以，请你去提桶水来。这个女人就提了一桶水来，他说：请你把水泼在地上。这个女人把水泼在地上，他说：请你把水再捧起来，如果还是一满桶水，咱们就复婚。这就是"马前泼水""覆水难收"的故事。

"以色事他人，能得几时好？"最后两句说：一个女人要靠你的美色来取悦皇上，你能够得到多少好处呢？你这种美色能保持多长时间呢？

李白这首诗写的是汉武帝和陈阿娇的故事，但实际上是不是有所指呢？历史上没有明确的记载，没有办法准确判断。但是，历史记载里面可以侧面证明高力士"摘其诗以激杨贵妃"，就是说高力士把李白写的诗送给杨玉环看，可能就包括《妾薄命》这一首。"以色事他人，能得几时好？"杨玉环读了以后，心里或许会想：这是针对我的呢。于是史书上记载说："帝欲官白"，玄宗皇帝几次想给李白加官，"妃辄沮止"，杨贵妃一律阻止皇上封赏他。因此，从另一方面我们可以看出来，李白这首诗，显然是将矛头指向杨玉环和唐玄宗，特别是批判杨玉环"以色事他人"的。

如果说以前李白在漫游时不清楚朝廷的内幕，但自从被皇帝召入朝廷以后，他应该很清楚杨玉环和唐玄宗这种关系。所以说，李白对唐王朝的现实看得非常透彻，而且还写诗去批判它，去讽刺它。

又如《古风》五十一："殷后乱天纪，楚怀亦已昏。"

或说殷后就是商纣王的妃子妲己，助纣为虐，十分歹毒。而郑袖是楚怀王的夫人，非常善妒。嫉妒到什么程度呢？楚王好色，其他国家想讨好楚国,往往就给楚王献美女,每献一个美女,郑袖就跟楚王闹个不休。但是有一次,一个国家献了一个美女给楚王,郑袖一反常态,跟那个美人显得很亲热,妹妹长妹妹短,让大家都放松警惕了。后来有一天,郑袖跟这个美人说:大王倒是很喜欢你,但是不喜欢你的一个缺点。美人问:我有什么缺点?郑袖说:你的鼻子不够美,大王不喜欢。这个女子一听,说:姐姐,那怎么办呢?郑袖说:以后你见大王的时候用手绢把鼻子捂起来,就没事了。于是,这个美人后来每次见楚王的时候就捂着鼻子。楚王也很奇怪,说:这个女子怎么每次见我都捂着鼻子呢?于是他就问夫人,郑袖说:哎呀!大王你还不知道,这个美人似乎讨厌大王你身上的味道,所以她就把鼻子捂起来。楚王很生气,说:这个女子你嫌我身上的味道难闻,还捂着手绢,好,割掉你的鼻子,让你闻不成!于是,郑袖轻而易举就把这个美人除掉了。

　　李白诗里说:古代有一个商纣王,宠幸妲己,正是妲己搅乱了商朝的纲纪;古代有个楚怀王,年老昏聩,宠幸郑袖,对郑袖言听计从,最终导致楚国衰败。李白讲商纣王与妲己、楚怀王与郑袖,实际上就是暗指唐玄宗和杨玉环。所以说,李白的诗有着强烈的现实批判精神。

十、别样李白能击剑

　　李白的诗写得好,是中国文学史上首屈一指的诗仙,这是不争的事实。但李白并不是专业诗人,成为诗人并不是他的人生目标。那时的人写诗,就像今天的人写日记、发微博一样,是记述一种心情。"不小心"就成了诗人,这不是他的本心,他的本心是做侠客,当大将(当然,如前文所述,他也想当宰相,并自负有"入相"之才)。认为"剑"比"诗"好,这是李白自己的看法;记住了他的"诗"而忘了他的"剑",这是世人的失误。

前文说到,李白年轻的时候行侠仗义,到处打抱不平,曾亲手杀过人。"十步杀一人,千里不留行。事了拂衣去,深藏身与名。"这也许是暗写他自己的经历。这一点,当时的人魏颢在编写李白诗集时就说过:"(李白)少任侠,手刃数人(亲手杀死过几人)。"这一"手刃数人"事件的始末,李白和魏颢都语焉不详,大概是有所顾忌。但李白从不后悔做了这件事:"纵死侠骨香,不惭世上英。谁能书阁下,白首《太玄经》?"(《侠客行》)"燕南壮士吴门豪,筑中置铅鱼隐刀。感君恩重许君命,太山一掷轻鸿毛。"(《结袜子》)他自负是把脑袋拎在手上,将生死置之度外的侠士豪客!

可以推测,李白二十五岁时"仗剑去国,辞亲远游",绝不是为了考科举而离开家乡,也许是因为杀了人,要避避风声,同时借此机会纵横天下,以实现自己成为大侠或者将军的梦想。

李白最引以为傲的不是自己的文才,而是剑术。他在向别人推介自己的特长时曾说:"十五好剑术,……三十成文章。"明明白白地强调:"文章"非我之长,"剑术"才是我的至爱。他生怕别人会因为他的五短身材而瞧不起他的功夫,解释性地说:"虽长不满七尺,而心雄万夫,王公大人许与气义!"(《上韩朝宗》)李白身材不够高大(不足一米七),但身轻体健,有万夫不当之勇！这一点，史书有记载。《新唐书·文苑传》就特别指出：李白"喜纵横术，击剑，为任侠"。《旧唐书》也记载：李白"尝沉醉殿上，引足令高力士脱靴"。高力士不是一般的太监，他是唐玄宗亲封的三品大将军！唐玄宗召其进宫是选他做贴身警卫，有了他，玄宗每夜就可高枕无忧——安全有保障。李白敢于"引足"（伸出腿）让高力士脱靴，既说明他有傲气，更说明他有武功做底子，平添了几分自信。否则，高力士脱靴时稍稍做点手脚，恐怕李白至少会落个趾骨骨折或胫骨骨裂之类伤残。反之，高力士之所以甘于为李白脱靴，恐怕也不是佩服李白的"诗"，而是佩服他的"剑"，大有英雄惜英雄之意。

李白还曾凭武功与气势逼退饿虎。据李白的《上安州裴长史书》，李白与好友吴指南同游楚地，吴指南在洞庭湖上突然去世。炎热的天气中，李白伏尸痛哭，突然出现一头猛虎。此时李白如逃走，猛虎便会撕食吴指南尸体而不会追赶他。但李白为了保全朋友的遗体，竟冒着生命危险与猛虎对峙，最后终以手中剑逼退饿虎。

其实，在唐代，做侠客、做大将是当时年轻人的普遍追求，是一种人生观，是太平盛世的时代精神。这一点，我们在《唐诗之美》一节中已有详细论述。

一千三百年前的一位伟人，他孤傲，他清高，他不同流俗。

一千三百年前的一位诗人，他豪迈，他浪漫，他富有激情。

一千三百年前的一位朋友，他单纯，他真诚，他有赤子之心。

我们应当记住他，我们民族的、我们历史的、我们身边永远的李白。

第六讲

悲天悯人的诗圣杜甫

中国历史上曾产生过许多圣人，所谓"圣人"，就是道德、智能高达极致的人，千秋万代，他们总是受到人们的景仰。他们之中，有思想、道德圣人，如孔圣、孟圣；还有书圣、画圣、医圣、药圣，其中还有一位诗圣——杜甫。

说起杜甫，在中国，无论老幼都能说出他的几句诗：如"朱门酒肉臭，路有冻死骨""会当凌绝顶，一览众山小""读书破万卷，下笔如有神""安得广厦千万间，大庇天下寒士俱欢颜""出师未捷身先死，长使英雄泪满襟"，以及"两个黄鹂鸣翠柳，一行白鹭上青天。窗含西岭千秋雪，门泊东吴万里船"，等等。

一、浪漫少年

杜甫确实是家喻户晓的诗圣。但是，圣人也是人，而且首先是一个普通的人。杜甫（公元712—770年），盛唐时期一位伟大的诗人，原籍襄阳，出生在河南巩县瑶湾村。远祖杜预，是西晋时一位大将军，也是一位儒学大师，著有《春秋左氏经传集解》；祖父杜审言是武则天时期的大诗人，自称辞赋比得上屈原、宋玉，书法比得上王羲之，非常自信；父亲杜闲级别低一点，但也做过州司马和县令之职。杜甫就出生在这样一个有着儒学传统的家庭，他最为骄傲的，一是他的远祖文武全才，另外一个呢，就是他们家有学诗的传统。他常说"吾祖诗冠古"（《赠蜀僧闾丘师兄》），我祖先的诗从古到今，有哪个人比得上？那是第一名啊！"诗是吾家事"（《宗武生日》），我们家有写诗的传

第六讲 悲天悯人的诗圣杜甫

统,是诗歌世家,写诗,那是咱家的日常小事!

杜甫自己呢,很小就会写诗,"七龄思即壮,开口咏凤凰;九龄书大字,所作成一囊"(《壮游》)。七岁就开始写诗,而且开口就是咏凤凰。大家注意,李白和杜甫这两位大诗人,个性有点儿不一样。李白咏大鹏,向往大鹏鸟展翅高飞、自由逍遥;杜甫咏凤凰,而凤凰是皇家的吉祥物,是太平盛世的标志,是一种歌颂。杜甫说:我九岁的时候作品就用麻袋装,也算是个神童了。

一般人都认为杜甫这个人很谦虚,很贫苦,经常接触下层民众,其实生活在盛唐时候的人都谈不上谦虚,都非常浪漫、自信,杜甫也是这样的人。

大家都知道杜甫身体不好,总是哭穷,总是哭病。但是,杜甫年轻的时候身体棒极了,他自己说"忆昔十五心尚孩,健如黄犊走复来。庭前八月梨枣熟,一日上树能千回"(《百忧集行》)。

他说:我十五岁的时候很贪玩,很顽皮,身体健康得像头小黄牛,一天到晚有用不完的劲,跑来跑去。"庭前八月梨枣熟",我们家屋前有梨树、枣树,八月梨子、枣子熟了,我每天上百次、上千次爬到树上摘梨子、枣子吃。所以说,圣人也是人,一个很普通的人,有时候还有一点儿顽皮。杜甫其实是一个十足的浪漫少年。

二十岁时,杜甫开始漫游。天宝三载(公元744年),在洛阳结交李白,后又遇到高适,三人结伴游于梁宋:"忆与高李辈,论文入酒垆。两公壮藻思,得我色敷腴。"(《遣怀》)与李白"醉眠秋共被,携手日同行"(《与李十二同寻范十隐居》),亲如兄

弟。又颇似李白个性:"性豪业嗜酒,嫉恶怀刚肠。……饮酣视八极,俗物多茫茫。"(《壮游》)

"两公壮藻思,得我色敷腴",他们两个人很有才华,让我很高兴。而且大家个性相似,"性豪业嗜酒",我们都性格豪迈,喜欢喝酒,跟李白一样。"嫉恶怀刚肠",大家也都是见了权贵不肯折腰的人。"饮酣视八极,俗物多茫茫",那时候我喝醉以后看看宇宙,觉得天下都俗不可耐,而我才是最清高的人。

这个时期的杜甫豪放浪漫,对前途充满理想:"甫昔少年日,早充观国宾。读书破万卷,下笔如有神。赋料扬雄敌,诗看子建亲。李邕求识面,王翰愿卜邻。自谓颇挺出,立登要路津。致君尧舜上,再使风俗淳。"(《奉赠韦左丞丈二十二韵》)"会当凌绝顶,一览众山小。"(《望岳》)

杜甫说:我年轻的时候就关心国家大事。"读书破万卷,下笔如有神",这两句话大家经常引用,一般被理解成因果关系,说是只有读书超过万卷,才能够下笔如神。但实际上,这是一个并列关系。年轻的杜甫很傲很自信,他说:我读过的书超过万卷,我写文章时下笔如有神助。是夸耀自己书读得多,文章写得好。他又说"赋料扬雄敌,诗看子建亲",什么意思呢?我的赋写得好,只有汉朝那个大辞赋家扬雄可以相比;我的诗写得好,大概只有当年才高八斗的曹子建可以跟我相提并论吧!杜甫同李白一样以曹植自比。"李邕求识面,王翰愿卜邻",李邕和王翰都是当时的大诗人,杜甫说:你别看我年轻,那个李邕他想见我一面都不容易;写下"葡萄美酒夜光杯,欲饮琵琶马上催"的大诗人王翰,都想跟我做邻居。"自谓颇挺出,立登要路津",我

第六讲　悲天悯人的诗圣杜甫

认为我是天下最突出的人，可以马上步入仕途，担当重任。而我一旦做了官呢，"致君尧舜上，再使风俗淳"，要辅佐皇上成为尧舜那样的明君，改变天下风俗。听这口气，俨然像宰相一类人物所说的话。

"会当凌绝顶，一览众山小"，写的是登泰山，实际上是说：等我登上最高峰的时候，其他都不在话下了。所以说，杜甫年轻的时候很浪漫很有理想，是太平盛世的典型知识分子形象。

二、残杯与冷炙

天宝五载（公元746年），杜甫到长安，第二年进考场，一考失利了，这早在李白预料之中。为什么呢？那个时候李林甫把持朝政，这个人最嫉妒有才华的人，杜甫去考科举怎么能考上呢？不但杜甫没考上，那一年的考试一个人都没有录取。因为李林甫嫉妒人才，生怕民间人才考上来会危及他的地位。他还给皇上上书，说：没有一个人能考上这是好事，证明"野无遗贤"。也就是说，现在天下的人才都已经集中到朝廷了，朝廷之外再没有什么有才华的人被遗漏了，皇上应该庆贺才是。

落榜以后，杜甫流落在长安。他的家庭是一个破落的官僚家庭，没有什么积蓄，生活没有着落。于是他写道："朝扣富儿门，暮随肥马尘。残杯与冷炙，到处潜悲辛。"（《奉赠韦左丞丈二十二韵》）"饥饿动即向一旬，敝衣何啻悬百结。"（《投简成华两县诸子》）。

杜甫说：我在长安啊，"朝扣富儿门，暮随肥马尘"，早上敲开有钱人家的门，问人家有没有什么事可以让我帮着做一做，晚上跟在有钱人屁股后头去蹭一蹭饭局。但人家谁也不理睬我，我只能吃一点残饭，喝半碗剩汤，其间隐忍了多少悲哀与酸楚。而且，"饥饿动即向一旬"，动不动十天半月吃不上一口饭；"敝衣何啻悬百结"，那衣服破了，布片相连，何止百结，与乞丐无异！

这期间杜甫经历了人情冷暖，世态炎凉，他有一首诗描写这十年的遭遇，《贫交行》：

> 翻手为云覆手雨，纷纷轻薄何须数！
> 君不见管鲍贫时交，此道今人弃如土。

杜甫说：我这个人也不是没有朋友，有一些朋友还是做官的，但是我没有考上进士，是个落榜生，人家就瞧不起我，朋友也不跟我来往。"翻手为云覆手雨"，"翻手"之间大家像云一样聚在一起，"覆手"之际便又像雨点一样散落开来，全不以情义为重，此一句写尽从古至今小人嘴脸。"纷纷轻薄何须数"，这个世道大家都是轻薄之徒，都看重钱财、地位，却看不到我的智慧和才华，这样的人太多了，"何须数"啊！

但是，古人可不是这样，"君不见管鲍贫时交"。"管"就是管仲，"鲍"就是鲍叔牙，春秋时期齐国的两个人。《史记》里边写他们两个人的关系，有一段非常有名的话，是管仲自己说的。《史记·管晏列传》载，管仲曰："始吾困时，尝与鲍叔贾，分财

第六讲 悲天悯人的诗圣杜甫

利多自与,鲍叔不以我为贪,知我贫也。吾尝为鲍叔谋事而更穷困,鲍叔不以我为愚,知时有利不利也。吾尝三仕三见逐于君,鲍叔不以我为不肖,知我不遭时也。吾尝三战三走,鲍叔不以我为怯,知我有老母也。公子纠败,召忽死之,吾幽囚受辱,鲍叔不以我为无耻,知我不羞小节而耻功名不显于天下也。生我者父母,知我者鲍子也。"

管仲说"始吾困时,尝与鲍叔贾",我当初不得志的时候同鲍叔牙两个人一起做生意,"分财利多自与",赚的钱我总是多得一点,那时候鲍叔不认为我贪财,"知我贫也",他知道我生计贫寒,更需要钱。"吾尝为鲍叔谋事而更穷困",我也曾经为鲍叔牙办事,但是这个事往往越办越糟糕,"鲍叔不以我为愚,知时有利不利也",鲍叔牙不怪我,也不说我愚蠢,他知道办事情的时机有利有不利。"吾尝三仕三见逐于君,鲍叔不以我为不肖,知我不遭时也",我谋求政治上的出路,每次也都失败了,多次做官为君王效劳,又多次被斥逐,鲍叔牙也不认为我这个人不行,他知道我没有遇到明君。"吾尝三战三走,鲍叔不以我为怯,知我有老母也",我曾经三次上战场,每次打仗我就往后退,鲍叔牙并不认为我是个胆小鬼,他知道我家中有老母等着我奉养,我死不起呀!后来我辅佐公子纠,鲍叔牙辅佐公子小白(齐桓公),我辅佐错了,纠失败了。我的朋友召忽以自杀的方式报答公子纠,而我不但没有自杀,还投降了政敌公子小白。鲍叔牙不以我为无耻,"知我不羞小节而耻功名不显于天下也",他知道我不会以小节方面失礼为羞,但是会因为功名不曾显耀于天下而感到羞耻(后来管仲辅佐齐桓公成就霸业,"九合诸侯,一匡天下",

青史留名)。

最后,管仲说了句非常经典的话——"生我者父母,知我者鲍子也"。他说:生我的是我的父母,但真正了解我的,还是鲍叔牙啊!

所以杜甫说"君不见管鲍贫时交,此道今人弃如土",管仲和鲍叔牙是真正的贫贱之交,这种朋友不以贫富为转移,也不以政治地位高低为转移,而当今之世,人们早就将这种交友之道弃如粪土,令人痛心啊!在诗人看来,贫贱之交不可忘,交友贵在交心,友谊应建立在真诚的基础上,此理当记取。

当然,长安十年也有杜甫心情好的时候,这时他会显露出开朗、幽默的本性,写出一些潇洒飘逸的诗来,如著名的《饮中八仙歌》:

知章骑马似乘船,眼花落井水底眠。
汝阳三斗始朝天,道逢曲车口流涎,恨不移封向酒泉。
左相日兴费万钱,饮如长鲸吸百川,衔杯乐圣称避贤。
宗之潇洒美少年,举觞白眼望青天,皎如玉树临风前。
苏晋长斋绣佛前,醉中往往爱逃禅。
李白一斗诗百篇,长安市上酒家眠,
天子呼来不上船,自称臣是酒中仙。
张旭三杯草圣传,脱帽露顶王公前,挥毫落纸如云烟。
焦遂五斗方卓然,高谈雄辩惊四筵。

这是一首奇诗,它描写了盛唐时期八位酒仙的生动形象,读来令人拍案叫绝。请看酒仙醉后众生相。

第一位是贺知章："知章骑马似乘船，眼花落井水底眠。"

醉后骑马，晃晃悠悠，如乘船浮水，那份悠然自得，非达到如此境界者不能体味；醉眼昏花，跌落井中，却全然不顾，且在水底眠宿。美哉！秘书监贺知章——一副"乐"相。

贺知章是否真的因饮酒过量，以致眼花落井，醉眠水底，咱们无从考究，这两句诗却真真切切写出了贺知章那种刘伶式的"但得饮酒，何论死生"的旷达。

为何能有这种旷达呢？除个人胸襟外，跟个人的经历、遭遇、境况亦有很大关系。贺知章是我国古代文学史上少有的仕途顺利的文学家。可以说，一部中国古代文学史，就是一部文人的辛酸史、血泪史；文学家的不幸，恰恰是文学史的万幸，他们遭受磨难、遭受不平，才激发了他们的才思，进而发愤著述，名垂后世。但贺知章是一个例外，他二十岁考中进士，最后官至太子宾客、秘书监，八十五岁始还乡，是文学史上少有的仕途顺达者，是文坛福将。故落入井底，尚能安然而"眠"也就不奇怪了。

第二位是汝阳王李琎："汝阳三斗始朝天，道逢麴车口流涎，恨不移封向酒泉。"

先饮酒三斗，然后再去朝觐天子，此人身份绝非寻常，非皇亲国戚不敢为。原来，李琎是唐玄宗的侄儿，爵封汝阳王。贵为王侯者，方敢带醉"朝天"，而且上朝的路上看见运酒车，禁不住垂涎三尺，恨不得请求皇上将自己改封到酒泉城中为王，因为酒泉即因地下有泉而味道如酒而得名。美哉！汝阳王李琎——一副"馋"相。

第三位酒仙是左丞相李适之:"左相日兴费万钱,饮如长鲸吸百川,衔杯乐圣称避贤。"

李适之是被贬的丞相,被贬以后心里不舒服,就整天喝酒,喝到什么程度呢?"日兴费万钱",斗酒十千,每天要耗费一万钱来买酒喝。这酒量当然很大,"饮如长鲸吸百川",喝起酒来就是大鲸鱼,嘴一张,百川的水都被他吸到肚子里面去了。而且"衔杯乐圣称避贤",喝酒还要讲究喝清酒,浊酒他不喝。这意思是说:我现在不当宰相了,跟一般人不来往,只有圣人才跟我来往("乐圣")。那些小人,那些排斥打击我的人,你们不来也罢("避贤")!性情孤傲清高。美哉!左丞相李适之——一副"豪"相。

第四位酒仙是名士崔宗之:"宗之潇洒美少年,举觞白眼望青天,皎如玉树临风前。"

崔宗之,青春年少的男人,英俊潇洒,风流倜傥,举杯痛饮,昂首望天,白眼对人,皎如玉树,临风独立。关于白眼,用的是魏晋时名士阮籍的典故。阮籍为人清高,又蔑视礼法,爱憎分明,"能为青白眼"。本传记载,他"见礼俗之士,以白眼对之",见志同道合的好友,"乃见青眼"。也就是说,阮籍遇到那些遵循礼法的世俗之士,便翻白眼珠,不屑于理睬他(今有"遭人白眼"之说),而见到性情相投的人,便用黑眼珠看人(今有"受人青睐"之说)。所以"举觞白眼望青天",既是一个形象,又是一种精神。真可谓:美哉!名士崔宗之——十足的"傲"相。

第五位酒仙乃佛教信徒苏晋:"苏晋长斋绣佛前,醉中往往爱逃禅。"

苏晋以文章知名于当世，曾得澄慧和尚的绣弥勒佛像一面，非常爱赏，说："是佛好饮米汁（酒），正与吾性合，吾愿事之，他佛不爱也。"爱上能喝酒的弥勒佛，实际上是为自己嗜酒找一个垫背的。可见，酒肉穿肠过，佛祖心中留，姑且一醉方休，哪怕因此而逃出禅戒。美哉！佛教信徒苏晋——酒后露"真"相。

第六位酒仙则是李白李谪仙："李白一斗诗百篇，长安市上酒家眠，天子呼来不上船，自称臣是酒中仙。"

不饮则已，饮则一斗；不吟则罢，吟则百首。斗酒诗百篇，诗酒自结缘。长安市上，酒肆之中，醉卧着一条傲骨汉。哪管他皇上下诏，任凭他天子呼叫。不上车，不上船。这人道："休怪为臣散漫，臣原是天上诗仙、酒仙下凡！"美哉！这就是李白，一个傲岸不屈，"安能摧眉折腰事权贵"的李白，一个飘然若仙的李白！诗人李白——真正的"仙"相。

第七位是大家所熟知的大书法家张旭："张旭三杯草圣传，脱帽露顶王公前，挥毫落纸如云烟。"

在唐代，张旭的草书与李白的诗歌、裴旻的剑舞一起被称为"三绝"。一位书法家，三杯酒下肚，便豪兴大发，宽衣脱帽，不顾礼节，号呼狂走，泼墨挥毫，甚至以头发蘸墨书写，但见笔走龙蛇，纸卷云烟。所以，张旭又有"张颠"的雅称。酒后的书法家，美哉！草圣张旭——一副"狂"相。

上面讲的七位酒仙，要么是达官贵人、皇亲国戚，要么是迁客骚人、风流名士。难道老百姓中就没有豪迈嗜酒之人了吗？

非也，老百姓不是不爱喝酒，也不是酒量不大，而是喝不起酒。那么，古代的酒价到底有多贵呢？

据记载，汉昭帝始元六年（公元前81年）时，官卖酒，每升四钱。

汉朝以后历代政府将酒同盐、铁一起，法定只许官营，不许私酿，并为此颁布了许多十分严酷的条令（因为盐、铁、酒为国计民生所必需，其生产、销售的利润很高）。由于实行国家垄断生产和销售，所以酒价也就定得较高。

唐代，政府开始注意管制酒业，以取得酒利，酒的价钱非常高，虽不像李白诗中所说的"斗酒十千"那么贵，也绝非一般平民百姓能够消费得起。正如杜甫写诗言道："街头酒价常苦贵，方外酒徒稀醉眠。速宜相就饮一斗，恰有三百青铜钱。"（《逼仄》）可见当时实际酒价就是三百青铜钱一斗，连杜甫这样做过小官的人都为酒价苦贵，一般老百姓可想而知。

酒价这么贵，一般的老百姓连饭都吃不饱，当然不敢豪饮了。但也有例外，下面我们要介绍的第八位酒仙就是一位叫焦遂的布衣。那些达官贵人和文人雅士们可能为了显示自己亲民，经常邀请焦遂共饮，而焦遂也乐得跟着去"蹭"酒。

"焦遂五斗方卓然，高谈雄辩惊四筵。"

焦遂酒量极大，非五斗以上难见醉意。他平日里少言寡语，但五斗酒之后，微有醉意，便卓然显出论辩的才华。天上地下，山南海北，无所不知，无事不论，且振振有词，高谈阔论，见解独到，出人意料，满座皆惊。美哉！布衣焦遂——一副"说"相。

这里要特别说一说，李白尚且只能喝"一斗"，焦遂能喝

"五斗"，那是多大的酒量呢？在中国，唐代和唐代以前，没有蒸馏的谷物酒，只有压榨酒或漉酒，酒精度相当于今天的啤酒和黄酒，度数相对较低。而且各朝各代的度量衡制度与今天也都不一样，据推算，唐代一升相当于今天594.4毫升，如果按李白所说"一斗合自然"，饮酒一斗，则相当于5944毫升（即5.94公升），约为现今不足十瓶的啤酒。现代人一次能饮十瓶啤酒的大有人在。当然，像焦遂这样"五斗方卓然"的海量（相当于喝了50瓶啤酒）并不多见。

人说酒后吐真言，醉后现本相。八位酒仙的本相各不相同，各有特点，栩栩如生，活灵活现，这便是《饮中八仙歌》为我们描画的。同时，八位酒仙的形象又概括体现了历代酒仙的共同特征，令读者可以从古今的酒筵上去对号入座，从而获得一些生活乐趣和人生感悟，也颇耐人寻味。其实，就个人而言，饮酒时只要不是烂醉如泥，有一点醉意也是很美的，因为那时的你也许会撕去假面，露出个性特征，如"饮中八仙"然，倒也不失兴味。

杜甫赞美"饮中八仙"，也羡慕"饮中八仙"，他以酒仙们的洒脱来排遣自己人生的尴尬和落拓，悲夫诗圣！

三、穷年忧黎元

在长安混了十年，杜甫终于得到了一个小官——右卫率府胄曹参军（掌管军械）。他异常激动，以为总算可以为国效劳了，随即回奉先县探亲，途中写了那首著名的《自京赴奉先县咏怀五百字》。诗中表达了他"穷年忧黎元，叹息肠内热"（一年到头牵挂着老百姓，为他们的命运而叹息、煎熬）的情怀，揭露了盛唐表面繁荣背后"朱门酒肉臭，路有冻死骨"的社会黑暗面。

就在杜甫回家探亲的时候，发生了安史叛乱，玄宗逃蜀，肃宗即位。杜甫将家小置于鄜州，只身到凤翔赴难、保驾，途中被叛军俘获，押至长安。次年逃出，到凤翔觐见肃宗，"麻鞋见天子，衣袖见两肘"（《述怀》），见到唐肃宗的时候杜甫很狼狈，穿着草鞋，衣服破得连胳膊都露在外面。唐肃宗正是用人之际，就给杜甫封了一个官——左拾遗。顾名思义，拾遗补阙，就是专门给皇上提意见的。杜甫当了左拾遗，更认为责任重大，要好好提意见。没想到，第一个意见就提砸了。

当时的宰相房琯带兵去平定叛乱，这个人有一点儿书呆子气，实在不会打仗。他用战车像古代一样摆阵打仗，结果失败了。而唐肃宗刚刚登基，迫切需要打几个胜仗来撑门面，来振奋人心。皇上很生气，要杀房琯。杜甫认为机会来了，就提意见说这个宰相不能杀。皇上说：他打了败仗，挫伤了我的军威，坚决要杀，如果不杀他就杀你。结果大家不去保房琯了，都来保杜甫，为他求情。最后皇上说：既然这样，那就免了，你回去探亲吧。于是，杜甫又被贬为华州司功参军。因际遇坎坷，杜甫最后索性弃官不做，带家小逃至四川，投奔朋友严武（时任剑南节度使）。此时他已经四十九岁了。

杜甫到了西南，先居成都，后因成都发生军阀叛乱，又流

第六讲 悲天悯人的诗圣杜甫

寓梓州。叛乱平定之后，再回成都，又流落夔州。曾任检校工部员外郎（严武表奏，实未去长安赴任）、节度参谋，后辞官。大历三年（公元768年），离夔州（今重庆奉节），经岳阳、衡阳、耒阳准备到郴州去，在耒阳遇洪水，折返而回。大历五年（公元770年），死在由长沙到岳阳的一条船上。

现在保存下来的杜甫的诗歌有一千四百多首，反映了唐王朝由极盛到大衰这一转折时期的种种社会矛盾、社会现实，是反映当时社会生活的"诗史"。杜甫尤其同情人民、热爱人民，古代知识分子"达则兼济天下，穷则独善其身"，而杜甫无论自己是"穷"还是"达"（他似乎没有"达"过），都把人民装在心里，为人民的疾苦而呼吁。

早在安史之乱前夕，他有感于唐皇开边拓土，造成士兵大量伤亡，人民妻离子散，田园荒芜的现实，写下了感人至深的《兵车行》：

> 车辚辚，马萧萧，行人弓箭各在腰。
> 耶娘妻子走相送，尘埃不见咸阳桥。
> 牵衣顿足拦道哭，哭声直上干云霄。
> 道旁过者问行人，行人但云点行频。
> 或从十五北防河，便至四十西营田。
> 去时里正与裹头，归来头白还戍边。
> 边庭流血成海水，武皇开边意未已。
> 君不闻汉家山东二百州，千村万落生荆杞。
> 纵有健妇把锄犁，禾生陇亩无东西。

> 况复秦兵耐苦战,被驱不异犬与鸡。
> 长者虽有问,役夫敢申恨?
> 且如今年冬,未休关西卒。
> 县官急索租,租税从何出?
> 信知生男恶,反是生女好。
> 生女犹得嫁比邻,生男埋没随百草!
> 君不见青海头,古来白骨无人收。
> 新鬼烦冤旧鬼哭,天阴雨湿声啾啾。

又如安史乱中,目睹劳动人民因战乱所蒙受的痛苦,他写下了著名的"三吏""三别"(即《新安吏》《潼关吏》《石壕吏》和《新婚别》《垂老别》《无家别》),完全是用诗的形式写成的报告文学,成为文学史上现实主义诗歌的经典之作。

他还通过写自己经历离乱时的感受,表达了天下人的共同感受,如《月夜忆舍弟》:

> 戍鼓断人行,边秋一雁声。
> 露从今夜白,月是故乡明。
> 有弟皆分散,无家问死生。
> 寄书长不达,况乃未休兵。

在成都期间,他写了那首著名的《茅屋为秋风所破歌》:

> 八月秋高风怒号,卷我屋上三重茅。

第六讲 悲天悯人的诗圣杜甫

茅飞渡江洒江郊,高者挂罥长林梢,下者飘转沉塘坳。
南村群童欺我老无力,忍能对面为盗贼。
公然抱茅入竹去,唇焦口燥呼不得,归来倚杖自叹息。
俄顷风定云墨色,秋天漠漠向昏黑。
布衾多年冷似铁,骄儿恶卧踏里裂。
床头屋漏无干处,雨脚如麻未断绝。
自经丧乱少睡眠,长夜沾湿何由彻!
安得广厦千万间,大庇天下寒士俱欢颜,风雨不动安如山!
呜呼!何时眼前突兀见此屋,吾庐独破受冻死亦足!

那是流亡到成都的第二年,杜甫总算在朋友的帮助下盖了几间草屋住了下来。但在当年秋天,茅屋就被秋风吹破,作者于无奈之中写了这首诗。全诗分为四个部分。一、屋破。"八月秋高风怒号,卷我屋上三重茅。茅飞渡江洒江郊,高者挂罥长林梢,下者飘转沉塘坳",诗人流落他乡,唯一的栖身之地又被秋风吹破,这真是命运不济,破屋偏遭连夜雨啊!二、叹息。"南村群童欺我老无力,忍能对面为盗贼。公然抱茅入竹去,唇焦口燥呼不得,归来倚杖自叹息",秋风掀开了茅屋,连几根茅草也被孩子们抱走了,真叫人百般无奈!三、难熬。"俄顷风定云墨色,秋天漠漠向昏黑。布衾多年冷似铁,骄儿恶卧踏里裂。床头屋漏无干处,雨脚如麻未断绝。自经丧乱少睡眠,长夜沾湿何由彻",茅屋破损,无以挡风雨,这岁月煎熬何时到头!四、感慨。诗人由自己的遭际想到他人,想到天下。整首诗写屋破显示秋风无情,环境恶劣;写无奈是一种冷幽默("忍能对面为盗贼"

不是骂,包括第三段的"娇儿恶卧踏里裂",都有自我解嘲的意思。杜甫《北征》:"平生所娇儿,颜色白胜雪。""床前两小女,补绽才过膝。海图坼波涛,旧绣移曲折。天吴及紫凤,颠倒在裋褐。""瘦妻面复光,痴女头自栉。学母无不为,晓妆随手抹。移时施朱铅,狼藉画眉阔。"写他回家探亲时,孩子们饿得面无血色、脸色苍白,他却说"白胜雪";女儿没有衣服穿,妻子将家中旧官服撕开来缝补破旧衣裳,原官服上的"海图""波涛""天吴""紫凤"都七颠八倒;瘦妻本来憔悴不堪,用了他带回来的化妆品,居然"面复光";傻女儿也学她的母亲,梳梳头,搽搽脂粉,自己为自己画眉,乃至把额头弄得狼藉一片。这些描写都是把痛苦当笑话,看起来轻松,读来却让人含着眼泪在笑,更让人心酸!)。写难熬是流浪者的独特感受,写感慨则表现了他的伟大胸怀。自己个人的痛苦其实无足轻重,他更多地想到了天下穷苦人。一句"安得广厦千万间,大庇天下寒士俱欢颜,风雨不动安如山!呜呼!何时眼前突兀见此屋,吾庐独破受冻死亦足",惊天动地,感人至深,无论古今,无论处于安乐抑或处于忧患中的人们,怎能不同呼?怎能不感动?

在成都,杜甫还瞻仰了他心中的偶像、三国时名相诸葛亮的纪念祠,含泪写下了名篇《蜀相》:

蜀相祠堂何处寻?锦官城外柏森森。
映阶碧草自春色,隔叶黄鹂空好音。
三顾频烦天下计,两朝开济老臣心。
出师未捷身先死,长使英雄泪满襟。

第六讲 悲天悯人的诗圣杜甫

当年诸葛亮隐居隆中，刘备三顾茅庐，向他请教平定天下的大政方针；后来诸葛亮出山辅佐刘备开创蜀汉政权基业，又辅佐刘备的儿子——后主刘禅坐稳天下。但诸葛亮鞠躬尽瘁，死于军中，最终未能完成统一中国的大业，留下千古遗憾。所以，一声"出师未捷身先死，长使英雄泪满襟"，既是杜甫对诸葛亮一生业绩的评价，也是他自己毕生壮志未酬之叹，同时引发千年来多少英雄共鸣！

四、一棵枣树

前面讲到，大历元年（公元766年），五十五岁的杜甫来到夔州。长期的流浪生活使得诗人罹患多种疾病——肺病、风湿病、糖尿病、耳聋、偏瘫（"右臂偏枯耳半聋"）。在夔州都督柏茂林的帮助下，杜甫总算在瀼西有了一间草堂住下来。草堂门前有一棵枣树，他的邻居是一位无儿无女的孤老太婆。老人家因饥饿常到杜甫门前打枣，杜甫总是让她打，而且不时接济她一些钱米。后来杜甫从瀼西迁居东屯，把房子让给一位同样是流浪到夔州的姓吴的亲戚居住。那位老太还是常来打枣充饥，但这位姓吴的亲戚却不让她打，还用树枝插成篱笆墙把枣树圈起来。老太很失望，找到杜甫哭诉，杜甫便写了两首诗给这位姓吴的年轻人，其一便是《又呈吴郎》：

堂前扑枣任西邻，无食无儿一妇人。

> 不为困穷宁有此？只缘恐惧转须亲。
> 即防远客虽多事，便插疏篱却甚真。
> 已诉征求贫到骨，正思戎马泪盈巾。

杜甫说："堂前扑枣任西邻，无食无儿一妇人"，堂前一棵枣树，树上几颗枣子，你就让这位邻居打去好了，何况她无儿无女，无衣无食，孤苦伶仃！"不为困穷宁有此？只缘恐惧转须亲"，一个人不是因为贫困而走投无路，何至于来打你的枣呢？她打你的枣，其实心怀着恐惧，你不但不应呵斥，反而要对她态度亲和一些。当然，"即防远客虽多事，便插疏篱却甚真"，她不信任你这位"远客"，跑到我这里来告你的状，未免显得啰唆；但你插上篱笆，斤斤计较，太过小气，却有推脱不掉的责任呢。最后，诗人说：好啦，我且不在几颗枣子上与你就事论事了，请你想一想，"已诉征求贫到骨，正思戎马泪盈巾"，天下老百姓受官府剥削都已穷到骨子里了，况且战乱未平，人民受难，我的眼泪滚落下来，沾湿了衣襟。——老兄啊，如果你心中装着天下，装着民众，装着国家，那怎么好意思与一个穷老太去计较几颗枣子呀！

一棵枣树、几颗枣子，事虽小，但诗人却以小见大，情不自禁地将它同天下人的命运连在一起。从这里，可以看出诗人不仅"穷年忧黎元"，而且事事忧黎元，终生忧黎元！

五、诗圣之死

杜甫在夔州住了两年,于大历三年(公元768年)离川东下,辗转来到岳州,登上岳阳楼,凭轩远眺,他写下《登岳阳楼》,叹道:

昔闻洞庭水,今上岳阳楼。
吴楚东南坼,乾坤日夜浮。
亲朋无一字,老病有孤舟。
戎马关山北,凭轩涕泗流。

诗人在赞美了洞庭湖的浩瀚之余,感叹"亲朋无一字,老病有孤舟",自己老病之身,孤舟飘零,不能为国效劳,十分悲哀。但他更想到国家仍有战乱,天下尚不太平,百姓何以为生?"戎马关山北,凭轩涕泗流",他不禁涕泪横流,不能自已。请注意,此时的杜甫可是一介布衣,但他丝毫不为自己的遭遇鸣不平,而是发自内心忧国忧民,此种思想境界,怎不堪称诗圣呢?

写作此诗之后,诗人在风雨飘摇中,在沅湘一带又流浪了一年多。其间,他在耒阳差点被洪水淹死,耒阳的百姓还为他修了衣冠冢。后来,他虽然侥幸逃过洪水劫,但终因疾病折磨,就在从长沙回岳阳途中,在汨罗江上,在当年屈原投江的地方,在一条破旧的木船上,诗人永远合上了眼睛。

屈原的躯体留在了汨罗江底,至今人们仍在每年五月初五包粽子、划龙舟纪念他;杜甫的躯体曾流落在汨罗,直到四十多年后才归葬他的故乡(今河南偃师),至今人们仍在每年清明节前往凭吊。

从屈原到杜甫,汨罗江水见证了两颗伟大的爱民之心!

杜甫一生,报国为民理想高远,治国理政雄心勃勃,奋斗求索不遗余力,其人格实令后人景仰!但他命运坎坷,时运不济,风雨一生,病死江湖,又使后人抚膺叹惋,挥泪同情!然而,杜甫却用他那如椽巨笔,记录了他和他的那个时代;用一千四百五十多首惊天动地的诗歌,打动了百代民众的心!

杜甫的诗,反映了唐王朝由极盛到大衰这一转折时期的种种社会矛盾、社会现实,是记录当时社会生活的一部"诗史":

同情人民,热爱人民,为人民的疾苦而呼吁。

揭露统治阶级的骄奢淫逸。

表现强烈的爱国热情和卓越的政见。

描写情谊,描写祖国山川景物。

艺术上,他继往开来,金声玉振,将诗歌创作手法、体制、语言、声律、格式,运用到极致,修饰到完美,被人们奉为诗圣:

继承汉乐府的现实主义传统,即事名篇,写出了大量新乐府诗。"三吏""三别"流传千古。

善于叙事,诗中有人物、情节、场景,显得生动、具体。

语言精练,注重推敲:"群书万卷常暗诵""转益多师是汝师""文章千古事,得失寸心知""读书破万卷,下笔如有神""不薄今人爱古人,清词丽句必为邻""语不惊人死不休""颇学阴何苦用心""毫发无遗憾""波澜独老成"。

讲求格律,发展了近体诗:"晚节渐于诗律细""新诗改罢自长吟"。

唐代文学家韩愈曾经这样评价李白和杜甫:"李杜文章在,光焰万丈长。不知群儿愚,那用故谤伤?蚍蜉撼大树,可笑不自量!"(《调张籍》)

是啊!

光焰万丈的杜甫!

光焰万丈的杜诗!

光焰万丈的传统文化!

光焰万丈的中华民族!

我们骄傲,

我们自信,

我们前进!

以上我们讲到伟大的诗人李白和杜甫,他们是唐诗的杰出代表,是盛唐诗歌高峰的突出标志,更是我们中华民族灿烂的文化名片。但是,李白、杜甫之后,唐代社会急剧衰落,诗人们再也唱不出那雄壮之音了。于是,诗人们转向精巧。他们延续了盛唐的艺术传统,创造了许多精美的、韵味无穷的篇章。请关注下一讲——《中唐诗歌与元稹悼亡》。

第七讲

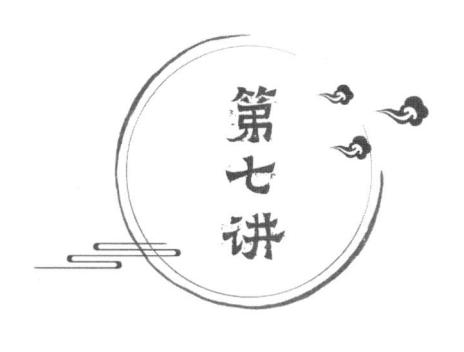

中唐诗歌与元稹悼亡

上两讲我们介绍了盛唐诗歌的两座高峰——诗仙李白、诗圣杜甫的诗。自李、杜之后，唐王朝经历安史之乱，急剧衰落，时代的最强音也已逐渐衰弱。历史进入中唐时期，唐诗也随之而呈现出不同的特色。这一讲，将同大家一起进入中唐诗歌的画廊。

一、"中唐之再盛"
——精美的中唐诗歌

所谓中唐诗歌是指从唐代宗大历元年（公元766年）至唐文宗太和九年（公元835年）这一历史时期的诗歌，现实主义为其基本特色。

安史之乱以后，唐王朝国力贫弱，人民生活更趋困苦。一方面，藩镇割据，宦官专权，社会矛盾进一步激化；另一方面，统治阶级中的有识之士，希望通过改良政治，使得唐王朝中兴。

以白居易为代表的一批诗人，他们倡导新乐府运动，主张"文章合为时而著，歌诗合为事而作"，用现实主义的诗歌来反映人民疾苦和社会问题，语言浅显平易，具有独特的风格。

此外，由于中唐社会的衰落，知识分子参与政治的平台和机会减少。他们本身遭遇坎坷，加上政治上的不得志，不能够像之前的李白、杜甫甚至边塞诗派那样慷慨激昂地抒发自己的激情，内心的压抑和痛苦迫使他们在诗歌结构上、艺术构思上下功夫。出现了韩孟（韩愈、孟郊）诗派，他们因其个人悲苦遭遇和内心苦痛不得发舒而追求险怪，被称为"鬼才"的李贺在奇特的想象中流露出怀才不遇的悲凉，刘长卿、韦应物隐逸山林而怀萧条之感，大历十才子（卢纶、吉中孚、韩翃、钱起、司空曙、苗发、崔峒、耿沣、夏侯审、李端）于悯乱哀时、应酬送别中透出伤感，更有柳宗元之模山范水和刘禹锡之讽刺时政。这些，呈现出瑰丽多彩、琳琅满目的新景象，在中唐各成一派。中唐诗歌，力量、艺术都比盛唐略逊一筹，"盛唐变中唐，雄浑渐成肤廓"（纪昀《瀛奎律髓刊误》）。但其作者之众、流派之多、数量之繁（作者约五百七十余人，诗歌约一万九千余首），后世亦称之为"中唐之再盛"（高棅《唐诗品汇》）。

如果说读盛唐诗能让你激动、让你震撼的话，那么中唐诗多以精致、含蓄、耐咀嚼而见长，诗风精美，有许多名篇佳句，也能让你感动，让你不能平静，使你一读便忘不了。

如刘长卿的《逢雪宿芙蓉山主人》：

> 日暮苍山远，天寒白屋贫。
> 柴门闻犬吠，风雪夜归人。

诗人孤身一人远行在外，遭遇风雪借宿于芙蓉山一位山民家中。

"日暮苍山远"的感觉，只有旅行过的人才会有真切的体味。一整天的长途跋涉，疲劳困顿，急于找一处可以歇脚的地方而不可得，所以倍觉山路太"远"；日暮天晚，倘若找不到住处就得露宿，而露宿是不堪设想的，所以亦觉"苍山远"；风雪陡起，饥寒交迫，急于解决温饱问题，因而更觉脚下的路太"远"。一个"远"字，写出旅行人急于投宿的独特感觉。好不容易发现山中一座小屋，却是"天寒白屋贫"。天虽寒，这户人家更为贫寒（"白屋"）——几间茅屋、破败的柴门，暂且借宿一夜吧。

诗人投宿于"白屋"，因条件过于简陋，或因严寒难耐，竟久久难以入睡。恰逢此时，"柴门闻犬吠，风雪夜归人"，只听一阵狗叫过后，有人打开柴门，迎接夜归的主人。

"风雪夜归人"是千古名句，其艺术魅力就在于这情景全是"听"来的：汪汪狗叫，家人开门，家人与归来的人对话，从对话中，诗人方知是这家晚归的主人。

这完全是一组活动的电影镜头，将一千多年前的那一幕展映在读者眼前，最终定格为一幅"风雪夜归人"的画面，意境深远，让人揣摩，令人赞叹。

再看一首《节妇吟》(张籍)：

> 君知妾有夫，赠妾双明珠。
> 感君缠绵意，系在红罗襦。
> 妾家高楼连苑起，良人执戟明光里。
> 知君用心如日月，事夫誓拟同生死。
> 还君明珠双泪垂，恨不相逢未嫁时。

这是一位贞洁女子（"节妇"）的歌唱（"吟"）。一个有夫之妇，被一位男子爱上了，那女子对男子也有好感，但她更爱自己的丈夫。女子将男子送给她的礼品退还给他，并且深情地说："君知妾有夫，赠妾双明珠。"你明知道我已经婚嫁，但是你仍要

第七讲 中唐诗歌与元稹悼亡

赠我一双明珠,以表达你的心意。而我,"感君缠绵意,系在红罗襦"。你的真情令我感动,你的缠绵我铭记在心。我理解你的心,我珍惜这份情,我将明珠系在我的红罗短袄上。但是你可知道,"妾家高楼连苑起,良人执戟明光里"。我家的楼房高峻深邃,我们大户人家礼教森严;再说,我的丈夫在皇上的明光殿中执戟效劳,他可是堂堂正正的朝廷命官。仔细思量,我还是不能接受你的馈赠,"知君用心如日月,事夫誓拟同生死"。我知道,你有爱的权利;我也理解,你的爱心如太阳般光明,如月亮般纯洁。但是,我必须让你知道,我爱我的丈夫,我打算与他同生共死,白头偕老。我不知道你是否明白我的心,我更希望你理解我的抉择。"还君明珠双泪垂",我忍不住双泪滚落,不得不把明珠退还给你;我最后要告诉你,"恨不相逢未嫁时",我为没能在尚未出嫁时遇到你而深深遗憾。假如生活能够重新开始,我或许会有新的选择,但现在不能。

诗中这位"节妇"其实并不是固守旧礼教的封建节妇,面对第三者的考验,她并没有说你不应该爱我,你不应该表达这种情感,而是说我理解你,我感激你的缠绵的情意,你表达对我的爱慕,我当然也很珍惜这份感情。在这里,她内心有过激烈的挣扎,最终她拒绝了第三者而选择了自己的丈夫。她忠于自己的丈夫,不是因为丈夫位高势强,而是忠实于爱情,忠实于同生共死的誓言;她拒绝第三者,也并非因为对方位卑势微(实际上那第三者更为强大),而是因为自己不能背叛爱情。

虽然说婚姻不是一次性选择,但选择是严肃的,选择之后的责任更是重大的。人生难免会有许多遗憾,但有时你得把这遗憾独自咽下。并不是凡有明珠就来者不拒，有时该还还是得还。在某种情况下，你就得遗憾地告诉对方："恨不相逢未嫁时。"

但是，这首诗其实不是写爱情的，而是一首政治抒怀诗。据记载，这首诗原本是张籍写给平卢淄青节度使李师道的。中唐时期，藩镇割据，这些藩镇拥兵自重，同中央王朝分庭抗礼。为了笼络人心，扩充自己的势力，他们拉拢一些知识分子到其帐下效力。李师道为当时藩镇割据者之一，张籍便是他所要拉拢的对象。为了表示自己忠于中央王朝，而与藩镇划清界限，张籍写了这首诗寄给李师道，委婉而坚决地拒绝了他。所以，这是一首以比兴手法写成的政治抒怀诗。当然，从这首诗所揭示的生活哲理来看，我们仍然可以把它当作一首纯粹的爱情诗来读。

说到张籍的诗，再给大家介绍一首，尤其要向老年朋友推荐一首《书怀寄王秘书》：

> 白发如今欲满头，从来百事尽应休。
> 只于触目须防病，不拟将心更养愁。
> 下药远求新熟酒，看山多上最高楼。
> 赖君同在京城住，每到花前免独游。

这完全是老人养生之道。第一联说"百事休问"："白发如今欲满头，从来百事尽应休。"已经满头白发了，还纠缠于过去岁月中那些成败、恩怨干什么？把既往的烦恼统统丢开吧！第二联说"无病早防"，尽力养心而不要"养愁"："只于触目须防病，不拟将心更养愁。"人到老年，难免多病；无论有病无病，皆需

第七讲 中唐诗歌与元稹悼亡

预防。在所有防病措施中,最应心胸坦荡,尤其不要将忧愁搁在心中,那样最容易损害健康。第三联说"有病早治",多做户外活动,常常登山观景:"下药远求新熟酒,看山多上最高楼。"以酒调方,对症下药,有病要精心调理;平日要多多登山,与自然合而为一;要多多登楼,放眼四顾,心旷神怡。第四联说"勿忘亲朋故旧",更不要脱离社会:"赖君同在京城住,每到花前免独游。"居家养老,最忌自我封闭,同城的朋友、邻里多多交往,看花,旅行,邀上三朋四友同行,"免独游"的建议实为良言!

老年朋友读了这首诗,要细细体味其中道理,多多珍重,永葆夕阳灿烂;青年朋友读了这首诗,也请不要忘记告诉你的长辈,告诉他们如何养生,如何安度晚年。

有一首《题都城南庄》(崔护),更是脍炙人口,因为它蕴藏着一段美妙的传说:

去年今日此门中,人面桃花相映红。
人面不知何处去,桃花依旧笑春风。

这是唐诗名篇之一,其意境之优美、语言之流利,向来为读者所击节称叹。然而,要真正领略此诗的情趣、韵味,还必须了解与之相关的一则故事,以此作为解读的钥匙。

最早记载作者奇遇的是唐人孟棨的《本事诗》,后来北宋李昉编写的《太平广记》里有更详细的描述。综合各家所叙,大致是说:书生崔护进京赶考,落第之后心情不畅。清明节那一天,他独自一个人到长安城外踏青遣闷,见郊外有一户人家,花木丛萃，门庭清雅。崔护上前敲门，许久才有一女子隔着门缝问是何人，崔护答称："寻春独行，酒渴求饮。"大门开启，原来是一位十四五岁的少女。只见她在院内摆上茶几，请崔护坐下，然后献上一盅清水。崔护喝水时，那少女站在小桃树下，斜倚桃枝，凝眸微笑，风姿娇媚，绰有余妍。崔护告辞的时候，那少女送至门口，含情脉脉，仿佛不胜离情。第二年清明节，崔护惦记着那位少女，情不可抑，又来到都城南庄。此时，只见墙院如故，但门户扃锁。崔护惆怅不已，便在门上题写了这首诗。事隔数日，崔护再次寻访，有老者出来，含泪而答："我女年方十五，知书识礼，并未许嫁。自去年清明以来，常常恍惚若有所失。前几日老朽带她出门，归来见门上有诗，读后，入门而病，水米不进，数日身亡。"言毕痛哭。崔护大惊，随老者入内，果然看见姑娘遗体安卧在床。崔护托起姑娘的头，俯身悲号："我在这里。"不一会儿，姑娘开目复活。老者大喜，终于将女儿嫁与崔护。

这则描写颇带传奇色彩，又近于小说，读者大可不必深究其真实性，因为如《文心雕龙》所云，某些文学掌故本身虽"无益经典"，却"有助文章"。所谓"有助文章"，就在于这一传说可以帮助读者理解崔护此诗的精华：其一，诗中贯穿着"爱"与"美"的主题。"去年今日此门中，人面桃花相映红"，去年的巧遇，至今难以忘怀，岂非爱情使然？一位豆蔻年华的少女与鲜嫩的桃花互相映衬，岂非天然美的形象？这里有爱的期盼，有美的回味，实堪咀嚼。"人面不知何处去，桃花依旧笑春风"，桃花依旧，春风依旧，"人面"却杳然无踪，留下了莫名的遗憾，这也是爱的缘故。桃花"笑春风"的美与"人面"无觅的失落，两

第七讲　中唐诗歌与元稹悼亡

相反衬，进一步显示了作者对美的追求。所以，无论与此诗相关的"本事"是否"确有"，按照这一"爱"与"美"的主题逻辑，却是"可能有"，这便是此诗最耐玩味之处。其二，诗中表现作者与那位赐水少女邂逅相遇，虽是一面之交，但他们之间所产生的情感却是含蓄、微妙的，它可以引发读者对某些生活体验的回味与联想。生活中往往有这样的情形：男女相遇，彼此虽无更多的交往，但却一见倾心，如同《红楼梦》中贾宝玉初见林黛玉时所说："这个妹妹我曾见过的"，"恍若远别重逢的一般"。此后，也许彼此永不相见，但那一刻的印象会铭刻不灭，那一见之情会没齿难忘。这种不是刻意追求，却让人刻骨铭心的微妙的情感，便叫作"姻缘"。读者不妨以这种体验来理解《题都城南庄》的兴味：没有特别的安排，没有刻意的追求，只是一种非常偶然的巧合，崔护和那位人面桃花的姑娘相遇了，并且还如《太平广记》所写的那样，他们最后走到一起了，这不正是姻缘吗？生活中有很多东西，也许跟爱情无关，但是多一点爱，多一点人与人之间的牵挂，我们的生活不是更加丰富多彩吗？

类似的故事还有《题红叶》（韩氏）：

流水何太急？深宫尽日闲。
殷勤谢红叶，好去到人间。

这首诗是诗人卢渥在长安皇城外御沟（护城河）中捡到的。据记载，卢渥赴京赶考，偶在御沟旁行走，见沟中漂来一片红叶，上面隐约有字。卢渥拾起一看，竟是一首诗："流水何太急？

深宫尽日闲。殷勤谢红叶，好去到人间。"卢渥觉得此诗颇有韵味，便收藏在衣箱内。后来他娶了一位从皇宫中遣出的韩姓宫女，韩氏在收拾卢渥衣箱时，发现了这片红叶，不禁叹道："当时偶然题诗叶上，随水流去，想不到收藏在这里。"原来，此诗正是韩氏所题。

这便是著名的"红叶题诗"的姻缘故事，极富传奇色彩。但是，诗中所包含的旧时宫女被幽闭的痛苦，却是常人所不易理解的。"流水何太急？深宫尽日闲"，流水尚能急急流出宫外，宫女们却只能孤独地"闲"处深宫，这无异于永难解脱的囚徒。所以，"殷勤谢红叶，好去到人间"。拜托一片红叶，带着宫女的诗，带着宫女对幽囚处境的愤慨和对自由生活的憧憬，好生去吧，早日脱离这阴冷的内宫，流出御沟，去追寻人间美好的未来。

红叶题诗属于过去时代的故事，这故事有几分悲凉，也有几分兴味。今人倘采用红叶题诗（或漂流瓶）的形式来表达情感，当然不会再有古时的哀怨，而只会是浪漫有趣的爱情畅想曲。

通过对上面几首诗的解读，我们归纳一下。中唐诗歌大多小巧玲珑，名篇多，名句多，但是作者不一定很有名。我们往往不一定记得作者，但是能够记住他的诗歌或者诗歌中的名句。当然，中唐也有一些很有名的诗人，他们也令我们印象深刻。元稹就是其中之一。他早年（三十岁左右）血气方刚，敢于同宦官做斗争，屡遭贬斥。晚年同宦官妥协，官至宰相。元稹同白居易并称为"元白"，同为新乐府运动的代表人物。他有《古题乐府》十九首、《新题乐府》十二首，其诗都以乐府来命名，反映民间疾苦十分深刻，代表作有《田家词》《织妇词》等。他的《连昌宫词》尖锐、直接地揭露了安史之乱发生的原因,矛头所向,直指玄宗,影响很大。

但元稹的诗最为今天读者所熟知的还是他的悼亡组诗,堪称古今一绝,不可不读。

二、从美男子潘安与悼亡诗说起

说到悼亡诗,不能不提到一个人物——潘安。潘安,号称中国历史上第一美男子(后世形容男人俊美,总是说"貌比潘安"),西晋时文学家。本名潘岳,字安仁,后人简称潘安,小名檀奴,人称檀郎,后世女子称其所爱男子为"檀郎"(李后主词有"绣床斜凭娇无那,烂嚼红茸,笑向檀郎唾",写李后主身边一位女子,喝酒之后娇滴滴地斜靠在绣床上,用手捻那床垫上的红绒线,放在嘴中嚼烂,又含笑向檀郎——李后主唾过去)。说起潘安貌美,大概有三个特点:一是白,"面如傅粉",人称"傅粉檀郎";二是长得端正,"眉目如画",眉毛眼睛就像画里面的一样,特别标致,十分标准;三是有风度,气质好,所谓"美姿仪","有容止"。其实,这三点与我们现在的审美标准还有距离,我们今天往往用"帅"或"酷"来形容男性,潘安的那种美,充其量是个奶油小生、"小鲜肉"。然而,按照当时标准,潘安确实长得美。因为长得太美,他小时候一出门就有妇女手牵手围住他;还有老妇人往他的车上扔瓜果(只差献花、签名了),每次他总是满载而归。俗话说"人不可貌相",为什么我们还一再关注潘安的容貌呢？因为在魏晋时期，品评人物是一种风气。当时不仅有潘安这样的美男子，也有丑男子。下面的两位丑男子，也都是著名的文学家。一是张载，"甚丑，每行，小儿以瓦石击之"。张载每次出门，小孩见了，都大叫"丑八怪来了"，竟用石头、瓦片砸他。另一位是左思，"绝丑，亦复效岳游遨，于是群妪共乱唾之"。左思貌丑，竟然仿效潘安出游，结果老妇人们不但不向他的车上扔瓜果，反而向他吐唾沫，其遭遇真够悲惨！

潘安虽然貌美，但并不花心。他不但没有绯闻，而且对自己的婚姻十分忠诚。潘安的妻子姓杨，是荆州刺史杨肇的女儿，比潘安小两岁，在潘安十二岁时两家便定亲了，二人属娃娃亲。潘安与杨氏共同生活了二十多年，杨氏亡故，潘安在服丧一年之后写了三首《悼亡诗》，抒发自己对妻子思念的情感，诗中有"如彼翰林鸟，双栖一朝只；如彼游川鱼，比目中路析"的名句。意思是说：咱们就像那双飞双宿的林中鸟，如今形单影只；咱们就像那江河中同游的比目鱼，如今半路上分崩离析。（《尔雅·释地》："东方有比目鱼焉，不比不行。"）

三、"贫贱夫妻百事哀"
——元稹哭妻

自潘安之后，后世把悼念亡妻的作品专称为"悼亡诗"。但历来将悼亡诗写到极致、最打动人心的还是元稹。元稹的

第七讲　中唐诗歌与元稹悼亡

妻子名叫韦丛，是太子太保韦夏卿的幼女，嫁给元稹时，元稹正身家寒素。贫贱夫妻，相濡以沫，但韦丛年仅二十七岁即早逝。后来元稹官居高位，俸钱百万，妻子却不能与之共享，元稹极为悲哀，常以诗抒怀。《遣悲怀三首》即是其大量悼亡诗中的三首（写此诗时，元稹已是监察御史）。

第一首：

> 谢公最小偏怜女，自嫁黔娄百事乖。
> 顾我无衣搜荩箧，泥他沽酒拔金钗。
> 野蔬充膳甘长藿，落叶添薪仰古槐。
> 今日俸钱过十万，与君营奠复营斋。

"谢公最小偏怜女"，是个倒装句。意思是谢公偏怜最小女。也就是说：韦丛啊，你就好像是当年谢公最偏爱的小女儿。谢公是谁呢？谢公就是东晋时候的宰相谢安。谢安很喜欢他的子侄辈，也很有雅兴，经常跟了侄辈在一起谈诗论义。有一年下大雪的时候，和子侄辈在一起赏雪喝酒，他就出了一个题目，让大家联句。什么叫联句呢？就是每个人吟一句诗，共同凑成一首诗。然后他就说了第一句："大雪纷纷何所似？"纷纷扬扬的大雪像什么呀？他的侄儿谢朗迫不及待地说："撒盐空中差可拟。"意思是，大体可以比喻成有人在空中撒盐哩。侄女谢道韫说："未若柳絮因风起。"是说：哥哥呀，你这比喻倒也形象，但缺乏美感，不如比作柳絮因风而起。一时举座惊服。这个诗句非常形象，非常柔婉，非常有韵味，能引起人们的联想。所以后世就把女孩子有才称为"咏絮才",男孩子有才呢,叫才高八斗。《红楼梦》里面有两句判词是这样说的:"可叹停机德,堪怜咏絮才。"就是说薛宝钗有"停机德"(贤淑——孟母停机而教),林黛玉有"咏絮才"。

元稹在诗一开头便用了谢道韫这个典故,说亡妻韦丛是她父亲的掌上明珠、名门闺秀、千金小姐。"自嫁黔娄百事乖",黔娄是战国时期齐国的一个穷书生,这是诗人自比。说韦丛这样一个千金小姐,自从嫁给自己这样一个穷书生,就百事不顺,过着贫贱的生活。

诗人回忆婚后"百事乖"的贫困生活。"顾我无衣搜荩箧,泥他沽酒拔金钗",你见我身上没有像样的衣裳,就翻箱倒柜("荩箧":藤条编成的箱子)为我搜寻旧衣碎布,替我缝制;我因为无钱买酒,就常常缠着你,你就把头上的金钗拔下,交给我拿去换酒。这里既写出了家庭生活的贫苦,也体现了夫妻之间感情的细致与温馨。"野蔬充膳甘长藿,落叶添薪仰古槐",那时候,咱们过的日子是以野菜充饥,以豆叶果腹,拾落叶为炊,折古槐当柴。但韦丛甘于清贫,尽心竭力照顾元稹。这一切让元稹深感无以为报,"今日俸钱过十万,与君营奠复营斋"。如今,命运逆转,生活改善,俸钱超过十万,而你却不在人世,我罪莫能赎,恩无以为报,这是最让人心灵无法安宁的。所以,"营奠""营斋",多上供品,多烧纸钱,既表达对逝者的敬意,也求得自己内心的慰藉,悲夫!

作者在这里讲的是他与亡妻之间的情感,非常真实,非常有感染力。其实,生活中许多生者对逝去的亲人又何尝没有这种感受呢？比如做儿女的，当你参加工作之初，生活拮据，无以报答父母养育之恩；而等到你"俸钱过十万"的时候，也许父母已永远离去，那种遗憾是无法形容的。

第二首：

> 昔日戏言身后意，今朝都到眼前来。
> 衣裳已施行看尽，针线犹存未忍开。
> 尚想旧情怜婢仆，也曾因梦送钱财。
> 诚知此恨人人有，贫贱夫妻百事哀。

"昔日戏言身后意，今朝都到眼前来"，你在生之日，我们常常开玩笑似的谈到死后如何如何，那时年轻，并没有把死当成真事，认为死离我们还很远很远。没想到你生前说的那些戏言，如今都摆在我的眼前。斯人已去，遗物犹存。对于生者而言，或睹物思人，或爱屋及乌，难以忘怀，百般感慨。所以，在韦丛去世之后，元稹遵嘱将韦氏衣物赠了他人。"衣裳已施行看尽"，你留下的衣裳，我已送给穷人，眼看都送完了。唯有"针线犹存未忍开"，韦氏用过的针线包，我细心地珍藏着，不忍打开，因为这是你为我缝缝补补时用过的，是最珍贵的纪念品，恐触物伤情，恐触碰心中那脆弱的一角。而且，对于韦丛从娘家带来的婢仆，元稹也格外照顾，时常接济钱财，"尚想旧情怜婢仆，也曾因梦送钱财"。但是，这些已无法弥补韦氏生前所受的清苦，"诚知此恨人人有，贫贱夫妻百事哀"一语写出了贫贱夫妻同甘共苦的深情，催人泪下。"此恨"是指什么呢？就是生老病死、生离死别。每个人都会碰到这样的事情，都会很痛苦。诗人尤其痛苦，因为"贫贱夫妻百事哀"。这又告诉我们，夫妻之间要互相关爱，互相扶持，真正做到相濡以沫。贫贱的时候，最能考验一个人的感情，最能考验一个家庭、一个团队、一个国家的凝聚力。在艰难的时候，尤其需要互相帮助，互相搀扶，互相理解。

这里写到逝去亲人的遗物不要轻易抛弃，要留作永久纪念；还讲到了爱屋及乌的道理：你既然爱她（他），就应该也爱她（他）的家人，接受她（他）的家人。

第三首：

> 闲坐悲君亦自悲，百年都是几多时！
> 邓攸无子寻知命，潘岳悼亡犹费词。
> 同穴窅冥何所望？他生缘会更难期！
> 惟将终夜长开眼，报答平生未展眉。

"闲坐悲君亦自悲，百年都是几多时"，诗人为妻子的早逝而悲哀，也为自己而悲哀：人总免不了一死，所谓人生百年，其实真正又能活多少年呢？"邓攸无子寻知命，潘岳悼亡犹费词"，邓攸是西晋时人，官至河东太守。永嘉年间，在一次战乱中，他只能带一个人逃难。结果他带走了他的侄儿而舍弃了自己的儿子。后来社会平定之后，他想再生一个儿子却不得。在古人看来，这就是命。这么好的一个人，在危难的时刻，他舍弃了自己的儿子，保全了侄儿，作为补偿，上天应该赐给他一个儿子吧？但是却没有。诗人这样哀叹命运，是说自己这么一个贤惠能干的

第七讲 中唐诗歌与元稹悼亡

妻子,偏偏在二十七岁就早早离自己而去,这不就是命吗?当然这不是我们通常说的宿命,而是在哀叹生活中有一些人们无法把握的东西,哀叹妻子不该早逝,应该与自己白头偕老,他至今仍接受不了贤妻亡故这一事实。且人死不能复生,哪怕写出再多再好的悼亡诗,也无法表达生者的思念和悲痛。"同穴窅冥何所望?他生缘会更难期",人在生前的许多誓愿,如"死则同穴",埋在同一个墓中,共同度过那漫漫无边的黑暗,这能够做到吗?至于来世再做夫妻("他生缘会")之类,更是难以保证实现的。那么,就夫妻而言,未亡人对逝者的最好报答是什么?"惟将终夜长开眼,报答平生未展眉",传说鳏鱼常不闭眼,所以古人称丧妻男子为"鳏夫"。元稹誓言自己亦将"终夜长开眼",既表达了对爱情的忠贞,永不续娶,也显示了其因爱妻夭逝而彻夜难眠、痛不欲生之状,读后令人嘘唏。

元稹还有一首《离思》:

曾经沧海难为水,除却巫山不是云。
取次花丛懒回顾,半缘修道半缘君。

此诗主题向有多说,但应当也是作者悼念亡妻韦丛之作。诗人用了两个比喻:"曾经沧海难为水,除却巫山不是云。"一是出自《孟子·尽心上》:"故观于海者难为水,游于圣人之门者难为言。"看过大海的人,把天下的水再也不当作水了,因为任何水都不及大海深广;在圣人门下当过学生,听过圣人的高论,便再也不敢随意发表见解了,因为你的言论无论如何也比不上圣人高明。意思是说：生活中有些东西达到了极致，便再难超越。另一个典故是宋玉《高唐赋》中楚怀王遇巫山神女的故事。楚怀王晚上做了一个梦，梦见一个女子跟他在一起，早上这个女子要走了，楚怀王问她是何方女子。这女子说：妾"旦为朝云，暮为行雨，朝朝暮暮，阳台之下"。后世把楚怀王与巫山神女之间的这种感情认作男女之情的极致。这表达了诗人元稹与韦丛爱情生活之美好、唯一和不可替代的地位。后两句则由此而深情地表达"取次花丛懒回顾，半缘修道半缘君"的坚贞，因为心中有你，所以尽管身处"花丛"之中，也懒得回顾。此旨与《遣悲怀三首》中"唯将终夜长开眼，报答平生未展眉"的心意相同。

这首诗给我们一种什么启示呢？当人在真心付出美好的情感并得到了难忘的回报以后，会感受到，真正的爱是美好的，真正的爱是唯一的，真正的爱又是不可替代的。

除了悼亡诗，元稹也写了一些怀古伤今的诗。请看《行宫》：

寥落古行宫，宫花寂寞红。
白头宫女在，闲坐说玄宗。

"行宫"就是皇帝行幸时的宫殿，临时的住处。本来，皇帝曾经住过的地方，应该是很热闹、很繁华的，但诗的前两句却描写出一种寥落、寂寞的景象："寥落古行宫，宫花寂寞红。"尽管此处曾经是皇帝的行宫，但如今已经寥落、破败，只有寂寞的花儿还照样惨淡地开放着。正所谓"年年岁岁花相似，岁岁年年人不同"啊。后两句通过对"白头宫女"的特写，给人以残酷、辛

第七讲　中唐诗歌与元稹悼亡

酸的感受。"白头宫女在，闲坐说玄宗"，那几个宫女在当年皇帝临幸的时候，正值青春年少，她们曾经服侍过皇上。但现在她们老了，满头白发，只能在太阳底下闲坐，并向人唠叨着"当年玄宗皇帝来的时候……"。诗人以"说玄宗"一语，将眼前的破败、悲凉与玄宗皇帝当年的繁盛联系起来，引发人们的对比，从而引出世事沧桑、盛衰无凭的思考。其实，世上哪有长盛不衰的事物？又哪有常新不老之人呢？

以上讲到元稹的悼亡诗，似乎有些伤感，但它是人们生活中不可回避的一个内容。读一点这类诗歌，有助于加强我们对生活的理解。下一讲我们将介绍一位政治家——刘禹锡，看看其讽刺诗的艺术水准，也调剂一下我们的情感。

第八讲

「沉舟侧畔千帆过，病树前头万木春」

——刘禹锡的讽喻诗

唐代诗人中，除了李白、杜甫之外，有一位诗人的作品最为普及，当今媒体对他的名句引用也最多，用作标题的也十分普遍，如"沉舟侧畔千帆过，病树前头万木春""旧时王谢堂前燕，飞入寻常百姓家""东边日出西边雨，道是无晴却有晴""请君莫奏前朝曲，听唱新翻《杨柳枝》""前度刘郎今又来"等，这位诗人就是刘禹锡，他可以说是中唐时期首屈一指的大诗人。

刘禹锡，生于公元 772 年，死于公元 842 年，字梦得，洛阳人。贞元二十一年（公元 805 年，亦即永贞元年），唐顺宗登基，翰林学士王叔文（顺宗的老师）倡导政治变革，反对宦官和藩镇割据，当时任屯田员外郎的刘禹锡（以及柳宗元）参与了这场大变革。但不久，顺宗被宦官推翻，王叔文被杀，变革在不到一年时间内便宣告失败。刘禹锡被贬为连州（今广东连州市）刺史，未至，改迁朗州（今湖南常德市），十年后召还长安，又因写诗讽刺权贵，被贬至夔州（今重庆奉节县）、和州（今安徽和县），文宗时再次被召回，最终官至检校礼部尚书。一生经历了代宗、德宗、顺宗、宪宗、穆宗、敬宗、文宗、武宗八朝，宦海浮沉，几起几落，是一位极富传奇色彩的政治家。

一、刘白对诗

刘禹锡不但主张政治变革，更是一位卓有成就的大诗人。唐敬宗宝历二年（公元 826 年），刘禹锡在扬州遇到白居易，白居易置酒招待他。从参与政治变革（公元 805 年）到此时，刘禹

第八讲 "沉舟侧畔千帆过,病树前头万木春"——刘禹锡的讽喻诗

锡前后经历了二十三年的贬谪生活。酒席上,白居易为刘禹锡唱了一首诗《醉赠刘二十八使君》:

> 为我行杯添酒饮,与君把箸击盘歌。
> 诗称国手徒为尔,命压人头不奈何。
> 举眼风光长寂寞,满朝官职独蹉跎。
> 亦知合被才名折,二十三年折太多。

白居易说:"为我行杯添酒饮,与君把箸击盘歌",给我斟满一杯酒吧!我拿筷子敲着盘子为你唱一首不平歌。"诗称国手徒为尔,命压人头不奈何",你的诗歌堪称国手,但这又有什么用?运气不好,霉运压头,我们徒叹奈何。"举眼风光长寂寞,满朝官职独蹉跎",你放眼看看,那些小人一个个风风光光,而你却长期寂寞,你再看看,满朝鼠辈都升了官职而你却岁月蹉跎。"亦知合被才名折,二十三年折太多",我也深知,才名太盛会招人嫉妒,引来祸患,但这一"折"竟有二十三年,实在太过太过!

白居易激昂、愤慨、坦诚,为刘禹锡个人的不幸遭遇而大声疾呼。但作为一个成熟的政治家,刘禹锡没有过多地为自己的过去而抱怨,也没有因为朋友为他鸣不平而更加牢骚满腹,而是着眼于未来。他端起酒杯,感谢白居易的理解与关爱,他以《酬乐天扬州初逢席上见赠》为题答道:

> 巴山楚水凄凉地,二十三年弃置身。

怀旧空吟闻笛赋，到乡翻似烂柯人。
沉舟侧畔千帆过，病树前头万木春。
今日听君歌一曲，暂凭杯酒长精神。

刘禹锡说："巴山楚水凄凉地，二十三年弃置身"，从朗州到夔州，那是让人感到无比凄凉的地方，二十三年来，我就沦落在那一带，巴山楚水间的流放生涯，确实令人伤心无比。回归之后，"怀旧空吟闻笛赋，到乡翻似烂柯人"，朋交故旧大多老的老了，去的去了，我空自怀念，到家之后，亲友也都失散，人们反把我当成了隔世之人。这里的"闻笛赋"引用了一个典故。三国曹魏政权的后期，司马氏掌权，拼命压制忠诚于曹魏政权的知识分子，嵇康便是其中之一。向秀是嵇康的一个朋友，每次去拜访嵇康，总能听见嵇康的邻居吹笛子。后来嵇康被司马氏杀害，向秀再经过嵇康的房子，嵇康的邻居还在那里吹笛子，而嵇康却已不在人世。向秀有感于此，便写了一篇《怀旧赋》，也叫《闻笛赋》。"怀旧空吟闻笛赋"，是感慨自己的老朋友像嵇康那样被杀了。"烂柯人"也是一个典故。晋代有个叫王质的樵夫，在山中砍柴，见有几名童子在弹琴唱歌，于是站在旁边欣赏。一会儿，童子问王质为何还不回去。王质起身，发现随身携带的斧柄已经烂朽了。回到乡里，见到的人竟然全不认识他。一打听，原来他在山中欣赏琴歌的时候，山外已经过去了几十年。"到乡翻似烂柯人"，是说回乡之后本应很亲切，但反而像世外人归来。虽然刘禹锡有这种陌生感，但是，"沉舟侧畔千帆过，病树前头万木春"，我这条"破船"虽已沉没，但其他的航船是无法被阻止前

第八讲 "沉舟侧畔千帆过，病树前头万木春"——刘禹锡的讽喻诗

进的，我这棵"老树"虽已衰朽，但其他的树木照样会逢春而旺！所以，"今日听君歌一曲，暂凭杯酒长精神"，感谢你为我歌唱，但我要说的是：饮了这杯酒，振作精神向前看，迈开大步朝前走！

这首诗告诉我们，人生不可能没有挫折，干事业也不可能一帆风顺，不要为个人的遭遇而斤斤计较，要着眼于新生事物，要坚信我们一定能够成功！

刘禹锡、白居易这次见面之后，便结为生死之交，二人经常对诗，也就是互相唱和，一组接一组对答。刘白对诗成为中唐诗坛一段佳话。

二、变革者的歌唱

刘禹锡的诗主要是讽刺时政的政治抒情诗，其诗很含蓄，很深刻，富有艺术含蕴，读后能引人深思。

如他在夔州写的一首《竹枝词》：

> 瞿塘嘈嘈十二滩，人言道路古来难。
> 长恨人心不如水，等闲平地起波澜。

自古以来，长江三峡各有特色：西陵峡最长，巫峡最美，瞿塘峡最险。而瞿塘峡之所以特别凶险，是因为江中有十二座暗礁，因而在瞿塘峡中行船历来被视为畏途。此所谓"瞿塘嘈嘈

十二滩,人言道路古来难"。接着,作者笔锋一转,由瞿塘峡水势凶险而写到人心凶险。"长恨人心不如水",我总是痛恨人心不如水。为什么呢?"等闲平地起波澜",瞿塘峡中之所以水势凶险,是因为水底有暗礁,激起滔天巨浪,而人心凶险则不需要任何理由,它会在一个普通平地掀起波澜。

诗中以瞿塘峡水势之险恶做铺垫,衬托了当时社会人心(亦即朝中那些显宦权贵)的险恶。"长恨人心不如水,等闲平地起波澜",语言十分浅显,却是一个饱经忧患的长者对生活的深刻认识。

又如他的一首《杨柳枝词》:

塞北梅花羌笛吹,淮南桂树小山词。
请君莫奏前朝曲,听唱新翻《杨柳枝》。

这也是刘禹锡与白居易对诗时的唱和之作。作者说:"塞北梅花羌笛吹,淮南桂树小山词",出自塞北的笛曲《梅花落》啊,是羌笛必奏的名曲,有汉一代咏叹桂树(《招隐士》"桂树丛生兮山之幽")的佳作啊,非淮南小山(淮南王刘安的门客)莫属。但是,"请君莫奏前朝曲,听唱新翻《杨柳枝》",请你不要老是演奏那些前代的曲子了,请听一听我为你改编翻新的《杨柳枝》词好吗?这首诗字面上是写音乐的,但读者难道没有听出作者要求革新的弦外之音吗?"请君莫奏前朝曲,听唱新翻《杨柳枝》"一语,包含了多少启发创新的思维!因为大凡有思想的诗人,他们的诗歌创作总在有意无意之间蕴含着他对人生、社会的

第八讲 "沉舟侧畔千帆过,病树前头万木春"——刘禹锡的讽喻诗

思考,一旦以文学的、形象的语言说出来,就成了耐人寻味的警语了。如:

杜甫"新松恨不高千尺,恶竹应须斩万竿",本是写草堂前的小松树,说:小松树啊快快成长,我恨不得你瞬间长成千尺栋梁材;那影响小松成长的杂草("恶竹"),千棵万棵都应斩除。但作者的题外之旨却可以启发人们从多方面获取教益,得到启迪。

李白"划却君山好,平铺湘水流",主张把君山铲除,好让湘水平稳地流入洞庭湖,看似写君山,实际上不也包含着铲除权奸,让人才畅通无阻之义吗?

李贺"黑云压城城欲摧",明是写云,实际上不是形容形势严峻、紧迫的警诫之词吗?

许浑"山雨欲来风满楼",词面写骤雨到来之前的风声,实际上不也含有形势骤变前的预警吗?

至于冯延巳的"风乍起,吹皱一池春水",曾被南唐中主李璟质疑过,说:"吹皱一池春水,干卿何事?"意思是说:"吹皱一池春水",与你有什么关系!实际上李璟读出了冯延巳词中的政治含义:时局动荡,有人蠢蠢欲动,陛下你为什么不管?冯延巳见皇上不但不接受他的劝告,反而怪他多事,于是改口否认词中的政治因素,说:"未如陛下'小楼吹彻玉笙寒'。"我的词同陛下的词一样,不过是写春愁的,没别的意思。究竟有没有政治含义,只有冯延巳自己心里清楚,但却给读者留下许多猜想的空间。晏殊词中有"春风不解禁杨花,蒙蒙乱扑行人面"的句子,引来宋仁宗的不快,说他批评皇上不约束那些小人("杨花"),

让他们肆意攻击忠臣，令人生厌（"蒙蒙乱扑行人面"）。这些都说明了讽喻诗的韵味就在"是"和"不是"之间，十分空灵，这就叫大家风范！

三、玄都观桃树的故事

再给大家讲一个很有名的故事：永贞元年（公元805年），刘禹锡被贬至朗州，十年后（元和十年，公元815年）被召回长安。长安城郊有一座道观名叫玄都观，春天来了，桃花盛开，许多人前往观赏，而且春游归来，无人不称赞玄都观桃花艳丽，其中当然包括那些朝廷官员。刘禹锡见此，生发感慨，便写了一首诗，《元和十年自朗州至京，戏赠看花诸君子》：

紫陌红尘拂面来，无人不道看花回。
玄都观里桃千树，尽是刘郎去后栽。

刘禹锡笑道：开满紫花的郊外小路上，红尘滚滚，遮天蔽日，去为桃花捧场的人真不少呀！而且，看过桃花的人都一致地赞美它、恭维它。可是，桃花观里这新长出的千棵万棵桃树呀，我以前没见过呢，大概都是我（刘郎）离京后栽种的吧。

就是这么一首诗，朝中当权者读了，怒火中烧，找了一些借口又把刘禹锡赶出京城，放为外任。那么，刘禹锡的这首诗究竟怎样得罪了权贵呢？且看十四年后，即文宗大和二年（公

第八讲 "沉舟侧畔千帆过,病树前头万木春"——刘禹锡的讽喻诗

元828年),刘禹锡再次被召回,他写道:"余贞元二十一年为屯田员外郎时,此观(玄都观)未有花。是岁出牧连州,寻贬朗州司马。居十年,召至京师。人人皆言,有道士手植仙桃满观,如红霞,遂有前篇,以志一时之事。旋又出牧,今十有四年,复为主客郎中,重游玄都观,荡然无复一树,惟兔葵、燕麦动摇于春风耳。"

于是又写了一首《再游玄都观》:

百亩庭中半是苔,桃花净尽菜花开。
种桃道士归何处?前度刘郎今又来。

此诗大意是说:玄都观百亩庭院长满了苔草,原来的桃树连一棵也不见了,只有野菜花儿幽幽地开放。桃园没有了,那种桃道士呢?也全然不见了,只有前番因写桃花诗而被贬谪的刘郎我又来啦!

通观前后两首游玄都观诗,再结合刘禹锡的遭遇,终于明白:诗中"种桃道士"是指当初打击、迫害王叔文、刘禹锡、柳宗元等人的那些宦官、当权者,"桃千树"是指刘禹锡被贬之后提拔起来的新贵,"看花"人则指那些巴结新贵的小人。所以,前一首诗传出之后,新老权贵群起而攻之自不奇怪。但是,朝廷斗争变幻莫测。十四年之后,改朝换代,风流云散,变化太大。十四年前的玄都观桃树已经衰朽殆尽,只有杂草、野花在春风中摇曳。世事变幻,唯有"前度刘郎今又来"——不变的是政治家不屈不挠的斗争精神!

四、乌衣巷口咏史

刘禹锡不仅以政治家的旷达情怀来对待个人的祸福得失，更能以政治家的博大胸襟来看待历史的兴亡更替，他的咏史诗即是一绝。

如《蜀先主庙》：

天下英雄气，千秋尚凛然。
势分三足鼎，业复五铢钱。
得相能开国，生儿不象贤。
凄凉蜀故妓，来舞魏宫前。

这是刘禹锡在夔州时瞻仰三国时蜀国先主刘备纪念祠所写。"天下英雄"是曹操青梅煮酒论英雄时对刘备的评价："天下英雄，唯使君与操耳！""千秋尚凛然"是说刘备开创的业绩令人肃然起敬。"势分三足鼎"，说刘备能与曹操、孙权鼎足而立。"业复五铢钱"，言刘备恢复汉朝基业（汉武帝时发行的钱币为五铢钱）。但是，具有讽刺意味的是，"得相能开国，生儿不象贤"，刘备得到一名贤相（诸葛亮），便创建了蜀汉，而他的儿子刘禅却不像乃父，懦弱无能，终于亡国。蜀国灭亡，连旧艺人都不得不到魏国宫廷效劳（"凄凉蜀故妓，来舞魏宫前"）。从先主雄壮创业，到后主凄凉亡国，诗人以敏锐的眼光观察历史，以古讽

第八讲 "沉舟侧畔千帆过,病树前头万木春"——刘禹锡的讽喻诗

今,深为唐王朝的衰落而忧虑,意境沉郁苍凉,感慨良深。

又如《乌衣巷》:

> 朱雀桥边野草花,乌衣巷口夕阳斜。
> 旧时王谢堂前燕,飞入寻常百姓家。

乌衣巷是东晋时期金陵(今江苏南京市)城内高门大族聚居的地方,当年开国元勋王导、宰相谢安即居于此。现在,"朱雀桥边野草花,乌衣巷口夕阳斜",通往乌衣巷的朱雀桥,孤零零地静卧在秦淮河上,桥边野草丛生,小花散乱,乌衣巷口一派荒凉,夕阳西沉,凄凉惨淡。残阳之下,"旧时王谢堂前燕,飞入寻常百姓家",几只曾经见证过当年王、谢豪华繁盛的燕子,飞入了普通百姓的家中——这里已不再是豪华住宅区,而是普通民居了。

盛衰无定,沧桑巨变,其中有多少发人深思的规律,难怪白居易读此诗都要"掉头苦吟,叹赏良久"啊!

五、多情刘郎

清代学者沈德潜曾说过:"从古真英雄必非无情者。"鲁迅先生也说过:"无情未必真豪杰。"刘禹锡政治上坚强不屈,性格旷达、豪迈,情感上却又十分细致入微,他的爱情诗在当时亦堪称一绝。刘禹锡写情诗,首先向民歌学习。在夔州时,他以民歌

《竹枝词》为题，写作了许多脍炙人口的篇章，如：

> 杨柳青青江水平，闻郎江上唱歌声。
> 东边日出西边雨，道是无晴却有晴。

此诗平易好懂，却十分耐人寻味。有三大特点。一是女主角的心理描写细致感人。"闻郎江上唱歌声"，船上的小伙子唱着情歌从上游漂流而下，江边的姑娘揣摩着：这情歌是否冲着我来呢？说他是专对我唱的吧，咱又不认识他；说不是专唱给我听的吧，咱身旁又没有别的女子。这真是令人难猜啊！于是她试图解开这道难题。"东边日出西边雨，道是无晴却有晴"，东边出太阳，西边却下着阵雨（三峡常见的天气现象），这"天气预报"是晴天呢还是雨天？二是双关语的运用。所谓双关语，即利用汉语同音词或多义词的特点，表面上说的是词的这个音或这个义，实际上却是指它的另一音或另一义。如楚辞中的"山有木兮木有枝，心悦君兮君不知"（"枝"与"知"谐音），南朝乐府中的"春蚕不应老，昼夜常怀丝"（"丝"寓"思"）、"风吹黄檗藩，恶闻苦篱声"（"苦篱"即"苦离"）、"理丝入残机，何悟不成匹"（"匹"，以"布匹"寓"匹配"）、"低头弄莲子，莲子清如水"（"莲子"即"怜子"，"清如水"即"亲如许"）等。刘禹锡在此处巧借"晴"与"情"同音，而造成诗意含蓄、表情委婉的效果，也十分符合主人公的心理状态。三是比兴贴切，语感生动。如"杨柳青青江水平"：以柳枝之长，暗喻情之绵长；以江水之深，比喻感情之深。凡此种种，韵味无穷。

第八讲 "沉舟侧畔千帆过，病树前头万木春"——刘禹锡的讽喻诗

再如另一首《竹枝词》：

> 山桃红花满上头，蜀江春水拍山流。
> 花红易衰似郎意，水流无限似侬愁。

"山桃红花满上头，蜀江春水拍山流"，每到春天，三峡两岸漫山遍野都是盛开的桃花，阿哥采来一把最鲜艳的花儿插在阿妹头上，此时蜀江春水拍打着山崖，相依相恋，流淌而去——阿妹的幸福感也溢满长江。但是，这一切会长长久久吗？阿妹突然想到，"花红易衰似郎意"，花儿红得快也凋谢得快，阿哥爱得热烈，是否也会冷却得迅捷呢？如果是这样的话，那么，"水流无限似侬愁"，眼前浩浩长江水便是阿妹无限的痛苦与忧愁。

好一个"水流无限似侬愁"！以无限的江水来比喻愁情，如此之深，如此之广，如此之长，如此之浩浩荡荡，如此之无穷无尽，……实在是绝妙的构思。看来，李后主的"自是人生长恨水长东"以及"问君能有几多愁，恰似一江春水向东流"、秦少游的"落红万点愁如海"都不是无源之水了。

又如《杨柳枝》：

> 清江一曲柳千条，二十年前旧板桥。
> 曾与美人桥上别，恨无消息到今朝。

这是一段美好的感情回忆。"清江一曲柳千条，二十年前旧板桥"，二十年前，曾与爱人在此分别，二十年过去了，今日重

游旧地，还是那条清江，还是那依依杨柳，还是那座小桥。一切依旧，可是人儿呢？却二十年不见，而且令人遗憾的是，"曾与美人桥上别，恨无消息到今朝"，二十年来，连一点关于她的消息都没有。你在他乡还好吗？谁将你的长发盘起？谁给你做的嫁衣？作者没有明言牵挂，但牵挂之情尽在语中，不过要读者去细细体味。

刘禹锡，真正的情歌王子！

刘禹锡是中唐时期一位重要诗人，"诗称国手"，影响深远，但他的诗偏于讽喻和寄兴，诗的意旨需进层揣摩。如上面这首《杨柳枝》，意境空灵，耐人寻味，读者可以结合当今的社会生活与个人经历，从中汲取经验和思想。又如他的《秋词二首》其一："自古逢秋悲寂寥，我言秋日胜春朝。晴空一鹤排云上，便引诗情到碧霄。"天空如此广阔，生活如诗，人生如诗，让我们插上想象的翅膀，腾空而起，"便引诗情到碧霄"！

以上讲到刘禹锡的情诗，其实，唐诗中真正将情爱写到极致、写到感天动地的还是白居易。他的一曲《长恨歌》，震撼了千百年来读者的心。"在天愿作比翼鸟，在地愿为连理枝。天长地久有时尽，此恨绵绵无绝期。"请关注下一讲——《白居易与〈长恨歌〉》。

第九讲

白居易与《长恨歌》

到了唐代中期，虽然在诗歌的表现上鲜有李白、杜甫创作出来的那样震撼人心的作品，但精美富华，深刻隽永，让人过目不忘的优秀篇章仍然数不胜数。诗歌是艺术的表现方式，它寄托了作者的思想感情和价值追求。因此，我们读诗，最终要归结到诗歌背后的人。在中唐，有一位卓有成就、个性鲜明的诗人，他就是白居易。

一、口舌成疮，手肘成胝

白居易出生于公元772年，此时唐王朝建立已经150多年，刚经历安史之乱，社会渐趋衰落，这个历史的大背景给他和他的诗歌印上特殊的记号。白居易原籍山西太原，后定居下邽，也就是现在的陕西渭南。晚年自号醉吟先生、香山居士，世称白香山。

伟大的人物身上总有伟大的品格，青年时代的白居易身上有两点值得我们今天的青少年学习：其一为独立，其二为勤勉。

白居易五六岁学写诗，十六岁只身闯长安，与当时的大诗人顾况之间曾有一个十分有趣的故事。当时白居易带着自己的作品去拜访顾况，顾况问他叫什么名字，他回答说白居易。顾况就戏谑他的名字说："长安米价方贵，居亦弗易。"意思是说：小伙子口气很大哩！"居易"就是居住下来很容易，但是你知道吗？长安的物价很贵，生活不易，而你一个小小的毛头小子，要想在人才济济的长安立足，绝非易事。顾况一边说着一边翻看他的诗

第九讲 白居易与《长恨歌》

稿,第一首诗就是今人谁都熟悉的"离离原上草,一岁一枯荣。野火烧不尽,春风吹又生"。顾况拍案叫绝,连声称赞说:"道得个语,居即易矣!"意思是:你能写出这么好的诗,在长安居住下来就很容易了。这个典故后世用来形容一个人生活艰难,叫"居大不易"。

人要有所成就,除了自身的禀赋之外,还需要勤奋和不懈的努力。白居易就非常刻苦,刻苦到什么程度呢?《与元九书》中他说自己"昼课赋,夜课书,间又课诗,不遑寝息矣。以至于口舌成疮,手肘成胝"。也就是说他白天读辞赋这一类的作品,晚上就练习书法,间歇读前人的诗歌,没有睡觉、休息的工夫。如此日夜苦读,乃至口腔起了水泡,双肘在桌上都磨出老茧来了。

白居易早慧,很有天赋,但是,尽管有顾况等人的赏识和推荐,却时运不济,二十九岁才考中进士,三十二岁开始为官。曾担任校书郎、左拾遗。他性格耿直,作风泼辣,锋芒毕露,敢于同当时朝廷中的宦官、权贵,以及地方军阀做斗争,对唐王朝忠心耿耿,因而受到排斥。唐宪宗元和十年,也就是公元815年,朝廷发生了一件大事。宰相武元衡主张打击地方势力,因而得罪了军阀李师道,李师道就派人到长安来,把武元衡暗杀了。白居易眼见地方军阀如此猖狂,而中央的权威荡然无存,于是他给皇帝上书,坚决主张要把这个案子查清楚。这就得罪了那些军阀在朝廷的代理人,他们攻击白居易。罪其一,越职言事,也就是超越职权范围而发表意见;罪其二,不孝。原来,白居易的母亲因为看花的时候掉进井里溺亡,而他居然写了两首诗,一首《看花》,一首《新井》。其实这些诗与其母之死毫无关系。于是朝廷把白居易贬为江州司马，也就是贬到今天的江西九江，担任州司马之职。

自从被贬地方以后，白居易就有点心灰意冷，于是纵情诗酒，流连山水，锋芒收敛，常作"天涯沦落人"之叹，斗争性渐弱。此后他又做过忠州刺史、杭州刺史、苏州刺史、刑部尚书等职。可以说，在一定程度上，这是与宦官妥协的结果。这样，白居易的一生就分为两个时期：前期慷慨激昂，后期消极妥协。他的这种人生经历，也在他的诗歌创作中有所反映。

二、惟歌生民病，愿得天子知

白居易一生有诗作三千余首，现存二千八百多首。他在文学史上的最大贡献是倡导了新乐府运动。

安史乱后，唐代社会渐趋衰落，社会矛盾越来越突出（藩镇割据，宦官弄权，农民负担过重），但到了贞元、元和年间（公元785—820年），却有过相对的稳定，有一些"中兴"气象，这就给一批诗人带来希望。正所谓"乱世出文学，盛世兴乐府"，他们认为，此时正是察民风、体民情的好时机，通过他们的采风，写诗，来反映民间疾苦。他们提出"惟歌生民病，愿得天子知"，想要通过诗歌，展现老百姓的疾苦，让天子知道百姓的艰辛，从而改变和调整政策，实行政治革新，休养生息。于是就出现了著名的中唐新乐府运动。

"新乐府运动"中"运动"的提法，是当代文学史研究者的

第九讲　白居易与《长恨歌》

习惯用语。说是"运动",实际上就是那么三五年时间内出现的文学现象。其实,早在安史之乱前后,元结、顾况已经主张诗歌要有政治内容,要反映社会现实和民生疾苦,并且有"乐府"的提法(学习《诗经》和汉乐府)。如元结的《悯荒诗》《系乐府》《春陵行》《贼退示官吏》,顾况的《囝》等,都在内容和形式上模仿乐府,产生过重要影响。而产生于贞元、元和年间的新乐府运动,其倡导者和代表人物中,先有李绅,再有"张王"。李绅做过宰相,曾写有《新题乐府二十首》,现已失传。他另外有《悯农二首》流传至今,即:

　　春种一粒粟,秋收万颗子。
　　四海无闲田,农夫犹饿死。

　　锄禾日当午,汗滴禾下土。
　　谁知盘中餐,粒粒皆辛苦。

这两首诗在今天已是童蒙尽知,它反映了农民的辛苦和社会的不公正。它为农民代言,同时教育天下人要尊重农民的劳动,珍惜农民的劳动成果。过去人们只是就诗论诗,今天我们可以把它放在新乐府运动的背景下来理解,就会更深刻领会这两首诗的社会意义和思想价值了。

"张王"指"张王乐府",代表人物为张籍、王建。

张籍早年生活困顿,中进士较晚;晚年屡受打击,位卑人微,贫病交加,处境依然不顺。他的乐府诗有借用古题,有自创新题，对当时的社会现实有较清醒的认识，能大胆揭露社会矛盾，叙事文笔简洁，思想、艺术上都取得了较高的成就。如他的《筑城词》，写官府逼迫百姓修筑城墙，筑城人"力尽不得休杵声，杵声未尽人皆死。家家养男当门户，今日作君城下土"。家家男人筑城而死，情景十分悲惨。又如《牧童词》写牧童对抵角之牛说："牛牛食草莫相触，官家截尔头上角！"牛啊牛，你老老实实地吃草吧，千万别抵角打架哦；你要是抵角，小心官家来人把你的角锯掉！"官家"成了孩子们口中吓唬牛的反面形象，其残忍、丑恶已深入人心了。

王建虽做过侍御史之职，但晚年亦是境遇困苦。他的乐府诗代表作有《水夫谣》《田家行》《羽林行》等。王建熟悉农村，热爱农村风光，有一首《雨过山村》：

雨里鸡鸣一两家，竹溪村路板桥斜。
妇姑相唤浴蚕去，闲着中庭栀子花。

仲春时节，山村小路，竹丛溪水，细雨蒙蒙，鸡鸣犬吠。而乡村儿女农事正忙，尤其是妇女们，为一年的生计，正忙着用盐水选蚕种（"浴蚕"），以至顾不上欣赏、采摘庭院里那女人最喜爱的幽香、美丽的栀子花。诗意十分清新有味。他还有一首《新嫁娘词》：

三日入厨下，洗手作羹汤。
未谙姑食性，先遣小姑尝。

第九讲 白居易与《长恨歌》

新婚三日，新娘子下厨做第一道菜，她不了解公婆的口味和饮食习惯，便将做好的食物让小姑先尝。小姑的口味与公婆差不多，小姑满意了，公婆大概也会满意；即使公婆不满意，小姑尝过，便可将责任推到小姑头上，公婆爱自己的女儿，必不责怪儿媳。如此聪明、狡狯的新娘，多么生动、有趣且发人深思的诗意！

中唐新乐府运动最杰出的代表、诗歌思想艺术成就最高的则是"元白"，即元稹、白居易。

白居易的乐府诗，自己标为《新乐府》的有五十首，标为《秦中吟》的有十首。这两个系列都以新乐府为旗帜。其中著名的篇章大家都读过，比如《观刈麦》《轻肥》《买花》《杜陵叟》《新丰折臂翁》《卖炭翁》都是这类作品。尤其是《卖炭翁》，可以说，在今天妇孺皆知：

> 卖炭翁，伐薪烧炭南山中。
> 满面尘灰烟火色，两鬓苍苍十指黑。
> 卖炭得钱何所营？身上衣裳口中食。
> 可怜身上衣正单，心忧炭贱愿天寒。
> 夜来城外一尺雪，晓驾炭车辗冰辙。
> 牛困人饥日已高，市南门外泥中歇。
> 翩翩两骑来是谁？黄衣使者白衫儿。
> 手把文书口称敕，回车叱牛牵向北。
> 一车炭，千余斤，宫使驱将惜不得。
> 半匹红绡一丈绫，系向牛头充炭直。

这首诗，大体上分为三个层次：

第一个层次，写卖炭翁怎样烧炭。"伐薪烧炭南山中"，多么辛苦；"满面尘灰烟火色，两鬓苍苍十指黑"，辛苦烧炭，得炭不易。

第二个层次，写这个老翁把炭拉到市面上去卖。卖炭是为了什么呢？不是一般的做生意赚钱，而是为了"身上衣裳口中食"。是为了生计，为了生存。这样给后面发生的事情埋下一个伏笔。

第三个层次，写宦官以皇宫采购为名，把木炭拖走了。拖走以后，给了多少钱给他？"半匹红纱一丈绫"。这半匹红纱一丈绫，挂在牛头上，就是买炭的钱。可是这绡绫对卖炭翁毫无用处，这等于是官府赤裸裸的抢劫。

这首诗，以一个特例，一个典型，一个卖炭翁的形象，揭露了中唐时期宦官压迫、剥削老百姓的罪恶，读来令人感叹！

白居易又是一个诗歌理论创新的大家，他有很多关于诗歌的精辟理论。例如他写给元稹的信《与元九书》，就全面阐述了自己的观点，大体上可以归纳为四个方面：

第一，他强调诗歌必须为现实社会、现实政治服务。之所以文学从来没有脱离过政治，是因为文学要引起社会关注，引起人们的共鸣，要传之千古，那就一定要有社会内容。所以，他说："文章合为时而著，歌诗合为事而作。"什么意思呢？就是说写文章、写诗不是写着好玩的，不仅仅是抒发一种闲情逸趣，不仅仅是士大夫们的消遣和游戏，而要为现实社会而写，为现实的实事而创作。

第二，他认为文学一定要写真感情。诗传情，诗言志。正所谓：情到浓时，发言为诗。亦如《毛诗序》所言："诗者，志之所之也。在心为志，发言为诗。情动于中而形于言，言之不足，故嗟叹之，嗟叹之不足，故永歌之，永歌之不足，不知手之舞之足之蹈之也。"白居易也非常赞同这个观点。他说，文学创作是与生活和情感紧密相连的："大凡人之感于事，则必动于情，然后兴于嗟叹，发于吟咏，而形于歌诗矣。"意思是说：人有感于某一件事情，或某一件事触发了你的感情，那么就动情了，动情以后，便兴于嗟叹，触发感喟，然后发于吟咏，用诗歌的形式表现出来。也就说我们写诗，一定不能够空洞无物，一定不能够矫情，一定是有感而发。

第三，他强调诗歌的教育作用和社会功能："泄导人情""救济人病""补察时政"。他说写诗不光是我自己要宣泄情感，还要让老百姓宣泄情感。所以文学作品是引发人，引导人情感的。有什么困难，有什么苦恼，有什么困惑，通过读我的诗，你的情感泄导了，沟通了，排遣了。再就是补察时政，通过写诗，还可以为国家的政治、政策提供一点借鉴，这就是文学的社会功能。诗歌又有一种艺术美，艺术美重欣赏，人们通过欣赏诗歌的艺术美来获得教益，因而诗歌也就体现出它的社会教育作用和人生教育作用。这就是为什么我们读的很多唐诗至今仍然有启发意义的原因。

第四，他主张诗歌作品必须通俗易懂："非求宫律高，不务文字奇。"他说：我写诗，并不要求格律怎么美，我也不要求一定要写奇丽的文字，写诗就是要让别人懂的。因此白居易有个典故，大家都知道。他写诗，写完之后，要念给一些老太太听，让老太太听懂了，他就不改了。如果老太太听不懂，他就继续修改，反复修改，修改到连不识字的老太太听了以后都觉得好为止。你要反映民生疾苦，写那么艰深，老百姓都听不懂，阳春白雪，那怎么行呢？所以一定要通俗易懂。

以上这些主张、要求，成为当时新乐府运动的指导思想，在一定程度上推进了新乐府运动的发展。

三、此恨绵绵无绝期

白居易的诗，大体上可以按照元和十年他被贬江州司马为界限，分为前后两个时期。前期的诗关心政治，关心历史，关心现实，风格较为浪漫，语言亦较华美；后期则呈悲凉、狂放之态。但不管怎样，他的诗都能以情感人。他的最著名的感遇诗《长恨歌》，就是一首感天动地的名篇。

白居易写这首诗的经历，也被后世传为美谈。当时他在盩厔（今陕西周至县）当县尉，元和元年（公元806年）十二月，有一次他和朋友陈鸿、王质夫去仙游寺游览。游玩中，三人谈及唐玄宗李隆基与贵妃杨玉环之间的"希代之事"，都说杨玉环和唐玄宗的故事是世间少见的传奇。王质夫就建议白居易以"出世之才润色之"，于是白居易写了长篇叙事诗《长恨歌》，陈鸿则写了小说《长恨歌传》。这两篇作品都成为传世名作。

我们读白居易《长恨歌》，要分清历史上唐玄宗与杨贵妃的真实关系与诗中所写的李隆基与杨玉环的爱情关系之间的区别。

我们先来看看历史上两人的关系。据《新唐书·杨贵妃传》等史籍的说法：

开元二十五年（公元737年），唐玄宗所宠幸的武惠妃去世，他十分悲痛，整天精神抑郁，而偌大的后宫之中又找不到一个可以取代武惠妃地位的女子，满朝文武官宦都非常着急。这时有人推荐杨玉环，说她"资质天挺，宜充掖庭"。而这个杨玉环是个孤儿，早年由叔父玄珪抚养，后来做了寿王李瑁（玄宗子）的妃子，也就是唐玄宗的儿媳妇。如果由她来侍奉玄宗，名分不合。于是过了几年，杨玉环入道士籍，注册为女道士，号太真，以女道士的身份入宫。进宫后，深得玄宗宠爱，第二年立为贵妃。杨玉环得宠后，唐玄宗爱屋及乌，把她早亡的父亲杨玄琰追封为太尉、齐国公，将她的叔父杨玄珪提升为光禄卿，堂兄杨铦任鸿胪卿，杨锜任侍御史，族兄杨钊（后改名杨国忠）为副相兼吏部尚书，三个姐姐分别封为韩国夫人、虢国夫人、秦国夫人。一时之间，杨家恩宠声焰震惊天下。

天宝十四载（公元755年）十一月，安禄山以"讨国忠"为名发动叛乱，次年兵临长安。唐玄宗慌忙西逃四川，逃至马嵬驿（今陕西兴平市西）时，护送玄宗的士兵哗变，杀死杨国忠，随即要求处死杨贵妃。玄宗无奈，"反袂掩面，使牵之而去"，任由杨玉环被缢死。

唐玄宗重色误国，杨国忠弄权为奸，杨家气焰嚣张，而一代美女杨玉环成为残酷的社会斗争的牺牲品！这就是历史，让人唏嘘不已。

而白居易的这首《长恨歌》是长篇叙事诗，是文学作品，与历史的记载不同，他侧重并且突出了唐玄宗李隆基与贵妃杨玉环之间的爱情。

《长恨歌》先写杨玉环的美貌，写得特别精彩，手法非常巧妙。白居易并没有正面写杨玉环的外貌，如眉、眼、口、鼻、头发如何漂亮，身材如何迷人，而是以侧面衬托的方式来展现：

　　　　回眸一笑百媚生，六宫粉黛无颜色。

杨玉环回眸一笑，风情万种，六宫佳丽顿时黯然失色。这种侧面描写，留给读者极大的想象余地，成为千古名句。

接着写李隆基对杨玉环的宠爱：

　　　　春寒赐浴华清池，温泉水滑洗凝脂。
　　　　侍儿扶起娇无力，始是新承恩泽时。
　　　　　　　……
　　　　春宵苦短日高起，从此君王不早朝。
　　　　　　　……
　　　　后宫佳丽三千人，三千宠爱在一身。
　　　　金屋妆成娇侍夜，玉楼宴罢醉和春。

临潼骊山留下了杨玉环的倩影，华清池温泉曾见证过杨玉环的娇柔。美人出浴，贵妃醉酒，诗人极尽华丽的笔触，描写了唐玄宗呵护下杨玉环的娇美形象。而一句"后宫佳丽三千人，三千

第九讲 白居易与《长恨歌》

宠爱在一身",一方面暗讽君王重色误国,另一方面也表现了李隆基对杨玉环的专一,"三千宠爱在一身",作为女人的杨玉环如何承受得起!须知,情到浓时便是恩,爱到深处亦为恩。当年项羽在最后关头心系虞姬("力拔山兮气盖世,时不利兮骓不逝。骓不逝兮可奈何,虞兮虞兮奈若何"),这至诚至深的爱,对于虞姬来说,不能不说是一种恩,以至于虞姬以诗回答项王"汉兵已略地,四方楚歌声。大王意气尽,贱妾何聊生"之后,拔剑自刎,报答项王,演绎了霸王别姬的千古悲剧。李隆基对杨玉环的"三千宠爱在一身"虽不及项羽危难之时的"虞兮虞兮奈若何",杨玉环马嵬坡被缢死也不及虞姬自刎之悲壮,但其中恩宠与报恩之间,依然是令人感叹的。

但是,李、杨温柔、甜蜜的爱情生活被突如其来的安禄山叛军的战鼓惊破:

渔阳鼙鼓动地来,惊破《霓裳羽衣曲》。

惊天兵变,让唐玄宗李隆基措手不及,兵临城下,他仓皇之间逃往西蜀。途经马嵬坡时,内部又发生士兵哗变,一代美女杨玉环竟死在李隆基銮驾之前:

六军不发无奈何,宛转蛾眉马前死。
花钿委地无人收,翠翘金雀玉搔头。
君王掩面救不得,回看血泪相和流。

杨玉环被拖走,金银首饰散落一地,"花钿委地无人收,翠翘金雀玉搔头";玉殒香销,鲜血染红马嵬坡的山色,"回看血泪相和流"——还是那个"回眸一笑百媚生"的美人吗?

为了君王能继续西行,杨玉环被活活缢死,"宛转蛾眉马前死"——是回报了那"三千宠爱在一身"的未了情吗?

眼看着自己心爱的女子死在面前,却无力相救,"君王掩面救不得"——还是那个"从此君王不早朝"的风流皇帝吗?

没有了杨玉环,李隆基生活中的天塌了,李隆基心中的太阳熄灭了:

> 黄埃散漫风萧索,云栈萦纡登剑阁。
> 峨嵋山下少人行,旌旗无光日色薄。
> 蜀江水碧蜀山青,圣主朝朝暮暮情。
> 行宫见月伤心色,夜雨闻铃肠断声。

到了西蜀,李隆基极度伤心,朝朝暮暮牵挂的只有杨玉环,时时刻刻听到的只有那时断时续的风铃声。"旌旗无光","夜雨闻铃",将失去爱侣的李隆基的悲惨处境和忧伤的心情描摹得十分细致。

待到天下局势稍为安定,玄宗李隆基銮驾回朝,再经马嵬坡时,往事不堪回首:

> 马嵬坡下泥土中,不见玉颜空死处。
> 君臣相顾尽沾衣,东望都门信马归。

第九讲 白居易与《长恨歌》

"不见玉颜空死处",马嵬坡前已经没有了杨玉环的"玉颜",空留下她遇难之处和一座孤坟,何其失落!何其悲哀!又何等引人同情!难怪人们会生发出杨玉环其实没有死,她被调包了,她逃了,逃到海外了(海外至今仍有人自称为杨贵妃后裔)等猜想和传说,文学总愿意去抚慰那些受伤的心灵!"君臣相顾尽沾衣,东望都门信马归",写尽李隆基的失落:再经马嵬坡,那惨痛的一幕怎能抹去?怎不令人泪落沾衣?而当初带着玉环同出长安,如今归来却是独行。没有了玉环,"东望都门",归来何益?信马由缰,意绪全无啊!

唐玄宗回归长安之后,已是一个失去皇位的废君,太子李亨在他西逃蜀中之后乘机即位。尽管如今玄宗已经返国,但肃宗登基已是既成事实。而且,为防止玄宗复辟,肃宗不许大臣们与他接触,实际上将玄宗软禁在长安。

此时的李隆基,失去皇位,政治上遭禁闭,失去爱侣,感情上受打击,他的处境是:

> 归来池苑皆依旧,太液芙蓉未央柳。
> 芙蓉如面柳如眉,对此如何不泪垂!
> 春风桃李花开日,秋雨梧桐叶落时。
> 西宫南内多秋草,落叶满阶红不扫。
> 梨园弟子白发新,椒房阿监青娥老。
> 夕殿萤飞思悄然,孤灯挑尽未成眠。
> 迟迟钟鼓初长夜,耿耿星河欲曙天。
> 鸳鸯瓦冷霜华重,翡翠衾寒谁与共?

悠悠生死别经年,魂魄不曾来入梦。

归来之后,宫中自然环境仍是原来模样:太液池中的荷花照样开放,未央宫中的柳树照样发芽。但是,看见荷花便想起玉环的面庞,看见柳叶便想起玉环的眉眼,李隆基触景生情,时时垂泪,从秋流到冬,从春流到夏。而且,当年跟随身边的梨园弟子、阿监青娥,俱已老迈,不堪岁月摧残,更何况老迈的皇上!每个夜晚,李隆基挑灯难眠,只能听着暮鼓、数着星辰熬过那漫漫长夜。而最令人伤感的是,年复一年,不但生人不见,而且连梦中一面也难谋得。这真是风烛残年,日思夜想,生死相隔,何时重见?于是派方士寻觅玉环的仙踪:

上穷碧落下黄泉,两处茫茫皆不见。
忽闻海上有仙山,山在虚无缥缈间。
楼阁玲珑五云起,其中绰约多仙子。
中有一人字太真,雪肤花貌参差是。

当方士上至天庭,下至黄泉遍寻玉环而不见之后,却在海上仙山发现了她的仙踪,"雪肤花貌",宛如生时。终于找到太真仙子了!终于找到杨玉环了!而听说皇上派人寻找自己,杨玉环更是惊喜莫名:

闻道汉家天子使,九华帐里梦魂惊。
揽衣推枕起徘徊,珠箔银屏迤逦开。

第九讲　白居易与《长恨歌》

> 云鬓半偏新睡觉，花冠不整下堂来。
> 风吹仙袂飘飘举，犹似《霓裳羽衣舞》。
> 玉容寂寞泪阑干，梨花一枝春带雨。
> 含情凝睇谢君王，一别音容两渺茫。
> 昭阳殿里恩爱绝，蓬莱宫中日月长。
> 回头下望人寰处，不见长安见尘雾。

听说天子派人来寻找自己，九华帐中的杨玉环惊喜复又惊诧。本是无精打采的她，"揽衣推枕"，起身迎接使者，仙宫中的"珠箔银屏"一重重、一幕幕为她掀开。几乎是奔向前堂的杨玉环，此时"风吹仙袂飘飘举，犹似《霓裳羽衣舞》。玉容寂寞泪阑干，梨花一枝春带雨"。衣袖飘飘，还像当年表演《霓裳羽衣舞》的风姿；悲情满面，泪水纵横，还像雪白的梨花带着雨滴。喜见来使，杨玉环诉不尽对李隆基的思念：难忘昭阳殿中的恩爱，难熬蓬莱宫中的岁月，年年岁岁，下望人寰，云遮雾罩，不见君王，伊人渺渺，妃子又何尝不是深深怀念着君王！

这一段从杨玉环的角度写她对李隆基的思念，表现了两人之间真正的情感和恩爱，十分感人。而且，杨玉环的绝世美貌和风姿，也进一步表现无遗，给人留下深刻的印象。

皇上派来的使者要回去复命了，临别时该托他捎些什么话语给皇上呢？

> 唯将旧物表深情，钿合金钗寄将去。
> 钗留一股合一扇，钗擘黄金合分钿。

> 但教心似金钿坚，天上人间会相见。
> 临别殷勤重寄词，词中有誓两心知。
> 七月七日长生殿，夜半无人私语时。
> 在天愿作比翼鸟，在地愿为连理枝。
> 天长地久有时尽，此恨绵绵无绝期。

当年皇上宠爱贵妃，曾赠给她不少爱情信物。如今使者复命在即，杨玉环"唯将旧物表深情，钿合金钗寄将去"，要把头上的金钗和钿盒带给君王。但回赠金钗、钿盒采用的是独特的方式："钗留一股合一扇，钗擘黄金合分钿。"那两股金钗，掰开来送给君王一股，我自留一股；那两片钿盒，擘开来送给君王一扇，我自留一扇。为什么要这样？因为"但教心似金钿坚，天上人间会相见"，一是为了表明我对君王的爱情像黄金一样坚定，二是期待重见之日合二为一！不仅如此，杨玉环还托使者向李隆基重提当初七夕之时二人在长生殿中的誓言："临别殷勤重寄词，词中有誓两心知。七月七日长生殿，夜半无人私语时。在天愿作比翼鸟，在地愿为连理枝"，请转告君王，我会把誓言永志心中。

这真是感天动地的爱情！"在天愿作比翼鸟，在地愿为连理枝"，古往今来，震撼了多少青年男女的心！"天长地久有时尽，此恨绵绵无绝期"，又引发人们对李杨爱情的多少思考！李隆基宠爱杨玉环，是否是重色误国呢？李隆基、杨玉环这种君王与贵妃之间生生死死的爱情，是否如同普通人的爱情那样，也值得肯定呢？诗中对杨玉环美貌的描写，乃至塑造出中国历史上一代美女的形象，是否也体现了生活的美呢？我们细细品读一下白居易的《长恨歌》，就会有自己的判断。

四、同是天涯沦落人

如前所述，元和十年（公元815年）六月，白居易上书皇上，要求缉捕刺杀宰相武元衡的凶手，以震慑军阀，维护国家统一，结果遭到谗毁，认为他"越职言事"，被贬为江州司马。第二年秋天，他在江州的长江边上，也就是浔阳江边（长江流经九江市北的一段称浔阳江）送客，晚上听到相邻船上有琵琶声，便邀请弹琵琶的女子到自己的船上相见，并弹奏数曲。叙谈中，得知琵琶女原是京城音乐家，因年长色衰，才沦落到江州来，嫁为商人妇。诗人对她的遭遇十分同情，并由此联想到自己政治上不得志，于是生发出"同是天涯沦落人"的感慨。有了这种感慨，于是就写了那首非常有名的《琵琶行》。我们不妨从三个方面来赏析这首诗：

第一，白居易对琵琶女的描写，比如对她的动作神态和弹琴姿态的描写，非常精彩：

千呼万唤始出来，犹抱琵琶半遮面。

琵琶女的娇羞、美丽和优雅风姿尽在眼前。而且，这两句诗对生活的概括极具典型性，以至后世将它作为形容遮遮掩掩、吞吞吐吐、迟迟疑疑、慢慢腾腾等现象的经典用语。

> 转轴拨弦三两声，未成曲调先有情。
> 弦弦掩抑声声思，似诉平生不得志。
> 低眉信手续续弹，说尽心中无限事。

琵琶女弹琴时徐徐的动作，"转轴拨弦"，"低眉信手续续弹"，与她的心情如此谐和。还没有弹出声音来，她的感觉就出来了，她的情就到了。而且弹的时候，"弦弦掩抑声声思，似诉平生不得志"，她的琵琶声好像把她个人遭遇都说出来了。这种描写使得全诗充满悲怨的情调。

第二，对琵琶女弹琵琶的音乐声的描写。作者以声摹声，即以自然界其他声音来模拟琵琶的轻、重、缓、急声，如"间关莺语""幽咽泉流""冰泉冷涩""银瓶乍迸""铁骑突击"等，尤其是：

> 大弦嘈嘈如急雨，小弦切切如私语。
> 嘈嘈切切错杂弹，大珠小珠落玉盘。

诗中以疾风骤雨比喻大弦弹奏的雄浑，以恋人私语比喻小弦弹奏的轻柔，而以大珠小珠跌落玉盘比喻大小弦混响的清脆，都可以使人产生联想，如身临其境，从而获得美的享受。诗中还有两句非常有名：

> 别有幽愁暗恨生，此时无声胜有声。

第九讲 白居易与《长恨歌》

　　这两句写出了琵琶声音暂时停歇下来，但是余音袅袅，如缕不绝。且意境十分深远，同时又极具生活哲理性。它告诉人们，有些东西，如情感，不一定用外在的形式（如语言）就能完全表达，往往需要用心去细细体味。心声也许不如话语声响亮、动听，但因为它出自人体最深沉之处，因而最真诚、最感人。所以"此时无声胜有声"历来被人们所赞赏。

　　第三，《琵琶行》最感人之处，还在于它所表达的主题思想：

　　　　同是天涯沦落人，相逢何必曾相识！

　　琵琶女当年"曲罢曾教善才（琵琶师）伏，妆成每被秋娘（京城艺妓）妒"，而今"门前冷落车马稀，老大嫁作商人妇"。琵琶女当年的美貌、当时的技艺在京城也是非常有名，现在呢，嫁作商人妇，无人过问，漂泊江上，两相对比，落差多大！

　　而白居易想到他自己当年曾为太子左赞善大夫，敢于向皇上陈述自己的政治主张，"惟歌生民病，愿得天子知"，如今被贬江州，处境险恶。两者不是遭遇类似，同病相怜吗？所以，一句"同是天涯沦落人，相逢何必曾相识"，拉近了两个陌生人之间的距离，引发了两颗受伤之心的强烈共鸣，千百年来，总是令人感喟，每每发人深思！

五、花非花，雾非雾

白居易不仅善写长篇叙事诗，而且善写即景小诗，很多作品都被当今的大、中、小学教材选用。如中学教材中的《花非花》：

花非花，雾非雾。夜半来，天明去。
来如春梦几多时？去似朝云无觅处。

此诗回忆、怀念某一人或事，字面上很好懂，是说：（那情景）似花却不是花，似雾又不是雾。它半夜出现，天明消逝。是梦吗？半夜里春梦为何这样短？是云吗？早上的云霞飘向了哪里？他在怀念谁呢？这是诗人留下的千古之谜，隐晦的情、朦胧的诗，谁也无法解透，那就一代又一代猜下去吧！在猜想中感受此诗的意境美。

又如小学教材中的《暮江吟》：

一道残阳铺水中，半江瑟瑟半江红。
可怜九月初三夜，露似真珠月似弓。

夕阳西下，晚霞照在水面上，就像铺开红色的锦缎。"一道残阳铺水中"，一个"铺"字既表现了夕阳落向地平线时的情景，也使人感受到夕阳的柔和。傍晚的江面,"半江瑟瑟半江红",一半儿是红色,一半儿是绿色。当夜幕降临、月亮升起的时候,新月如弓,草叶上的露珠儿如珍珠闪烁——"可怜九月初三夜,露似真珠月似弓",九月初三,多么可爱的秋夜啊!

读这首诗,要结合我们对大自然的观察来理解。当秋天来临的时候,你不妨观察一下,残阳如何在水面铺展?半江红色、半江深绿是个什么样儿?抬头欣赏一下像弓箭一样的新月,低头闻一闻露水中草叶的香味……。接近自然,欣赏自然,热爱自然,与自然和谐相处吧!

白居易还有一些抒发自己对某些社会现象进行深入思考的说理诗,虽属议论,但亦诗味无穷。如《放言五首》其三:

> 赠君一法决狐疑,不用钻龟与祝蓍。
> 试玉要烧三日满,辨材须待七年期。
> 周公恐惧流言日,王莽谦恭未篡时。
> 向使当初身便死,一生真伪复谁知?

这是诗人被贬至江州时途中答好友元稹之作。诗人被排挤出朝廷,而且谤言丛生,他倍感委屈,也坚信自己对国家的忠诚总会被天下人理解。他说:"赠君一法决狐疑,不用钻龟与祝蓍",我有一个判断是非的秘诀,有了它,便用不着用钻龟甲和占卦的方式去预测结果,也不需用蓍草来预卜吉凶。要知道,"试玉要烧三日满,辨材须待七年期",真正的玉烧上三天它也不热,豫章树要生长七年才知道它是否为栋梁之材。而"周公恐惧流言日，王莽谦恭未篡时"。当年周武王死后，继位的周成王才十二岁，其叔父周公考虑到成王年幼，周政权尚不巩固，诸侯有反叛之心，便以摄政的身份辅佐成王。但有人（管叔、蔡叔）散布流言，诬蔑周公有篡权的野心。事实上周公摄政七年之后，成王长大，即还政于成王，历史证明了周公对周王朝的忠诚。而西汉末年的王莽在汉朝为官时，为人知礼仪，谦逊和蔼，"爵位愈尊，节操愈谦"，颇得人们好感。然而正是这个"谦谦君子"篡夺了汉朝政权，改"汉"为"新"，历史证明他是个十足的伪君子、阴谋家。"向使当初身便死，一生真伪复谁知"，这两个历史人物假如在舆论哗然（"周公恐惧""王莽谦恭"）之时死了，那他们一生的真伪谁能说得清呢？

  这首诗中，白居易告诉人们的秘诀就是：时间能检验一个人的本质，历史会证明一个人的真伪。可见，白居易是一位卓有见地的政治家，也是一位能言志、善明理的诗才！

  白居易，是继盛唐李白、杜甫之后，中唐时期最具代表性的诗人，他的为人令人感叹，他的思想发人深省，他的诗歌光耀千古。

  诗才有"正才""怪才""险才""鬼才"之分。中唐时期既有白居易这样激情澎湃、才华横溢的诗才，也有一位同样才华横溢，但诗风诡谲、奇险，美得"怪"的大诗人，人称"鬼才"。他的诗最为后世年轻人所喜爱，也曾受到毛泽东主席的欣赏。他是谁呢？下一讲将向大家详细介绍。

第十讲

险怪派与『鬼才』李贺

上一讲，我们谈到白居易的诗平易好懂，清新流畅。但是与他同时代的另一位诗人，却跟他不一样，其诗在结构上追求新奇，追求怪异，在语言上、意境上跟传统诗法也迥然不同，他便是诗人李贺。白居易之后，中唐时期出现了一个险怪派，李贺是这个险怪派的重要成员。那么险怪派是在什么背景下产生的呢？

一、一群失意人，一个险怪派

中唐时期，由于社会动荡，政治混乱，文人往往难以有平坦的仕进之路。大历年间，以卢纶、吉中孚、韩翃、钱起、司空曙、苗发、崔峒、耿沣、夏侯审、李端为代表的一批诗人，依附于官僚、军府做宾客，所写诗歌也多是应酬答谢，别恨离情，流连山水。他们被称为"大历十才子"，诗风则讲究声律、对仗，文辞华美，内容空洞，总体上较为平庸。

当然，大历年间也有一些诗人的诗写来慷慨激昂，在思想艺术上都高人一筹。其中较为突出的就是李益。他喜欢写边塞诗，而且擅长七言绝句这种形式，深受王昌龄的影响。但由于时代不同，李益的边塞诗远不如王昌龄的诗雄壮。如名篇《夜上受降城闻笛》，总有些悲凉感：

回乐烽前沙似雪，受降城外月如霜。
不知何处吹芦管，一夜征人尽望乡。

第十讲 险怪派与"鬼才"李贺

受降城是唐中宗时期所建的一座城堡,用来接受敌人投降。这座城堡的名字、内涵和作用,都决定了它本应有万分豪气和雄浑的气派,以它为题材写出大气的边塞诗也是理所应当的。但是李益在这座城上听吹笛子的声音,听出悲怨和思乡愁绪来了:"回乐烽前沙似雪","回乐"是地名,在今宁夏境内,"回乐烽"(有的版本作"回乐峰")是说回乐城的烽火台,烽火台前面沙似雪,是因为边疆沙漠地带,月光之下,沙漠像雪那样白。"受降城外月如霜"与首句互文相应:因为"月如霜",所以"沙似雪";而之所以"沙似雪",正是"月如霜"的结果。"不知何处吹芦管,一夜征人尽望乡",不知是谁在这个晚上吹着"芦管"(笛子),笛声那么悲凉,吹得戍边将士个个遥望故乡,顿生愁情。"望乡"本是边塞诗中常常写到的,但王昌龄落脚到"高高秋月照长城",把思乡的情感统一到爱国的主题中,而李益在这里却没有这样写,显示了中唐边塞诗格力的失落。

又如另外一首,《喜见外弟又言别》:

十年离乱后,长大一相逢。
问姓惊初见,称名忆旧容。
别来沧海事,语罢暮天钟。
明日巴陵道,秋山又几重。

诗人李益幼年时与其表弟在安史兵乱之中失散,那时他们都在十岁左右。"十年离乱后,长大一相逢",经历了十年离乱,双方都已长大成人,一个偶然的机会,二人意外重逢。但由于相隔时间太长，岁月的风霜、年龄的增长，使得彼此已互不认识了。"问姓惊初见，称名忆旧容"，彼此只有儿时的一些模糊印象，等到互通姓名之后，才从旧时的记忆中确认对方的身份。而一旦确认对方正是自己所常常挂记的表兄弟之后，满腹的思念之情和离乱中的百般感受一齐涌上心头，诉不完，道不尽。"别来沧海事，语罢暮天钟"，竟夕长谈，感叹不已。可是，这次相逢并不意味着自此可以长相聚，"明日巴陵道，秋山又几重"。为了生活，为了仕宦，彼此还得继续奔波在人生的旅途中。所以，这次短暂的相逢，竟又成了下一次遥遥无期的久别的开始。

　　生活在社会平和、安定时期的人们，实在难以理解那动乱年代人们所蒙受的生活挫折和心理痛苦。什么叫岁月无情？读了这首诗便会有真切的感受。即使是社会安定之际，岁月也最能改变一个人的一切。君不见，在某些场合，多年未见面的老同学、老战友、同乡相聚，乍见之时，也多是"问姓惊初见，称名忆旧容"，因为你的脑海中留下的印象还是他（她）多年前的"旧容"，怎么也无法根据这个名字，将眼前苍老的面孔同"旧容"联系起来。岁月虽可以改变人的容颜，但愿不会改变人与人之间的情感，也唯愿岁月多给人留一些幸福的标志，而少留一些痛苦的印记。但愿"人生常相会"。

　　李益还很会写情感，如著名的《江南曲》：

　　　　嫁得瞿塘贾，朝朝误妾期。
　　　　早知潮有信，嫁与弄潮儿。

第十讲 险怪派与"鬼才"李贺

这是一首闺怨诗,女主人公是位商人妇。"商人重利轻别离",害得这位女子独自忍受无边的孤单、无尽的思念。"嫁得瞿塘贾,朝朝误妾期",丈夫沿瞿塘峡做生意去了,总是不能信守自己归家的诺言,这女子激愤地说:"早知潮有信,嫁与弄潮儿。"早知道潮水总是如期而至,还不如嫁给一位弄潮儿!因为弄潮儿虽然贫寒,但他守诚信,因而必定关爱自己的妻子。这种激愤之辞就叫"蛮语",也就是傻话、痴话、不讲道理的话。蛮语是不能当真的,弄潮儿读后当然不可真有非分之想,它实际上只是极写出这位女子对丈夫的思念,怨愤之中是深深的牵挂之情。

尽管有李益这样的杰出诗人,但如前所述,中唐诗风总体上是平庸的。一批诗人为了突破这种平庸诗风,便追求内容与形式的新奇、怪异,结果走上"以毒攻毒"的另一个极端,形成一个影响深远的险怪派。代表人物有韩愈、孟郊、贾岛、刘叉、卢仝、李贺等。

先谈谈韩愈。他是大散文家、大文豪,是文坛领袖,这里不做全面介绍和评价,只谈谈他的诗歌。韩愈也对大历年间的诗风不以为然,因而尽量寻求变革。大家都知道,诗的语言是很精练的,诗歌要求概括性、典型性。而韩愈呢,他把写散文的那一套手法用到写诗上。比方说诗要求抒情,而他却用叙述和议论的方法来写诗。如《嗟哉董生行》:"寿州属县有安丰,唐贞元时县人董生邵南隐居行义在其中。"这样的句子除了有一点押韵的味道之外,其余全是叙述,没有概括和提炼。他还学习汉赋的风格,喜欢用一些生僻的字和字典中才能查到的动植物名称,一般读者如果不借助工具书根本就不知道他诗中的字该怎么念，或所写为何物。他写的飞禽走兽，写的草木虫鱼，只有词典里面才有，现实生活中没有，但他全写到他诗里面去。如写森林火灾，动物都不免于难："水龙鼍（tuó，猪婆龙）龟鱼与鼋（yuán，绿团鱼），鸱鸲（chī，鹞鹰）雕鹰雉鹄（hú，天鹅）鹍（kūn，鸟），爋（xūn，用开水去毛）炰（páo，烹煮）煟燀（ān，烧烤）孰飞奔……。"简言之，是说森林大火发生时，各种各样的动物，有的像被开水烫了，有的被煮熟了，有的被烤焦了，都没法跑了，都不能飞了，无一幸免。但诗句竟然如此晦涩难懂。这是什么手法呢？这就是汉赋的手法，是为了显示作者的学问，也是为了造成出人意表的艺术效果。这正如他自己所说的，是"险语破鬼胆"。当然，韩愈也写了许多清新、优美、通俗易懂的好诗，流传至今，脍炙人口。如《春雪》：

新年都未有芳华，二月初惊见草芽。
白雪却嫌春色晚，故穿庭树作飞花。

诗题为"春雪"，已告诉人们：季节已是春天了，却还在下雪，说明今年春色到得太晚。"新年都未有芳华"，正月里盼春色，大地未解冻，四野不见花开；"二月初惊见草芽"，按常理，仲春二月正是春意盎然的时候，但今年的二月才初见野草发芽，仍然不见花开。这反常的气候，不仅让人们着急，连白雪也耐不住了，"白雪却嫌春色晚"。它怎样来表达自己的急迫心情呢？"故穿庭树作飞花"，它特意在庭院里、树丛间飞来飞去，点到哪儿，哪儿便盛开一朵雪绒花。春天本不是飞雪的季节，但作者巧借雪花来比春花，写出盼春之情，亦即表达出人类对温暖的春天的向往。

再如《早春》：

> 天街小雨润如酥，草色遥看近却无。
> 最是一年春好处，绝胜烟柳满皇都。

何以叫"早春"呢？是因为"天街小雨润如酥"，长安大街上，春雨淅淅沥沥，像酥油一样滋润着自冬天以来干枯的土地。又因为"草色遥看近却无"，早春时节，草地遥望，呈现一派嫩黄色，近看却又看不出单片草叶的绿色。这是典型的早春景象，只有通过文学家的细心观察才能如此细微地表现出来。诗人认为早春是最美的，"最是一年春好处，绝胜烟柳满皇都"，一年之中最美是春天，春天最美在早春，早春给人的惊喜和满足感，超过了皇城中烟柳浓郁的晚春。

这首诗以通俗而又细腻的语言表现了早春胜景，它比韩愈那些险怪的诗留给人们的印象要深刻得多，因而此诗亦成为广泛流传的名篇。可见，诗还是通俗些，适合大众口味才好，太"险"太"怪"，一般人接受不了，也就无法传播开来。

险怪派还有一个重要人物，那就是孟郊。孟郊这个人很有趣，他一生不得志，屡试不第，四十六岁考中进士，非常激动，写了那首著名的《登科后》：

>昔日龌龊不足夸，今朝放荡思无涯。
>春风得意马蹄疾，一日看尽长安花。

诗人说：过去那窝窝囊囊的岁月已不值一提了，这就叫"昔日龌龊不足夸"。如今高中进士，"今朝放荡思无涯"，无比高兴，心胸开朗，思绪万千。"春风得意马蹄疾"，春风也知道我的心，所以今日春风吹得那么柔和，吹得那么欢快；马儿也知道我的心，知道我此时高兴，所以今天跑得特别迅疾，跑得特别轻盈。我终于可以"一日看尽长安花"了。唐代知识分子中进士之后要在长安城郊的曲江、杏园聚会，答谢考官并宴集同年，此时新科进士打马游街，万人争睹，甚是风光。"春风得意马蹄疾"形象地表达了作者此时的得意心情，因而也成为千古名句。

人在经历了一些挫折之后，等到你成功了，挫折也就不算什么了，往往有"春风得意马蹄疾"之感；但是请记住，春风得意之时，可千万别得意忘形哦！

孟郊虽然中了进士，但直到五十岁才有实际的官职，为溧阳县尉。到职之后，喝酒吟诗，不理政事，县令就另请他人代职，但要扣掉他一半薪俸。不难看出孟郊性情随意，玩世不恭。在晚年他还做过两任小官。

孟郊的诗，多写自己贫寒的生活，同时也追求构思的奇特、险怪。

如写自己穷："借车载家具，家具少于车。"（《借车》）从别人那里借辆车来搬家运家具，却发现所有家具装不满一车（那时的牛拉车或马拉车容积甚小），真可谓家徒四壁，穷得叮当响。

第十讲　险怪派与"鬼才"李贺

他还有首《秋怀》，写自己卧病在床：

> 冷露滴梦破，峭风梳骨寒。
> 席上印病文，肠中转愁盘。

梦本来就是轻飘飘的，容易破碎，如今却被冷露水滴破。"峭风"就是刺骨的寒风，本自逼人，现在却像梳子一样刮着人的瘦骨。长期卧病床上，一般会说席纹印在人身上，孟郊却说生病的模样和形态都印在卧席之上（足见躺卧时间之长）。一般人以满腹愁肠比喻忧愁之多，此诗却说五脏被"愁盘"碾轧，可以想见被愁情折磨之痛苦。这些比喻和描写都如此独特、如此异乎常人的思维，足见其"怪"。

又如他写自己因贫寒受冻，友人赠给一些木炭，他烧炭取暖："吹霞弄日光不定，暖得曲身成直身。"（《答友人赠炭》）炭火燃烧，光焰如"吹霞弄日"；自身原被冻得身体蜷曲，经火一烤，便伸直了腰背，成了"直身"。这种描写也只有他自己体验得来。

孟郊的诗虽然多险多怪，但也有写得十分朴素流畅、情感真挚、温暖人心的诗，比如那首脍炙人口的《游子吟》：

> 慈母手中线，游子身上衣。
> 临行密密缝，意恐迟迟归。
> 谁言寸草心，报得三春晖！

孟郊是个孝子，这是他五十岁任溧阳县尉时为老母亲写的，通过母亲为远行游子缝衣的细节，宣示了天下母爱的伟大，是一首极其经典的佳作。慈母手里的针线用来做什么呢？为我缝衣裳。儿子就要远行了，要出远门了，母亲担心我很久不能回来，没有衣服换洗，便用密密的针线为我缝制。儿女就是那一寸草，全靠阳光的照耀和滋润，但是这寸草又如何能报答三春太阳的光辉呢？

天下儿女从字面上读懂这首诗并不难，但要真正理解它，像孟郊那样"诗从肺腑出"（苏轼《读孟郊诗》），则不容易。父母对儿女的爱是无私的、无尽的，不求回报，无怨无悔，明白这一点，你就读懂了"谁言寸草心，报得三春晖"这句简单而永恒的诗句中蕴含的深情厚谊和亘古不变的真理。

接下来我们介绍另外一个人物，人们常将他与孟郊相提并论，二人齐名，他就是贾岛。苏轼评价孟郊、贾岛的诗，曾说过"郊寒岛瘦"，意思是说孟郊的诗多写自己贫寒的生活，而贾岛的诗情意凄冷，内容单一。

贾岛（公元779—843年）年轻时生活落拓，不得不削发为僧，法号无本。后得到韩愈赏识，还俗赴考，却屡试未中，因而也是一个失意人。

贾岛写诗字斟句酌，追求奇特。往往"两句三年得，一吟双泪流"，是真正的苦吟诗人。

他的《题李凝幽居》中有这样两句："鸟宿池边树，僧敲月下门。"贾岛最初写的时候，用了个"推"字，后又想改作"敲"字，但是老拿不定主意。有一次，贾岛在长安街头一边骑驴，一边想着这句诗到底用"推"字好还是用"敲"字好,并做出推、敲动作。他专注于自己的思考,不想撞上了一位官员的仪仗队。侍卫将他扭送至官员面前,官员问他为何冲撞本官仪仗队,贾岛说明原因,这位官员竟同他一起"推敲"起来。原来官员就是时任京兆尹(相当于长安市市长)的韩愈。韩愈自己就是个大文豪、大诗人,十分爱才,不但不责怪,反而和贾岛一起琢磨起来。韩愈说:还是"敲"字好!大家想想看,深夜了,鸟儿都睡了,推人家的门,没有声音,没有回音,也肯定没有意境;而在夜色下敲门,发出咚咚的响声,余音回旋,意味无穷。"推敲"一词即由此而出。

二、"雄鸡一声天下白"
——少年李贺的"心事"

在险怪派中,诗歌成就最高的是被称为"鬼才"的李贺。

李贺,生于公元790年,死于公元816年,我们算一下便知,他只活了二十六岁,虚岁二十七,是一位英年早逝的年轻诗人。他是昌谷(今河南宜阳县)人,字长吉。他的远祖李亮是唐高祖李渊的叔父,曾被追封为郑王。因此,李贺也算是唐王朝的宗室,在血统上贵为皇族。但是,到了李贺这一代,家境早已败落。他的父亲李晋肃曾在边疆担任过小官,死得比较早,李贺有个姐姐,还有个弟弟,一家人艰难度日。他有一首诗写道:

> 我在山上舍，一亩蒿硗田。
> 夜雨叫租吏，春声暗交关。

意思是说：我家寒舍坐落山上，家里只有一亩贫瘠薄田，常常是官吏雨夜敲门逼租，春谷捣米，艰难度日，生活非常窘迫。我们看，文学史上的大诗人，多是生计艰辛，或是郁郁不得志，磨难方出诗人啊！

李贺家穷，但是才高。他七岁能诗，名气很大。有一次，韩愈拿着他的诗说：这么老成的诗，谁写的呀？这个作者如果说是古人，我不知道，那情有可原；如果作者是当代的人，我怎能不知道？韩愈可是一代文豪及文坛领袖啊！有人告诉他：作者叫李贺，才七岁。韩愈不相信，带着他的朋友皇甫湜去李贺家面试。韩愈当场命题，李贺果然出口成诗，说什么"华裾积翠青如葱，金环压辔摇玲珑。马蹄隐耳声隆隆，入门下马气如虹。……我今垂翅附冥鸿，他日不羞蛇作龙"。如此有理想、如此老练的诗句，哪里像一个七岁小儿所作？如不是亲见，又如何让人相信！韩愈和皇甫湜大为吃惊，又大为赞赏。此事传开，李贺的名气更大了。

李贺有天资，同时又异常勤奋。他外出时总要随身背一个花书包（锦囊），所见所感，当即记下素材，晚上回来就写成诗作。母亲看了他的书包，心疼地责备他："是儿要呕出心乃已耳！"意思是：这孩子要把心呕出来才算完！我们看，李贺就是这么一个呕心沥血的人，所以才能日益精进，成为大诗人。

但是少年成名多遭忌恨，正所谓"木秀于林，风必摧之；堆出于岸，流必湍之；行高于人，众必非之"。李贺曾经通过了河

第十讲 险怪派与"鬼才"李贺

南府试,但却不能报名参加进士考试,为什么呢?他的父亲名叫李晋肃,进士的"进"与晋肃的"晋"谐音,有人据此攻击他,说如果考进士就犯讳(冒犯了父亲的尊严),是大为不孝。在古代道德体系森严的情况下,这确实令人束手无策。韩愈很同情他,专门为他写了一篇《讳辨》,驳斥犯讳的谬论,说:"父名晋肃,子不得举进士;若父名仁,子不得为人乎?"尽管有韩愈这样位高权重的人物为他鸣不平,但还是无济于事。

不能考进士,等于堵死了李贺步入仕途的独木桥。为了求得一官半职,也为了糊口("家门厚重意,望我饱饥腹"),李贺往来于京、洛之间,终于在二十二岁时得到一个从九品小官——管理祭祀礼仪的奉礼郎职位。干了三年,却难酬大志,便以身体不好的理由请辞回家,二十七岁时忧郁而死,真是令人扼腕叹息。

李贺是一个很有理想、极有抱负的人。他的诗主要表现个人怀才不遇、报国无门的苦闷,同时也能反映社会矛盾和人民疾苦。由于个人的情绪和性格,他写诗喜欢用一些悲凉、幽冷的字,创造一种凄凉的意境。所以晚唐诗人杜牧说李贺常以"牛鬼蛇神"入诗。到了北宋,人们便称李贺为"鬼才",北宋文史大家宋祁赞叹道:"太白仙才,长吉鬼才。"钱易也说:"李白为天才绝,白居易为人才绝,李贺为鬼才绝。"(《南部新书》)从此,"鬼才"便成文学史上对李贺的定论。

人们往往把李贺与李白相提并论,是因为李贺的诗构思奇特,想象丰富,文辞瑰丽,具有浪漫主义特色。如他的《雁门太守行》中的诗句"黑云压城城欲摧,甲光向日金鳞开",就让人感受到天地倾覆的气势。他的《天上谣》中,"天河夜转漂回星,银浦流云学水声",天河转动,星星在天河中漂浮,银河中云层翻滚,仿佛能听到咆哮的涛声。这种大气,绝不输给李白!再看他的《秦王饮酒》,"羲和敲日玻璃声,劫灰飞尽古今平",羲和为太阳神驾车,他敲着太阳,太阳竟发出当当的敲玻璃声,这种浪漫、这种气度,亦非人间能有!真"鬼才"也。

李贺年少气盛,志仕报国,于是在他的诗中处处显露这种强烈的渴望。如他的《致酒行》:

零落栖迟一杯酒,主人奉觞客长寿。
主父西游困不归,家人折断门前柳。
吾闻马周昔作新丰客,天荒地老无人识。
空将笺上两行书,直犯龙颜请恩泽。
我有迷魂招不得,雄鸡一声天下白。
少年心事当拿云,谁念幽寒坐呜呃!

这是李贺在长安求职时写的一首诗,一吐他在困顿之中依旧满怀报国的信念。

"零落栖迟一杯酒",意思是说:他在潦倒落拓之中,承蒙友人置酒相待。

"主人奉觞客长寿",主人高举酒杯向客人敬酒,祝他长寿。

"主父西游困不归,家人折断门前柳",主人说:汉武帝时的主父偃家境贫寒,曾北游燕、赵、中山,未遇成功的机会。后来西至长安,在大将军卫青门下为门客,久久未归,以至家人年年攀柳而盼望。最后,主父偃直接向皇帝上书,终于得到武帝的信任，官至齐相。这是历史上先穷后达的例子。

"吾闻马周昔作新丰客，天荒地老无人识。空将笺上两行书，直犯龙颜请恩泽"，主人又说：我听说唐太宗时的马周是个孤儿，家境贫寒。去长安求发展的途中，经过新丰市，住旅馆时曾受到店主人的轻视和奚落。到长安之后，在中郎将常何家中当门客。有一次，太宗命百官各陈意见书，分析朝政得失。常何一介粗鲁武夫，不通文墨，回府邸之后请马周代写。马周陈述朝政二十余事，件件切中时弊，太宗读了，非常赞赏，便问常何："这是你写的吗？"常何如实回答说："这是门客马周的手笔。"太宗随即召见马周，拜为监察御史，后官至中书令、吏部尚书。这也是前期不得志，后期直接给皇帝上书而得到皇上赏识的事例，即所谓"直犯龙颜请恩泽"。

"我有迷魂招不得，雄鸡一声天下白。少年心事当拿云，谁念幽寒坐呜呃！"李贺答道：是啊！目前我潦倒困顿，壮志难酬，迷茫而不知路在何方。但我坚信，雄鸡一唱，黑暗即将过去，曙光就在前头。少年郎的心事，就应当壮志凌云，我怎能因为失意而徒然悲叹呢！

好一个"雄鸡一声天下白"！尽扫黑暗，展现光明，给人多少信心，这就是青年李贺的壮志和信念！

李贺不但有理想，也有骨气。他在组诗《马诗二十三首》其四中写道：

此马非凡马，房星本是星。
向前敲瘦骨，犹自带铜声。

"此马"虽"穷",却是天上马星("房星")下凡;"此马"虽"瘦",却是良马,杜甫有诗说"胡马大宛名,锋棱瘦骨成",正是这个道理;此马虽"饥",敲击起来却当当作响!这是咏马,更是咏志。为人虽穷,虽瘦,虽饥,但依旧不丢气节,不输斗志,不失风采,堪称典范。李贺虽是一介书生,但他的心事却是投笔从戎,挂刀带剑,保卫国家。他在《南园十三首》其五中写道:

男儿何不带吴钩,收取关山五十州?
请君暂上凌烟阁,若个书生万户侯!

当时,李贺辞官回归故里南园,依旧不忘报国之念。"五十州"是当时被藩镇割据,朝廷"法令所不能制者"。李贺认为:好男儿理当拿起武器,维护国家的安全和统一。男儿要么战死沙场,要么在凌烟阁上接受荣誉和表彰,哪有坐而论道的书生能建立功名!

三、"石破天惊逗秋雨"
——唐代最"怪"的音乐诗

李贺不仅是"鬼才",而且是个"怪才"(出自朱熹《朱子语类》"李贺较怪得些子")。所谓"怪",就是写诗时总有一些奇想——奇特的构思、奇特的人物、奇特的情节、奇特的语言等,

第十讲　险怪派与"鬼才"李贺

这些特点集中反映在他的代表作《李凭箜篌引》一诗中：

> 吴丝蜀桐张高秋，空山凝云颓不流。
> 江娥啼竹素女愁，李凭中国弹箜篌。
> 昆山玉碎凤凰叫，芙蓉泣露香兰笑。
> 十二门前融冷光，二十三丝动紫皇。
> 女娲炼石补天处，石破天惊逗秋雨。
> 梦入神山教神妪，老鱼跳波瘦蛟舞。
> 吴质不眠倚桂树，露脚斜飞湿寒兔。

唐代有三首写音乐的诗，我们不可不读：一首是韩愈的《听颖师弹琴》，一首是白居易的《琵琶行》，再就是李贺的这首《李凭箜篌引》。李凭是当时的宫廷音乐家，擅弹箜篌。箜篌是古代一种弹拨乐器，二十三根弦，有卧式、竖式两种，竖式类似当今西洋乐器中的竖琴。李凭在当时很有名气，名气大到什么程度呢？"天子一日一回见，王侯将相立马迎"，可见十分走红。

"吴丝蜀桐张高秋，空山凝云颓不流"：这箜篌的弦是用吴地的真丝所造，其身则用蜀中的梧桐木所制。古代用梧桐木做的琴是最好的琴，东汉末年有一个人叫蔡邕，就是蔡文姬的父亲，做了一把天下名琴，叫作"焦尾琴"（据记载，有一次蔡邕听邻居家做饭所烧木柴噼啪作响，便赶过去说："千万别烧，这是梧桐木！"抢救出来，已烧焦半截，于是用剩下的做了一把琴，是为焦尾琴）。可见李凭弹的这个箜篌选材上等，而且制作精美，可谓极品中的极品。李凭的箜篌在秋高气爽的季节里弹奏起来，空山的云雾居然都被这美妙的箜篌声吸引，颓然凝滞而不流动——那真叫响遏行云啊！

"江娥啼竹素女愁，李凭中国弹箜篌"：听了李凭弹箜篌，江娥都哭了。江娥是谁呢？就是湘夫人，也就是娥皇、女英。当年尧帝不但把自己的帝位让给舜，而且把两个女儿，即娥皇、女英，嫁给舜帝。后来舜帝南行安抚少数民族，死在苍梧，葬在九嶷山。娥皇、女英很伤心，千里寻夫，来到九嶷，得知舜帝已死，她们眼泪滚落下来，滴落竹上，留下斑斑泪痕，永不磨灭，于是这个竹子叫"斑竹"，也叫"湘妃竹"，产于湖南。后来二妃投湘水而死，化作湘水女神，人称湘妃、江娥。那素女是谁呢？霜神。李凭在长安弹奏箜篌，湘妃泪洒斑竹，霜神面带悲愁，可见他乐声的感染力。

"昆山玉碎凤凰叫，芙蓉泣露香兰笑"：玉质的昆仑山碎了啊，凤凰引吭高唱。芙蓉花含着露珠儿，正在流泪呢；香兰绽开花瓣儿，露出了美丽的微笑。足见李凭的箜篌声清脆、浏亮，忽而悲伤，忽而欢快，何其美妙！

"十二门前融冷光，二十三丝动紫皇"：长安城四周十二个城门的秋天寒气，被箜篌声融化了；二十三根箜篌弦上发出的美妙旋律，感动了天神紫皇——那和美的箜篌声又何其神奇！

"女娲炼石补天处，石破天惊逗秋雨"：女娲娘娘正炼石补天呢，却被箜篌的声浪震得石破天惊，引来秋雨倾盆——这箜篌声真是惊天动地，震撼乾坤！

"梦入神山教神妪，老鱼跳波瘦蛟舞"：天上有位神仙叫成夫人，老太太是弹箜篌的高手呢。可如今你随着李凭的箜篌声进入梦境,却见李凭正在教这位神仙演奏;河中的"老鱼",随着箜篌声在浪尖上跳跃,江底的"瘦蛟"伴着音乐在水中起舞——这音乐岂只人间才有?

"吴质不眠倚桂树,露脚斜飞湿寒兔":月宫里的吴刚(字质),被箜篌声吸引,倚靠在桂树旁,凝神倾听;月宫里那只兔子为欣赏音乐,已顾不得深夜里露水斜飞——深夜乐声引人不眠,依然有无限魅力!

这就是李贺的《李凭箜篌引》,一首最"怪"的诗。"怪"在哪里?他调动了天上人间、古往今来、鱼龙神鬼、山水风云来衬托音乐之美,形非人间有,语非人间出,奇特、奇幻而又奇妙!可以这样说,唐代三首最有名的被称为"摹写声音至文"的诗中,《琵琶行》以感情动人——"别有幽愁暗恨生,此时无声胜有声""同是天涯沦落人,相逢何必曾相识";《听颖师弹琴》以幽默娱人——"推手遽止之,湿衣泪滂滂。颖乎尔诚能,无以冰炭置我肠";而《李凭箜篌引》则以怪异迷人——上天下地,超越时空,晕月交辉,叹为观止!

总的看来,这三首音乐诗艺术上各有千秋,美不胜收!

四、"天若有情天亦老"
——李贺怀古

在现存的李贺二百四十多首诗中,有一部分是他通过咏史来表达对唐王朝政治局势的关切和对个人遭遇的感慨,正所谓借古喻今，婉抒心怀。《金铜仙人辞汉歌》就是其中杰出的篇章：

> 茂陵刘郎秋风客，夜闻马嘶晓无迹。
> 画栏桂树悬秋香，三十六宫土花碧。
> 魏官牵车指千里，东关酸风射眸子。
> 空将汉月出宫门，忆君清泪如铅水。
> 衰兰送客咸阳道，天若有情天亦老。
> 携盘独出月荒凉，渭城已远波声小。

这首诗有个背景故事。据记载，汉武帝刘彻曾在长安建章宫前建造神明台，上铸铜仙人，以手托盘，承接露水，调玉屑服之，以求长生不老。到了三国时期，魏明帝曹叡派人到长安拆取这座铜仙人像，想将它安置在自己的洛阳宫殿中，以仿效汉武帝求长生术，并显示太平盛世。后因铜人过重，搬运太难，途中不得不将其留在灞河岸边，未能到达洛阳。传说铜人被搬离汉宫时曾经流下眼泪。

"茂陵刘郎秋风客，夜闻马嘶晓无迹"：茂陵是汉武帝的陵墓；秋风客，刘彻曾作《秋风辞》，故有此一说。这两句说，茂陵下的刘郎啊，秋风中的过客。实际上，此句一语双关：汉武帝啊汉武帝，汉朝在历史上最繁盛，你是一代伟人、一代盛世之主，但是你也不过是秋风中的过客！你铸造一个铜人，希望长生不老，但你长生不老了吗？汉王朝那么繁盛，可现在在哪儿呢？也灭亡了。这个汉武帝、那么繁盛的时候，好像还是昨天晚上的事，似乎还有人喊马嘶声，很热闹，现在呢？长安的黎明静悄悄，繁华热闹转瞬即逝啊。

"画栏桂树悬秋香，三十六宫土花碧"：汉武帝不在了，汉朝没有了，只剩下汉宫的雕栏玉砌，桂树还幽幽地年年开花；三十六座离宫别馆破落不堪，遍地是惨绿的苔藓。

"魏官牵车指千里，东关酸风射眸子"：现在魏国的官员们赶着车子来，要把铜人运向千里之外。刚出长安东门，那凄凉的酸风就射向你（金铜仙人）的瞳仁，你眼睛流泪了，使人倍觉伤感。

"空将汉月出宫门，忆君清泪如铅水"：铜人哭了，哭什么呢？它带着汉朝时候的月亮，带着汉朝鼎盛繁荣的记忆，离开宫门，要走了。回忆起汉武帝，铜人的眼泪像铅水一样流下（铜人是金属物体，所以流出的泪是"铅水"）。

"衰兰送客咸阳道，天若有情天亦老"：你离开故都，只有路旁衰败的兰草为你送行，这情景连苍天也会为你伤感而变得衰老！诗人把他对历史的感慨，通过这个铜人的感受写出来了——那就是"天若有情天亦老"。是啊，上天如果像人一样富有感情的话，它应该最能洞察人世的沧桑变化，也会为此发出最深沉的叹息。

"携盘独出月荒凉，渭城已远波声小"：你还是离开了，你孤独地带着那只承露盘，乘着荒凉的月色离开了。长安在你身后，渭水在你身后，河水的呜咽已经听不见了。

这又是一个奇特的构思。作者抓住金铜仙人这个历史见证人来说事，以它的今夕际遇来抒发历史盛衰的感慨，表达自己对唐王朝衰落的忧虑，同时又包含个人生不逢时的凄凉感。

李贺，一位只活了二十七岁的年轻诗人，带着他政治上的遗憾去了，带着他的满腹才华去了，但后世的读者记住了他，记住了他的那些既怪异又瑰丽，既离奇又极富美感的诗。李贺之后，历史进入了晚唐时期。唐诗还会发展吗？还会有杰出的诗人出现吗，下一讲将向大家详细介绍。

第十一讲

「满城尽带黄金甲」

——黄巢与晚唐诗歌

前几讲介绍了中唐诗歌,大家已经感受到"中唐之再盛"。从唐文宗开成元年(公元836年)算起,历史进入晚唐时期。在艰难维持七十余年后,唐昭宗天祐元年(公元904年)八月,昭宗李晔被朱温所派大将杀死,朱温扶昭宗第九子李柷登基,是为哀帝。李柷继位时年仅十三岁,朝廷大权掌握在朱温手中。天祐四年(公元907年)三月,朱温废哀帝李柷为济阴王,自立为帝,改国号为梁,人称后梁。天祐五年(后梁开平二年,公元908年)二月二十一日,朱温杀死李柷(时年十七岁),五代史正式掀开。因为天祐四年(公元907年)朱温建国,改元开平,后世史学家便将天祐三年(公元906年)作为唐帝国灭亡的年限。

唐王朝风雨飘摇的最后七十年,诗歌状况如何呢?从诗歌的角度讲,这匹瘦死的"骆驼"是否仍然比"马"大呢?

一、凄美的晚唐诗歌

晚唐诗歌充满着迟暮黄昏的梦幻情调。主要有两大类型:一是以皮日休、杜荀鹤、聂夷中、陆龟蒙、罗隐为代表的一批诗人,追踪元白,以诗歌反映社会矛盾,关心人民疾苦,取得一定的成就。但他们的诗缺乏创造性,不及中唐新乐府那样美那样深刻,但他们还是取得了一定的成就。二是以杜牧、李商隐、温庭筠等为代表的一批诗人,继承了中唐讲究艺术表现的传统,在艺术构思上下功夫,写了一些感伤身世、沉迷声色的诗歌。有些诗作风格清新峻拔,语言瑰丽多彩,也不乏上品。

第十一讲 "满城尽带黄金甲"——黄巢与晚唐诗歌

总体来看，由于唐代社会急剧衰落，唐王朝处于危亡之中，时代风气较为悲观，反映到诗歌创作中就是一种凄美感。也就是说，美则美矣，是一种带有悲剧性的凄美。

例如当时也有一些边塞题材的诗，如陈陶《陇西行》：

> 誓扫匈奴不顾身，五千貂锦丧胡尘。
> 可怜无定河边骨，犹是春闺梦里人。

这里对敌人也是"誓扫"，将士们依然是"不顾身"，但却没有盛唐那样一种"不破楼兰终不还"的气派，而且结果还是打了败仗，"五千貂锦丧胡尘"（汉羽林军貂裘锦帽，最为精锐），最精锐的禁卫军也失败了，将士们已经化为无定河边的白骨了。"可怜无定河边骨（无定河，源于今内蒙古，这里指匈奴境），犹是春闺梦里人"，健儿们在边疆为国捐躯，化为白骨了，可怜家乡的妻子却不知道，她们还在梦中想念着自己的亲人，依然做着团圆的美梦。两相对照，构思精巧，但却令人落泪。这样的边塞诗让人感觉很悲凉，跟盛唐的诗歌比较，缺少一种激昂向上的气势。

再来看一首，陈玉兰《寄夫》：

> 夫戍边关妾在吴，西风吹妾妾忧夫。
> 一行书信千行泪，寒到君边衣到无？

"夫戍边关妾在吴"，是说丈夫你戍守边疆，妾身在家中想念你。吴就是现在的江浙一带，是指思妇的家（内地江南）。"西风吹妾妾忧夫"，"西风"就是秋风。当秋风刮来的时候，天气渐渐冷了，想到你在前线肯定缺少寒衣，所以我写这封信。"一行书信千行泪"，这一行书信是和着千行眼泪写成的。夫君啊夫君，"寒到君边衣到无"，边关天气已经越发寒冷，我寄给你的衣服收到了吗？这首诗表现了妻子对丈夫的关切，十分感人。但是诗中那种悲凉、那腔愁情，让人闻之伤心。这首诗通过给丈夫寄寒衣的行为，表达了思妇眼中"泪"、心中"忧"，已不是盛唐时那种"闺中少妇不曾愁"的天真浪漫了！

相比较而言，晚唐人最喜欢写眼泪，如李商隐《天涯》：

春日在天涯，天涯日又斜。
莺啼如有泪，为湿最高花。

远离家乡的游子说："春日在天涯"，春天时候应该跟亲人团聚，而我却远在天涯；当太阳西斜的时候，也就是人们归家、禽鸟还巢的时候，我更加想家。想家的时候我忍不住哭了，而且思乡的眼泪已经哭干了。所以，"莺啼如有泪，为湿最高花"，黄莺鸟儿啊，如果你还有眼泪的话，帮我去浇一浇树梢上那最后一枝花吧。这里写的是传统的惜春题材，但是它对眼泪的描写却非常突出，已不是通常的惋惜之泪，而是刻骨铭心的悲凉之泪了。

边塞诗如此，惜春词如此，即使是那些咏史诗，也多有伤感低回之意。如温庭筠《经五丈原》：

第十一讲 "满城尽带黄金甲"——黄巢与晚唐诗歌

> 铁马云雕共绝尘,柳营高压汉宫春。
> 天清杀气屯关右,夜半妖星照渭滨。
> 下国卧龙空寤主,中原得鹿不由人。
> 象床宝帐无言语,从此谯周是老臣。

温庭筠(约公元812—866年),字飞卿,太原祁(今山西祁县)人。其祖上曾经当过唐太宗的宰相,但是到了温飞卿这个时候,家道已经衰落。温庭筠很有才华,但多次参加科举考试均告失利。为什么呢?乃其个性所决定的。温庭筠是宰相的后代,虽然家道衰落,但"味"还在,也就是为人特别随意,特别无拘无束,很有高官子弟的那种派头。例如唐代科举要考诗赋,别人参加科举考试都老老实实地写卷子,认真思考,他不是,"但笼袖凭几,每赋一韵,一吟而已"(王定保《唐摭言》卷十三)。当时考场主要是考律赋,一般以二句四言八字为韵立意限韵,温庭筠仅"八叉手而成八韵",也就是说,他叉一次手成一韵,再叉一次手又成一韵。科场的律赋,他叉八次手便写出来,所以人家给他取了个名字叫温八叉,也叫温八吟。

以这种态度去对待考试,当然屡试不中,而且官也做不好。后来他做了国子监助教,不久贬为随县(今湖北随州市)尉,再贬方城(今河南方城县)尉,故又有温助教、温方城等别称。

《经五丈原》这首诗表现了诸葛亮"下国卧龙空寤主,中原得鹿不由人"的无奈。时局转变,世事兴衰,不以人的主观意志为转移,创建蜀汉的诸葛亮已经"象床宝帐无言语"了,而最终劝后主刘禅投降的谯周却成了蜀国的"老臣"。"老臣"一词是杜甫诗中对诸葛亮的称呼("三顾频烦天下计,两朝开济老臣心"),温庭筠用来称呼谯周,是一种讽刺,更是一种忧伤,读来令人心酸。

五丈原就是诸葛亮最后病死的祁山。这里有一个纪念诸葛亮的祠堂,在现在的陕西岐山县。温庭筠写道:当年诸葛亮"铁马云雕共绝尘,柳营高压汉宫春",诸葛亮的军队非常威武雄壮,军纪也很严明。柳营就是细柳营,是西汉时周亚夫驻军的地方。这是个很著名的典故。周亚夫是西汉开国元勋周勃的儿子,治军非常严格。在细柳营训练军队的时候,朝廷派人来通知他说:皇上马上要来视察你的军队。按照汉朝的军法,任何人在军营里面都必须下马,但那个使者却在军营里面横冲直撞,趾高气扬,所以周亚夫就说:你给我下来!这个使者很不高兴,说:我是代表皇帝宣布圣旨的,你敢要我下马?后来这个使者给汉文帝汇报,汉文帝说:周亚夫做得对。于是,汉文帝进细柳营,也是规规矩矩下马走进去的。所以说,"细柳营"是军纪严明的代名词。这里说"柳营高压汉宫春",意指诸葛亮军队纪律整肃,威风凛凛。

下面写"天清杀气屯关右,夜半妖星照渭滨",是说诸葛亮六出祁山北伐,有天晚上空中有流星闪过,预示着将星陨落,诸葛亮将不久于人世。接着笔锋一转,开始感叹诸葛亮的业绩。"下国卧龙空寤主",诸葛亮虽是卧龙,但是他的蜀国是下国。大家看《三国演义》会有一个错觉:诸葛亮老是打胜仗,蜀军帐下也是猛将如云。其实,历史上在魏蜀吴三国中最弱的就是蜀国,《三国演义》的作者之所以那样写,是他尊刘贬曹的立场及

第十一讲 "满城尽带黄金甲"——黄巢与晚唐诗歌

作品主题的需要,小说与历史是不同的。而且蜀国还有那个扶不起来的阿斗,这样,诸葛亮再有才干,面对国力贫弱、皇帝无能的局面,他当然是"中原得鹿不由人"。诸葛亮的一生是个悲剧,他六出祁山,想统一中国,但历史由不了他。诗的最后说"象床宝帐无言语",再伟大再能干的诸葛亮现在也不过是一尊雕像,"象床宝帐"就是祠堂里诸葛亮那个神龛。"从此谯周是老臣",诸葛亮死在军中,这个忠心耿耿的老臣死了,而谯周这么一个出卖蜀汉政权的人,竟然成了真正的"老臣"。因为当初杜甫写诸葛亮是"两朝开济老臣心",诸葛亮作为开国丞相,辅佐了刘备又辅佐刘禅,显出了他老臣的忠心耿耿。而现在的"老臣"是个什么老臣?是谯周,是把蜀国出卖的谯周。所以如前所述,这是一种讽刺,更是一种忧伤,是对晚唐社会局势的一种忧虑。所以说,晚唐诗歌,哪怕是咏史诗,也显得很悲哀。

晚唐时期各种社会矛盾尖锐、复杂,诗歌中反映社会斗争的篇章不少。这些诗虽不及杜甫和白居易的诗那样震撼人心,但其中悲怨之情也能打动读者,如杜荀鹤《再经胡城县》:

> 去岁曾经此县城,县民无口不冤声。
> 今来县宰加朱绂,便是生灵血染成。

胡城就是现在的安徽阜阳。诗人说"去岁曾经此县城,县民无口不冤声",去年的今天我经过胡城县,那时候老百姓一片骂声,骂这个县令是昏官、贪官。今年我再来胡城县,按常理,那个遭老百姓唾骂的县官应该是罢官或是贬职了吧。但是,"今来县宰加朱绂",今年那个县令不但没有撤职,反而高升了。"朱"就是朱红色,"绂"就是古代系官印的丝绳,"加朱绂"就是升官。那么他这个红色绶带是怎么来的呢,"便是生灵血染成"!

大家对比一下盛唐的诗、中唐的诗:"去年今日此门中,人面桃花相映红。人面不知何处去,桃花依旧笑春风",也是去年、今年,那时的诗写得如此轻快,如此欢乐,而晚唐的诗却显得如此沉重。

这首诗是在哭生灵之"血"!

再看一首,曹松《己亥岁二首》其一:

泽国江山入战图,生民何计乐樵苏?
凭君莫话封侯事,一将功成万骨枯。

己亥那年是公元879年,当时黄巢领导的农民起义军长期转战南方。有一个镇海节度使名叫高骈,他率领官军镇压黄巢农民起义,杀了很多起义军士兵,其实就是老百姓。因为"战功"显赫,高骈受到朝廷的封赏,他很得意,到处炫耀,说我最近又升官了。曹松有感于高骈加官这件事情,写诗说"泽国江山入战图","泽国"就是南方,南方现在发生战争,老百姓造反,官府镇压,江山陷于战火之中。"生民何计乐樵苏",这种局势,老百姓怎么活下去呢?"樵苏"就是砍柴烧火做饭,是说老百姓现在没有安定的日子过。"凭君莫话封侯事",请你不要谈你封官了,你要知道你这官位是怎么得来的。"一将功成万骨枯",你的战功是建立在千万个白骨的基础上,要知道,死了千千万万的人才

第十一讲 "满城尽带黄金甲"——黄巢与晚唐诗歌

换来你的功名。

这里祭的是生民之"骨"!

再看罗隐《雪》:

尽道丰年瑞,丰年事若何?
长安有贫者,为瑞不宜多。

这首诗对"瑞雪兆丰年"的俗语发出疑问。人人都说"瑞雪兆丰年",下雪是丰收的一个好兆头,所以"尽道丰年瑞"。但作者说"丰年事若何",即使年岁丰收了又怎么样呢?"长安有贫者",现在长安城就有穷人冻死饿死在街头。"为瑞不宜多",不要空谈什么"瑞雪兆丰年"啦,这种能冻死人的大雪还是少下为好,先关心一下眼前的贫者吧!

其实,许多生活现象或自然现象,不同的人以不同的立场或个人情感去看待它,便会有不同的结论。有一则民间故事也是讲下雪,说:大雪纷飞之时,书生气十足的秀才,挺浪漫地摇头晃脑吟出"大雪纷纷落地",而一名奴气十足又最善于阿谀奉承的官员则说"正是皇家瑞气",此时恰有一个财迷心窍的商人经过,他想到下雪天正好推销防寒商品,便接了第三句"再下三年何妨",这就刺激了蜷缩在墙角的被冻得奄奄一息的乞丐,他拼尽最后力气骂道:"放你娘的狗屁!"这个故事虽然浅俗,但却有助于理解罗隐的《雪》。

这里咏的是"贫者"之饥寒!

再看罗隐的《蜂》:

> 不论平地与山尖，无限风光尽被占。
> 采得百花成蜜后，为谁辛苦为谁甜？

诗中以蜜蜂采蜜做比喻，对广大劳动人民的劳动果实被剥夺寄予深切的同情。"为谁辛苦为谁甜"是代农民向不公正的现实社会发问，十分有力。

这里叹的是"劳者"之辛苦！

又如皮日休《金钱花》：

> 阴阳为炭地为炉，铸出金钱不用模。
> 莫向人间逞颜色，不知还解济贫无？

金钱花是一种花，它形状像铜钱，颜色是黄色的，是富贵的象征。作者说"阴阳为炭地为炉，铸出金钱不用模"，金钱花呀金钱花，你不是用真正的炉子炼出来的，而是阴阳为炭，大地为炉，阴阳二气孕育了你这种花。你这金钱花得天独厚，但是你要记住，虽然你像钱，很富贵，却千万"莫向人间逞颜色"，你不要炫耀你的富贵，不要炫耀你的颜色。"不知还解济贫无"，你可知道天下有多少无钱的贫穷汉，你会去救济他们吗？

这里念的是贫穷汉！

可见晚唐反映社会矛盾的诗，或者是哭百姓的生灵，或者是祭生民的白骨，或者是咏叹贫者的饥寒，或者是同情劳者的辛苦，读来都让人感到伤心，因为它是当时社会普遍状况的反映。

再看一首聂夷中《伤田家》：

第十一讲 "满城尽带黄金甲"——黄巢与晚唐诗歌

> 二月卖新丝,五月粜新谷。
> 医得眼前疮,剜却心头肉。
> 我愿君王心,化作光明烛。
> 不照绮罗筵,只照逃亡屋。

诗中写道:老百姓二月就要将新丝卖出,而实际上二月是养蚕的季节,是没有丝卖的,但是老百姓却预先将尚未酿出的丝卖了;稻谷要到七八月才能收割,但是农夫在五月就要把这尚未产出的稻子卖了。为什么呢?因为现在正是青黄不接的时候,老百姓快要活不下去了,因为要充饥果腹,要生存,所以"二月卖新丝,五月粜新谷"。大家可以想象,提前卖的丝和谷子是卖不出好价钱的,那么,真正到了秋后,到了秋收的时候,劳动成果已预先出售了,农夫一无所有,今后又靠什么度日呢?因此说,"医得眼前疮,剜却心头肉",今日不得已贱卖劳动果实,解决了眼前的饥饿,却埋下了永久贫困的隐患。鉴于这种状况,作者说"我愿君王心,化作光明烛"。大家注意这两句,诗人这时候不是骂帝王,而是在乞求。君王啊,你可知道吗?我愿你的仁爱之心化作普照天下的"光明烛",蜡烛"不照绮罗筵",不要照富人,而要多关心穷人,"只照逃亡屋",关心那些因生计而逃离家乡的人吧!这是一种无可奈何的祈愿,简直是恨不得跪下来向统治者求情,尽显晚唐诗风纤弱这样一个特点。

此外,晚唐诗中还有很多感叹人生坎坷、吟哦身世飘零的作品,尤其充满伤感。罗隐的诗最有代表性,如《感弄猴人赐朱绂》:

十二三年就试期，五湖烟月奈相违。
何如学取孙供奉，一笑君王便着绯。

这首诗写的是这样一件事：唐昭宗时候有一个人会耍猴，他能把猴子训练到什么程度呢？训练到猴子可以站班。大家知道，古代皇帝上朝的时候，文官武官分列两旁，而这人训练的猴子可以顶替没有到位的官员。今天武将这边缺一个人，猴子就站到这边去；明天文官那边少一个人，猴子就站到那边去。昭宗很高兴，给猴子封了五品官——供奉，起名"孙供奉"（古时称猴子为胡孙，故以"孙"为姓，"胡孙"后来写作"猢狲"）。大家看，李白那么有理想、有才干的人，官职也不过是供奉。而这只猴子因为深得皇上喜爱，竟也得了一个供奉的官职。诗人罗隐对这个事情很有感慨，因为他本人曾经十次参加科举考试十次落榜。而这只猴子只是因为能博得君王一笑，就官加五品，这个社会还会尊重、爱惜人才吗？所以诗人说"十二三年就试期"，十二三年来我不断地参加考试，十次考试十次落榜。"五湖烟月奈相违"，我离别故乡求取功名，浪迹天涯，但是最终却一事无成。"何如学取孙供奉"，我不该这样去参加科举考试，我应该去学孙供奉，学一点雕虫小技，搞一点歪门邪道。"一笑君王便着绯"，博得君王一笑就能红袍加身。何必为了国计民生，为了个人功业而苦苦追求呢！诗人这里写的是个人遭遇，但也向读者展示了当时极不公正的社会现实。

又如《赠妓云英》：

第十一讲 "满城尽带黄金甲"——黄巢与晚唐诗歌

> 钟陵醉别十余春,重见云英掌上身。
> 我未成名君未嫁,可能俱是不如人。

罗隐曾经在考科举的途中经过钟陵县,就是现在的江西进贤县。他在那里认识了一个名叫云英的歌女。云英的歌唱得好,舞跳得尤其好,如同当年能在别人手掌上跳舞的赵飞燕一样。十年后诗人又和这个叫云英的歌女见面了,她还在跳舞,还在卖唱,而罗隐也还没有考上进士。所以诗中说"钟陵醉别十余春,重见云英掌上身",钟陵一别已有十多年了,今日重逢,云英还在跳舞。大家可以想象一下,十年前如果云英十几岁,现在也二十几岁了,十几年来一直都在那儿卖唱、献艺。而云英看到罗隐,也说"罗秀才仍未脱白耶",罗秀才你还没考上进士吗?还没有摆脱平民身份吗?这一问尤其让罗隐感到尴尬和悲凉,他说"我未成名君未嫁",我没有考上进士你也没有嫁人,是什么原因呢?"可能俱是不如人",大概我不如别人有本事,所以考十次考不上,你大概也不如别人美貌,所以没能嫁一个有钱人,来改变你的命运。这其实是一句反语,也是讽刺社会不公正的。

再看《自遣》:

> 得即高歌失即休,多愁多恨亦悠悠。
> 今朝有酒今朝醉,明日愁来明日愁。

在盛唐诗里面也有写唱歌的,但是李白说"我本楚狂人,凤歌笑孔丘",我唱着歌嘲笑孔子,显出一种狂傲;而"得即高歌失即休，多愁多恨亦悠悠"，写多愁多恨，却没有李白"与尔同销万古愁"那么有力，那么沉重，那么感人。这里也写醉，却是"今朝有酒今朝醉"，没有李白"停杯投箸不能食，拔剑四顾心茫然"那种愤怒。这里有"明日愁来明日愁"，却不及李白"人生得意须尽欢，莫使金樽空对月"的潇洒。这一对比，大家即可看出晚唐诗歌的凄凉感了，因为"夕阳无限好，只是近黄昏"啊！

二、晚唐小诗集锦

晚唐诗歌虽然凄婉，但一些言情咏物诗构思精巧，韵味无穷，仍有不少上乘之作，值得一读，因为它毕竟是唐诗！

有一首《题情尽桥》，写来耐人寻味：

从来只有情难尽，何事名为情尽桥？
自此改名为折柳，任他离恨一条条。

作者雍陶，时任简州（今四川简阳市）刺史。有一次送客出城，至情尽桥，客人便说"免送"。雍陶觉得奇怪，客人鞭指桥名"情尽桥"。雍陶问手下人：此桥为何取这样的名字？手下人说：历来送人到此止步，故曰"情尽"。雍陶不以为然，便题诗桥上，并将此桥改名为"折柳桥"。

是啊，"从来只有情难尽"。人世间，有亲情、爱情、友

第十一讲 "满城尽带黄金甲"——黄巢与晚唐诗歌

情,情是一种恩爱,一种呵护,一种尊重,一种扶持,一种牵挂……。情表现在举手投足之间,情深藏在人们的心底,情不以时空的间隔而转移、消亡。所以,"何事名为情尽桥",怎么能说"情尽"呢?为什么要叫"情尽桥"呢?

诗的前两句反问得多么有力!又多么富有生活哲理!后两句则正面说出作者的意见:"自此改名为折柳,任他离恨一条条。"改新名为"折柳桥",取折柳送别之意——杨柳低垂,依依惜别。

不离不弃,无怨无悔,永远的离愁别恨,永远的折柳桥……。

再看一首《未展芭蕉》(钱珝):

冷烛无烟绿蜡干,芳心犹卷怯春寒。
一缄书札藏何事?会被东风暗拆看。

这首诗的立意十分含蓄而精到,作者将含苞未展的芭蕉做了三重比喻:一是未被点燃的绿色蜡烛柱;二是因害怕恶劣环境("春寒")而紧锁芳心的少女;三是一封未拆开的信札,其中暗藏着心事。芭蕉花很大很长,含苞未放的时候有一个绿色的枝干,很像一根没有点燃的绿色蜡烛,所以说"冷烛无烟绿蜡干",诗人在这里用了第一个比喻。"芳心犹卷怯春寒",卷着的芭蕉花好像一个女孩,害怕外面的严酷环境,不愿意把心事袒露出来,这是第二个比喻。那么芭蕉花里面藏着什么秘密呢?"一缄书札藏何事?会被东风暗拆看",东风吹来的时候,悄悄吹开这朵花,会把你心里面的秘密探寻出来。芭蕉花心如"书札",

东风吹开花瓣,似是悄悄拆开书信,这是第三个比喻。

　　这首诗很细致很美丽,读到最后一句"会被东风暗拆看",你会觉得诗意豁然开朗:当东风吹来的时候,芭蕉绽开,信札中的情愫会一吐为快,紧闭的"春心"会在瞬间敞开,冰冷的蜡烛会跳起火苗,三层比喻全在这里得到回应。

　　啊!温情的东风,温暖的春天!

　　有一首常被后世诗词作者用作典故的小诗不可不读,如金昌绪《春怨》:

　　　　打起黄莺儿,莫教枝上啼。
　　　　啼时惊妾梦,不得到辽西。

　　这首诗写一位女子怀念征人,在结构上最为新奇。作者善于以悬念吸引读者眼球:第一个悬念——"打起黄莺儿",春天正是莺飞草长时节,黄莺儿象征着生气勃勃,为何要打走它呢?第二句便回答了第一句——"莫教枝上啼"。哦,原因是讨厌黄莺儿的叫声,不让它在枝头鸣叫。这一回答同时造成第二个悬念——为什么"莫教枝上啼"呢?第三句又做了回答——"啼时惊妾梦"。哦,黄莺儿的鸣叫声会惊破我的春梦。这一回答又造成第三个悬念——梦中在做什么呢?第四句,悬念大揭秘——"不得到辽西"。原来,思妇梦中正在去辽西与丈夫相会的途中,如果惊破此梦,妾身就到不了辽西!

　　多么含蓄有味!该女子对丈夫的日思夜想、深深眷念之情无一字直接表露,但却又字字与此相关,细细体味,令人十分感

第十一讲 "满城尽带黄金甲"——黄巢与晚唐诗歌

动,十分同情。而且,"辽西"多喻指前线战事,女子的丈夫为国出征,久久未归,家人牵挂,给此诗又平添几分爱国之心,依然是唐诗境界!

以上为言情诗,再看咏物诗。

杜荀鹤《小松》:

> 自小刺头深草里,而今渐觉出蓬蒿。
> 时人不识凌云木,直待凌云始道高。

一般人写松树,都会写劲松,找那些枝干挺拔的良材来写,而杜荀鹤这首诗却写小松树。诗人写道,"自小刺头深草里",小松的成长历程非常艰难,它从小长在杂草丛中。"而今渐觉出蓬蒿",小松一年又一年跟杂草争夺阳光、雨露,慢慢地长出蓬蒿之外,长到灌木丛上面了。草丛中的小松树虽然刚刚出头,但你知道它将来也有可能长成参天大树。只是"时人不识凌云木",现在人们还没有注意到它。"直待凌云始道高",等到将来它自己成材,自然成材,长成参天大树了,人们才纷纷去歌颂它的高大。

与其把你的溢美之词廉价地献给高大凌云的劲松,不如在它未成材之前为它松松土,施施肥,除除草,为它的成长创造一个良好的环境……。

诗人告诉我们一个道理:对待人才也是这样,要在他还没有成才的时候多给予一些关注的眼光,多给予一些理解,更要多给予一些帮助。而现实生活中往往相反,人们只关注成功者,很少关注那些有着良好发展前途而眼前仍在艰难奋斗的人。读此诗，能获得不少生活启示。

皮日休《咏蟹》：

> 未游沧海早知名，有骨还从肉上生。
> 莫道无心畏雷电，海龙王处也横行。

一提到螃蟹，大家都会想到一个词——"横行霸道"。因为螃蟹走路的方式跟一般动物不一样，它是横着走的。作者是怎样看待这个"横行"的小动物呢？他说，"未游沧海早知名"，我知道它名气很大，而且它还有个特点——"有骨还从肉上生"。一般的动物是肉包骨头，肉在外面，骨头在里面，但螃蟹是骨头在外面，肉在里面，突出螃蟹什么呢？骨气！"莫道无心畏雷电"，它平时看起来很胆小，一打雷就往泥巴里钻，往水底钻，全无抗暴之心。但是，别看它胆小，它行事的方式却不因地点、对象的不同而改变，"海龙王处也横行"，它敢于在海龙王面前横行哩。

大家读这首诗，首先不要为螃蟹的横行而大惊小怪，只要目标不变，管它是正面朝前走，抑或是横行，甚至是背对目标倒着走去，都只是行为方式不一样而已，没有什么值得指责的。但是，要记住，"横行"却千万不要"霸道"，要霸道也要学此诗中的螃蟹，敢在水族的最高统治者——海龙王面前横行，而不要在弱小者面前霸道，这也是生活中的一个道理。

三、黄巢咏菊

晚唐最有意义的小诗,莫过于农民起义领袖黄巢的两首写菊花的绝句。其一为《题菊花》,其二为《菊花》。

黄巢,曹州冤句(今山东菏泽市)人,私盐商人出身。曾参加进士考试,落第而归。唐僖宗乾符二年(公元875年),他率农民军起义,响应王仙芝,转战于今山东、河南一带。斗争立场坚定,曾强烈反对王仙芝接受政府招安。王仙芝战死之后,他统领全部义军,于广明元年(公元880年)十二月攻入唐都长安,宣布建立大齐国,自登帝位,年号金统。后因策略失误,又因部将朱温叛变投敌,黄巢不得不率部撤出长安。又屡战失利,于僖宗中和四年(公元884年)败走泰山狼虎谷,自杀而亡,起义失败。

黄巢是中国历史上曾攻下封建王朝首都的起义英雄,他不但能打仗,也能写诗,所谓"莫言马上得天下,自古英雄能解诗"(林宽《歌风台》)。《全唐诗》收其诗三首,其中两首便是《题菊花》和《菊花》。先看《题菊花》:

飒飒西风满院栽,蕊寒香冷蝶难来。
他年我若为青帝,报与桃花一处开。

大家知道,菊花都是在秋天开放的。"飒飒西风满院栽",飒飒秋风中，满院的菊花盛开。但是，这个时候天气寒冷，没有蝴蝶，没有蜜蜂，"蕊寒香冷蝶难来"，花虽然开得很美很盛，但是没有人欣赏，这是很不公平的。为了改变这种"生不逢时"的状况，诗人说："他年我若为青帝"，等到有一天我做了春之神、百花之神，我就要重新安排百花的命运。"报与桃花一处开"，要让菊花跟桃花一样在春天盛开，一起享受春风，享受阳光。

这首诗写得很大气，表现了诗人对现实的不满，含有政治的情感在里面，有领袖人物的自信。而且，此诗也体现了人类要求主宰自然的一种渴望。十分具有讽刺意味的是，武则天曾要求牡丹花在寒冬腊月开放，黄巢则要求菊花在阳春三月开放，二人地位不同，身份迥异，所表达的情感当然也不相同，但都显示了人类的意志和力量。

另据记载，黄巢写这首诗时才五岁，当时其父正以"菊花"为题吟诗，黄巢也应声吟出两句："堪与菊花为总首，自然天赐赭黄衣。"父亲认为诗中"赭黄衣"冒犯皇上，涉嫌谋反，要揍他。黄巢便应声又吟出这首反意更浓的《题菊花》。此事未必可信，这种记载意在突出黄巢反心是与生俱来的，很神奇，但却可以帮助我们体味黄巢诗歌的主题。

黄巢的另一首绝句为《菊花》：

　　待到秋来九月八，我花开后百花杀。
　　冲天香阵透长安，满城尽带黄金甲。

有的版本题作《不第后赋菊》，意谓黄巢赴京应试，落榜之

第十一讲 "满城尽带黄金甲"——黄巢与晚唐诗歌

后而作此诗,可见此诗是赋菊言志。诗人知道自己没有考上的时候大概是在春天,春天百花齐放,唯独菊花不开。当时有一位诗人叫高蟾,他写道:"天上碧桃和露种,日边红杏倚云栽。"桃花为什么开呢?因为它有好"后台"——离露水近。红杏为什么开得那么红?因为它靠云霞近,也有"后台"。黄巢则以菊花自比,认为百花盛开都是因为沾沭特殊的恩泽,因而开得让人不服气。我虽然落榜了,但并非没有才学,而是因为我没有后台。你们或者是"和露种",或者是"倚云栽",唯独我这个菊花不开,但是我坚信菊花开的时候,你们都不会开放。"待到秋来九月八",本来是九月九,但这里为了押韵改为"九月八"。"我花开后百花杀",今天看百花开得很鲜艳,但等到秋天的时候你们还鲜艳吗?那个时候百花凋谢,菊花则"冲天香阵透长安",因为菊花满城都是。诗人用香阵而不是香气,冲天的香阵,意味着满城皆是,满世界皆是,不是别人承认不承认的问题,谁都回避不了。"满城尽带黄金甲",菊花的花瓣开得很细,像古时武士的盔甲。这里一语双关,意即菊花开放的时候,满城都是我的士兵,那时满城盛开的菊花花瓣,恰似战士黄金铠甲的鳞片!

诗就是诗,整首诗尽显菊花的内在精神与外在形象,是描写自然景物的。但你完全可以联想到黄巢起义以后自称"冲天大将军",并率领千军万马杀进长安,逼得唐僖宗仿效玄宗皇帝,逃出帝都,避难西川,其菊花情结与社会理想不是有着内在联系吗?如此看来,这两首菊花诗正是农民起义战士胸怀的艺术写照。

以上我们介绍了晚唐诗歌的大致情况以及总体风格(大诗人

不多,风格凄美),可以看出诗歌与社会发展的关系。那么,唐代最后七十余年间是否产生过足以与中唐甚至与盛唐相比的诗人呢?答案是:有的,比如说人称"小李杜"的杜牧与李商隐。但是,他们的诗歌成就足以配称"小李白""小杜甫"吗?下一讲将回答大家。

第十二讲

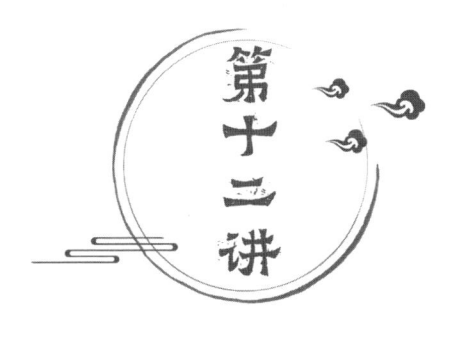

杜牧对历史的反思

随着晚唐社会的动荡，唐诗也渐渐走向衰落，但在一片夕阳之中，依然有灿烂的晚照，显示了唐诗的最后辉煌。杜牧就是这样一片晚霞。

杜牧（公元803—852?年），字牧之，京兆万年（今陕西西安市）人，西晋杜预的十六世孙。杜甫也以杜预为远祖，这样看来，"小杜"和"老杜"还真有一些渊源关系。杜牧于唐文宗时中进士，曾为弘文馆校书郎、监察御史，后外调，历任黄州、池州、睦州、湖州刺史，还京后曾为司勋员外郎，终官中书舍人。他年轻时就热衷于研究历史、政治、军事、经济，多次上书、著文，谈论"治乱兴亡之迹、财赋甲兵之事，地形之险易远近、古人之长短得失"（《上李中丞书》）。为人秉性刚直，受人排挤，政治上不得意。做幕僚期间，生活放纵，不拘小节，沉迷声色。其诗辞采清丽，画面鲜明，韵调悠扬，文思清新活泼，风格爽朗俊逸。其怀古七言绝句在晚唐最为突出。杜牧与李商隐并称"小李杜"。

一、"铜雀春深锁二乔"
——杜牧笔下的赤壁大战

杜牧的祖父非常有名，他就是德宗时的宰相杜佑。杜佑又是一位历史学家，著有《通典》二十卷。虽然杜佑去世时杜牧才九岁，但受家学影响，杜牧也非常关注一些重大历史事件，诗歌中往往涉及这方面的题材。而且，他是一个有独立思考习惯的人，

第十二讲 杜牧对历史的反思

善于对历史事件、历史人物进行反思,其见解往往能翻出新意,给人许多启示,例如《赤壁》。

大家知道,赤壁之战是中国历史上非常有名的一次战争,曹操"治水军八十万众"(曹操写给孙权的书信),挥师南下。东吴年轻的都督周瑜凭长江天险拒敌,并且利用偶然刮起的东南风,一把火烧毁了北岸曹操的战船,赢得了战争的胜利。一般人都说,赤壁大战是东吴的胜利,而且是以弱胜强、以少胜多的一个经典战例,同时又是年轻人打败老年人的一个战例。因为打赤壁大战时周瑜才三十多岁,孙权二十六七岁,诸葛亮也就二十七八岁,都是一批三十岁左右的年轻人,而曹操当时已经五十三岁了。通常意义上大家都是这么认为的,但是杜牧不这样看,他写道:

折戟沉沙铁未销,自将磨洗认前朝。
东风不与周郎便,铜雀春深锁二乔。

赤壁古战场早已不可寻,在今天的湖北省,有五个地方都号称是当年赤壁大战的古战场。究竟哪个地方是真正的赤壁大战遗址,还有待历史地理学家来研究考证。但可以确定的是,有一个地方自古就叫赤壁,就是黄州赤壁,也就是我们大家都知道的湖北省黄冈市。杜牧认为,黄州赤壁就是东汉末年赤壁大战发生的地方,后来的苏轼也这样认为,而且苏轼在黄州赤壁写了《念奴娇·赤壁怀古》以及前、后《赤壁赋》,因而黄州赤壁后来(注意:是在苏轼之后)被称作"文赤壁"。黄州赤壁究竟是文、武赤壁还是仅为文赤壁,也有待历史地理学家继续考证。而杜牧当年写这首诗的时候就在黄州,也就是在黄州当刺史,是当地的地方官,他生活的时代距赤壁大战六百多年。所以,杜牧、苏轼认为黄州赤壁是当年赤壁大战遗址,应当是值得尊重的。

"折戟沉沙铁未销",杜牧说:我在赤壁古战场得到一件文物,是当年打仗时遗留下来的一支戟,一支折断的戟,沉埋在沙子底下六百年,挖出来的时候还没有朽烂。"自将磨洗认前朝",把这支断戟磨一磨,擦一擦,考证一下,发现它是前朝赤壁大战留下的武器(注意:有文物做证,有根有据哦)。下面一转,开始谈起赤壁大战。杜牧说:周瑜之所以打败了曹操,那是很偶然的。为什么呢?一般来说冬天是没有东南风的,假如当时没有东南风,"东风不与周郎便",那周瑜就要打败仗了,东吴也会灭亡,而两个美女——"二乔",这是姊妹两个,大乔是孙策的妻子,也就是孙权的嫂子,小乔是周瑜的夫人,这两人也会被曹操抓去放在铜雀台上,供其寻乐,"铜雀春深锁二乔"啊。

杜牧的意思是说:历史其实是很偶然的。大家都说周瑜打败曹操是历史的必然,以年轻胜年老,这是必然;但是,真正的原因是东南风这个偶然因素成就了周瑜。

杜牧诗中提到赤壁大战胜负的标志是二乔的命运。其实二乔和赤壁大战并没有关系,和曹操更没有什么关系,杜牧在这里不过是借用一个传说。大家知道,赤壁大战是建安十三年(公元208年)冬天打的,而在建安十二年五月,曹操曾经北征乌桓,打败了袁绍集团的残余势力(袁绍之子袁熙、袁尚)。在一些军事割据集团陆续被打败后,曹操已经基本上统一了中国北方黄河

第十二讲 杜牧对历史的反思

流域和淮河流域的广大地区。建安十三年，曹操挥师南下，攻打荆州，荆州牧刘表刚死，他的儿子刘琮投降，曹操轻而易举地得了荆州，意骄志满，然后挥师向东吴。而当时东吴统帅孙策已经去世，他的弟弟孙权接过江东统治权的时候才十九岁，实力相对较弱。赤壁之战五年后，曹操率军攻打濡须口，曹军处于下风，孙权亲自坐船前来挑战。曹操望见东吴军队井井有条，十分佩服，说了一句非常有名的话："生子当如孙仲谋，刘景升儿子若豚犬耳。"什么意思呢？孙权的父亲孙坚，以及曹操、袁绍、袁术，这些人都是当时讨伐董卓的盟友，曾经并肩战斗过。也就是说，曹操和孙权的父亲是同辈人，孙权和刘琮都是曹操的子侄辈。按说曹操是瞧不起孙权的，但是看到他摆的战阵，便发出这样的感慨，说养儿子就要养像孙权（字仲谋）这样的儿子，而不是刘景升（刘表）的儿子刘琮那样的，像猪狗一般，我还没有打他就投降了，孬种一个。从这个话可以看出来，曹操是很佩服孙权的，真是英雄惜英雄；同时又说明曹操挥师南下是英雄之举，而孙权拒曹也颇具英雄气概。东汉末年，群雄并起，真是"一时多少豪杰"（苏轼《念奴娇·赤壁怀古》）！

赤壁大战以前，曹操曾在战船上横槊赋诗："对酒当歌，人生几何？譬如朝露，去日苦多。"诗的后面，他唱道："山不厌高，海不厌深。周公吐哺，天下归心。"意思是我要像当年周公那样爱惜人才，维护国家统一。所以说曹操打赤壁大战是怀着统一中国的雄心壮志，绝不是为了二乔。

那么，二乔和赤壁大战是怎样被牵扯到一起的呢？我们必须结合历史和民间传说来加以说明。本来，赤壁大战发生在建安十三年，而铜雀台是建安十五年才建成的。当时曹操的大本营在邺城，就是现在河北临漳县。曹操在邺城修建了一座台，叫"铜爵台"，此后慢慢被叫成了"铜雀台"。这座台是个建筑群，有一个主台和两个辅台（名"金虎""冰井"）。三台之间有两座桥将它们连在一起，好像当今的天桥一样。建成以后，曹操很高兴，洛成典礼上就让他的儿子们写赋。其幼子曹植不假思索，"援笔立成"，写出一篇《铜雀台赋》。据说赋中有"连二桥于东西兮，若长空之螮蝀（dìdōng，彩虹）"两句，意思是说：两座桥把三座台连为一体，二桥就好像天上的彩虹一样。但今人所看到的《铜雀台赋》里并没有这两句。后来，此二句又演变作"揽二桥于东南兮，乐朝夕之与共"，是说三座台将东南两桥揽为一体，主人愿同这个建筑群朝夕与共。再往后，这个句子又变成了"揽二乔于东南兮"，把"二桥"改作了"二乔"（二女姓氏，在《三国志》及裴注引《江表传》中都作"桥"，后人讹作"乔"），似乎是说曹操发兵东南是为了把二乔抢夺过来，揽于怀中。因为"二桥"与东吴的"二乔"谐音。于是，民间传说终于将铜雀台、二乔、赤壁大战三者联系到一起了。

　　到了明代，《三国演义》作者罗贯中借诸葛亮之口，把二乔的故事发挥到了极致。《三国演义》第四十四回说到诸葛亮去游说周瑜，鼓动他联兵对抗曹操。诸葛亮故意装作不知道二乔是谁，他说：听说东吴有两个美女，曹操现在伐东吴就是冲着这两个美女而来。"今（曹操）虽引百万之众，虎视江南，其实为此二女也。将军何不去寻乔公，以千金买此二女，差人送与曹操？操得二女，称心满意，必班师矣。此范蠡献西施之计，何不速

第十二讲 杜牧对历史的反思

为之?"而当周瑜说出"大乔是孙伯符将军主妇,小乔乃瑜之妻也",孔明佯作惶恐之状,曰:"亮实不知,失口乱言,死罪!死罪!"瑜曰:"吾与老贼誓不两立!"

诸葛亮故意说:曹操兴兵南下,无非是为了两个女子。将军为何不去乔公处,以千金买此二女,然后差人送给曹操?曹操得到二乔,称心满意,必班师回朝(曹操是汉丞相),仗也就不用打了。春秋时期,范蠡劝越王把西施献给吴王,吴国就不再伐越国了,为越国换来一个喘息的机会,这就是越国的美人计。周瑜一听大怒,说:诸葛先生,你知不知道二乔是谁啊?大乔是孙策孙将军的主妇,小乔是我的妻子!诸葛亮装作大吃一惊,说:我真的不知道,冒犯!冒犯!周瑜受此一激,说:我与老贼势不两立,一定要跟曹操对抗到底!

由此大家可以得出三个结论:第一,赤壁大战在前,修成铜雀台在后;第二,《铜雀台赋》是曹植的作品,曹操不可能说"揽二乔";第三,《铜雀台赋》里没有"揽二乔"这样的句子,即使有也是"揽二桥",和江东的二乔没有关系。所以,杜牧在这首诗里只是借用了一个民间传说来发表他对赤壁大战胜负的见解。实际上是说:历史的结局虽然有它的必然性,但有时候一些偶然因素也会影响历史的进程。当时周瑜用的是火攻之计,如果没有东南风,大火怎么会烧到长江北岸曹操的战船呢?可见,历史上某些沉重的篇章,其实有时是用轻飘飘的笔墨写成的。

当然,历史既经写定,便永远无法更改,杜牧的看法也不过是"事后诸葛"。读者不必深究杜牧的看法究竟有多少科学性,因为他写的是诗而不是史学论文。但是,读者依然可以从杜牧的诗中获得启发，那就是：机遇常有，幸运的人总是善于把握某些看似偶然、稍纵即逝的机遇，而去书写自己的历史。周瑜就是一个善于把握机遇的人，他先是预见了冬天也会有东南风这一气候现象，后又充分利用东南风这个有利条件，制定火攻之计，所以他大获成功。反之，如果东南风来了他浑然不觉，或者即使知道有风但不懂得应用于战争，那么他就可能打败仗，说不定真的会是"铜雀春深锁二乔"了。

又如《题乌江亭》：

胜败兵家事不期，包羞忍耻是男儿。
江东子弟多才俊，卷土重来未可知。

楚汉战争之际，西楚霸王项羽战败，逃至乌江（今安徽和县东北的乌江浦），乌江亭长劝他渡江东归，重招人马，再与刘邦争天下。项羽喟叹道：当初起兵反秦时，故乡八千子弟随我出征。如今他们无一幸存，我有何面目见江东父老！又怎肯独活于世！于是拔剑自杀。

项羽因无面目见江东父老而自刎乌江，历来被人们说成是悲壮之举。就连后世的女词人李清照也写诗赞道："生当作人杰，死亦为鬼雄。至今思项羽，不肯过江东。"（《夏日绝句》）把自刎乌江的项羽称作"人杰""鬼雄"。诗人杜牧可不这样看，他说："胜败兵家事不期，包羞忍耻是男儿。"胜败乃兵家之常事，其结果很难预料。胜利了，固然可喜，但有时遇到挫折和失败，也要学会忍耐；能够包羞忍耻，也是好男儿。显然，别人都称赞

第十二讲 杜牧对历史的反思

项羽,而杜牧是批评项羽的。他认为:打败仗有什么关系!回到江东去也没有什么丢脸的。好男儿要能包羞忍耻,为了一个远大的目标,要能忍受屈辱。"江东子弟多才俊",江东子弟中多的是人才,多的是英雄。"卷土重来未可知",你回到江东去,即使父老乡亲打你,骂你,唾你,你都忍受着,然后招兵买马,重整旗鼓,再跟刘邦争夺天下,说不定还可以成功。为什么要自杀呢?因为生命毕竟是最宝贵的啊!

这里提出一个观点:"包羞忍耻是男儿。"这个观点既是个历史观,也代表一种人生观。人生其实有刚有柔,有时刚柔兼济才好;人们求生存有屈有伸,有时以屈为伸未尝不可。一般来说,男儿应该刚一点;但是,有时候柔一点有何不可呢?英雄要永远前进,永远争第一,那是一种理想,一种奋斗目标。其实,第一只有一个,绝大多数人是争不到第一的。有时候争不到第一而当了第二有什么关系呢?就像体育比赛中,你奋斗了,拼搏了,结果只得了个亚军、季军,甚至没有获得名次,难道就不算英雄吗?人生有利有不利的时候,我们尽量争取利,但有时候也要做一点不利的思想准备;否则一旦遇到挫折,便会不知所措,陷于被动。

说到好男儿包羞忍耻,最典型的例子莫过于与项羽同时的韩信。韩信投军以前,有一次带刀挂剑在街市上遇到一个少年屠户,那小子说:韩信啊韩信,你高大魁梧,又带刀挂剑,模样儿像个英雄,其实是个狗熊。你要是个英雄,就把我杀了;你要是个狗熊,就从我两腿之间爬过去。这个家伙撩拨他,要是按照一般人的理解,怎么也要争这口气,但是韩信看了看眼前这小子,竟然俯下身来从他两腿之间爬过去了。这就是"胯下之辱"。但后来，韩信帮刘邦打天下，被封为楚王，荣归故里。韩信召见当年羞辱过他的屠户，并对诸将说：这是个壮士。当初我要杀他太容易了，但如果我把他杀了，我就犯了杀人的死罪，就可能没有今天的结局，而且杀掉他也不会扬名，所以就忍了下来。韩信不但原谅了那个人，还把他招到军队里去，封了一个官给他。

  还有一个例子就是项羽之后西汉时期的司马迁，他因为替李陵辩护而被定为诬罔之罪，按律当斩，但是为了活下来，他包羞忍耻，接受了让一个男人最为耻辱的宫刑以赎身死，最终却成就了伟大的《史记》。我们再从一个反面的例子看一看。大家都知道《水浒》里面有一个情节——杨志卖刀。杨志据说是杨家将的后代，但是到他这一代家道败落，不得不把祖传的宝刀拿出去卖钱维持生活。杨志卖刀的时候说：我的刀有三个优点，第一个优点是削铁如泥，第二个优点是吹毛而过，第三是杀人不见血。当时很多人都在围观，这时候一个市井无赖"没毛大虫"牛二出来了，说：你说削铁如泥，好！我拿一摞铜钱放在桥墩子上，你给我砍。杨志手起刀落，唰一下把铜钱砍为两半，真是削铁如泥。第二吹毛而过。牛二拔一把头发给杨志，杨志把刀竖着，再把头发一吹，头发整整齐齐断为两截，真是锋利的刀啊！第三条呢，杀人不见血。牛二说：你杀个人给我看。杨志说：青天白日怎么能杀人！牛二就说：那杀人不见血就是吹牛。杨志说：我杀只鸡或者杀条狗来证明吧。牛二不依，说：不行你就杀我；若不杀我，你就是骗子，就是吹牛。还用头撞杨志。杨志恼火了，忍不住了，拔出刀来，一下子就把这个流氓牛二杀了，犯了杀人死

第十二讲 杜牧对历史的反思

罪，最后被官府刺配充军，下场悲惨。

总之，我们通过这些历史事例，可以进一步理解杜牧"包羞忍耻是男儿"的内涵。诗人的中心观点是：倘若当初项羽不自刎于乌江，而是包羞忍耻地活下来，继续奋斗，历史也将改写。这是一个大胆的历史假设，但是历史没有假设。读者同样大可不必去探讨这种假设的科学性，因为如前所言，毕竟写诗就是写诗，它强调的是事物的某一方面。诗人往往喜欢将事物推向极端而加以渲染，诗多蛮语，可以理解。正因为如此，读者回头再细细体味"胜败兵家事不期，包羞忍耻是男儿"二句，大可作为对日常生活的一种宽泛的解释。

再如《过华清宫绝句三首》其一：

> 长安回望绣成堆，山顶千门次第开。
> 一骑红尘妃子笑，无人知是荔枝来。

唐玄宗与杨贵妃的故事今天已广为人知，人们也都知道贵妃嗜好荔枝。但古时候荔枝仅生在南国，且有"一日而色变，二日而香变，三日而味变"的特性，超过三天的荔枝便色香味都没了。古时没有冰箱保存，因此玄宗置驿马传送，就是用驿站快马跑接力，一匹马拼命地跑，到下一个驿站换一匹马接着再跑，这样确保荔枝数千里到京师而味不变。杜牧根据史实写了这首诗，该诗成为脍炙人口的名篇。

诗的起首便以精练的语言勾勒出一个宏大严肃的场面。"长安回望绣成堆，山顶千门次第开"，从长安望去，骊山风景如画，花团锦簇。东、西绣岭更把华清宫（唐玄宗专宠杨贵妃的行宫）装点得壮丽无比，果然是"绣成堆"；华清宫坐落在山势较高之处，千层城门缓缓地、一重一重地打开。"次第开"，读来如闻门闸轰隆之声。这是盛唐的庄严，是诗人经过华清宫时的感受。谁知，大唐之盛，却有这样事情："一骑红尘妃子笑，无人知是荔枝来。"远处尘土飞扬，一骑驿马疾奔入城，这不是军情紧急，而是玄宗为博妃子一笑，命驿马传送荔枝来了。妃子笑了，但百姓不知驿马的真正使命是什么。

这是多么荒唐的事情！既非为了边塞军事，亦非为了地方政事，仅因后妃一人所好，便如此耗费国家人力、物力、财力，视江山如同儿戏，怎不令诗人感叹！

读此诗，不由人不联想起周幽王烽火戏诸侯的故事。西周末年，周幽王宠爱王后褒姒。褒姒不爱笑，幽王为博褒姒一笑，竟发令在军事要塞烽火台上点火。大家知道，烽火台是古代用来传递军事情报的，每隔几里便设一个，遥遥相望。一旦边疆有敌人入侵，守军就在烽火台上点起火来，霎时浓烟滚滚，相邻烽火台望见，也会迅疾举火，这就像接力传递一般，直达京城，诸侯们望见，便会前来保驾。果然，幽王举烽火，诸侯悉至，至而无寇，褒姒大笑，诸侯们被戏弄了。后来果有敌寇入侵，幽王再举烽火时，诸侯不至，幽王终于被杀。可见，国家大事非同儿戏，不可因一女而轻天下。周幽王为博褒姒一笑而招杀身之祸，唐玄宗为博杨妃一笑而有安史之乱，他们的教训是深刻的。当初白居易的《长恨歌》把唐玄宗李隆基与贵妃杨玉环之间的感情看作崇高的爱情，而杜牧认为这不是爱情，爱情不能凌驾在国家利益之

第十二讲 杜牧对历史的反思

上,他甚至认为唐王朝的衰落正是因为挨了杨贵妃"温柔的一刀"。杜牧咏史最爱发表与众不同的见解,喜写"翻案"诗,这首诗同白居易唱反调,也算是他的又一次"翻案"吧!

还有一首《泊秦淮》,是人所尽知的一首诗:

烟笼寒水月笼沙,夜泊秦淮近酒家。
商女不知亡国恨,隔江犹唱《后庭花》。

六朝古都南京(当时称金陵)城内有一条河叫"秦淮河",以其风景优美而名闻遐迩,而且秦淮河两岸曾经繁华无比。杜牧外放池州、睦州刺史时,常过金陵。这一夜,他停船于秦淮河上,却生发出一番不同寻常的感慨。

"烟笼寒水月笼沙",诗人行舟歇于河中,但见轻烟弥漫,雾气蒙腾,笼罩在微透寒意的河水之上,皎洁的月光茫茫一片,笼罩着汀上白沙。这番景致,怎不令诗人陶醉!无怪乎他要"夜泊秦淮近酒家",停舟买酒,饮酒观景,才能大快这位才子之心意。但这时,江对岸隐隐传来美妙的《玉树后庭花》乐曲声,诗人感叹道:"商女不知亡国恨,隔江犹唱《后庭花》。"想那《玉树后庭花》乃是南朝陈代亡国之君陈后主所谱写的艳曲,是他昏庸败国的见证,可是隔岸的歌女似乎并不懂得这支乐曲所包含的亡国之兆,依然悠悠歌唱,让这靡靡亡国之音在繁华的秦淮河上空飘荡。

国之将亡,浅薄的歌女们浑然不知;国之将亡,醉生梦死的官僚们故作不知。而杜牧秦淮河上一声"恨",正是对大唐王朝走向没落的思考。

二、"赢得青楼薄幸名"
—— 多情杜郎诗

杜牧在进士及第之后,开始并没有做什么大官,过了四五年才在淮南节度使牛僧孺幕中做了个推官,居住在扬州。

杜牧在扬州实际只住了两年(公元833—835年)就回朝做了监察御史,但后来贬为外任也常来扬州游玩,他对扬州的生活有着刻骨铭心的印象,酸甜苦辣终生难忘,以至形成心结。他在《遣怀》中这样写道:

> 落魄江湖载酒行,楚腰纤细掌中轻。
> 十年一觉扬州梦,赢得青楼薄幸名。

这是后来的回忆。"落魄江湖载酒行",我落魄江湖的时候整天以酒浇愁,我以船载酒,漂泊到哪儿就喝到哪儿,那时极不得志,十分落拓。不仅如此,还时常出入青楼妓馆,与那些"楚腰纤细"的歌妓(《韩非子·二柄》:"楚灵王好细腰,而国中多饿人。"——楚灵王喜欢细腰女子,于是国中女孩便纷纷禁食挨饿以减轻体重)以及"掌中轻"的舞女(《飞燕外传》:赵飞燕"体轻,能为掌上舞"——汉成帝宠妃赵飞燕的体重极轻,能在他人手掌上跳舞)混在一起。但是,这种生活并非杜牧所甘心的,因为耗费了他的青春而使自己在政治上毫无作为。所以,回想起来,真是"十年一觉扬州梦",十余年间的生活,浑浑噩噩,如在梦中,一觉醒来,什么都没有留下。这里的"十年",并非实指在扬州的日子,大概还包括他中进士(公元828年)前后以及其后为地方官时;"扬州梦",以扬州的幕僚生涯为标志的梦一般的生活。"赢得青楼薄幸名"一句,意思是,那些歌女们都互相传说:那个杜牧是个薄幸情郎,不讲感情的。如果大家说这个杜郎虽然人很落魄,但是他很重情,值得我们这些歌女跟他打交道,那倒也是一点安慰。然而歌女们却说杜牧很不重感情。连在青楼歌女中都没有落下好名声,这种境遇之无奈、人生价值之失落,是不堪回首的。杜牧在诗中虽是自我调侃、自我嘲讽,但读来令人心酸。

杜牧的人生经历和感受,也给我们今天的生活提供了一些启示。有些人有时候游戏人生混日子,比方说上大学不好好读书,整天逃课或忙着恋爱、上网、游玩,等到大学毕业,回头一看,才发现四年就像梦一样过去了。如果说谈恋爱找到了自己所爱的人,那还不错,但谈一个丢一个,最后落了一个薄幸情郎的评价,这样好吗?所以人生有时候过得很快,大家都要好好地珍惜人生,把握人生。

对于杜牧个人而言,扬州的生活是潦倒的,但扬州的山水却是美丽的。他离开扬州以后,曾给一位名叫韩绰的朋友写了一首《寄扬州韩绰判官》:

青山隐隐水迢迢,秋尽江南草未凋。
二十四桥明月夜,玉人何处教吹箫?

写这首诗时是秋天。作者说"青山隐隐水迢迢，秋尽江南草未凋"，忘不了扬州的青山，忘不扬州的秀水。青山隐约透迤，是如此含蓄；秀水迢递绵长，是如此多情。而且，眼下虽是深秋，但江南扬州应该还是草木繁茂，一派生意吧。最令人难忘的是扬州夜景——"二十四桥明月夜"，"二十四桥"，有人解释说是扬州有二十四座桥，有人解释说是指扬州的吴家砖桥，因古时曾有二十四位美女吹箫于桥上，故称此名。两种解释哪一种更准确呢？已无法详考。但前一解释太实，没有诗味，而后一解释则给人留下无限美丽的想象空间。试想，秋月高照，扬州城万家灯火，吴家桥上，二十四位美女横笛低吟，一切显得如此迷蒙，如此温柔，如此美丽！而一句"玉人何处教吹箫"，既暗合二十四桥的桥名，又表达了作者对韩绰判官在扬州浪漫生活的羡慕。

杜牧当年在扬州恐怕也是过着这样的生活，醉生梦死，风流倜傥。然而，我们依然能从诗中想象出扬州的美。美在哪里？青山隐隐。美在哪里？秀水迢迢。美在哪里？秋草未凋。美在哪里？月夜二十四桥……。

杜牧的扬州情结还在于他忘不了扬州的美女和红颜知己，请看他的《赠别二首》其一：

娉娉袅袅十三余，豆蔻梢头二月初。
春风十里扬州路，卷上珠帘总不如。

这个女子体态娉娉，风姿袅袅。多大年纪呢？"十三余"，十三岁多一点。我们今天讲年轻的女孩，是"豆蔻年华"，指的

第十二讲 杜牧对历史的反思

就是十三四岁左右。为什么要用豆蔻花形容这个少女呢？因为豆蔻花特别含蓄，叶包着花，花瓣包着花心。这里把女子比作豆蔻花，是形容她特别年轻，特别娇羞。而且还是二月的豆蔻花，是最早开的花。这时候的花开得不是很盛，可以说是含苞未放。不仅如此，还是枝头花，是花梢上最娇嫩的那朵花。所以，"娉娉袅袅十三余，豆蔻梢头二月初"，将扬州少女描写得如此细致，如此形象，令人想见得到她那天然纯真的美丽。而且，诗的后边还有一个衬托："春风十里扬州路，卷上珠帘总不如。"当春风吹遍十里扬州路，掀起家家窗帘的时候，你看窗帘后的那些美女，哪一个比得上她呢？本来扬州美女就很美了，而她在扬州的美女当中是最美的。所以说，这个女孩不是一般的美女，她是杜牧的红颜知己，是永驻杜牧心中的扬州"形象大使"。

此外，诗中的"春风十里扬州路"一语，是对充满活力和朝气的扬州城的最好写照，也是人们认识扬州的最精美的"广告词"！

再看《赠别二首》其二：

> 多情却似总无情，惟觉樽前笑不成。
> 蜡烛有心还惜别，替人垂泪到天明。

杜牧在和这个女子分别的时候，"多情却似总无情"，本来是很多情的，互有情意，但在分别的时候却像无情人一样。为什么？不言不语，不颦不笑，"惟觉樽前笑不成"。酒杯放在面前，但我们谁也没有碰它，谁也没有说话，因为有情人往往将情爱放在心中，而不是挂在嘴边。

大家注意一个生活现象：但凡两个人分别的时候，如果不是恋人，可能有很多话要讲，像"朋友再见""朋友记得多来信"等；但是真正有情人呢，是"执手相看泪眼，竟无语凝咽"（柳永《雨霖铃》）。真正有情的人在分别的那一刻是说不出话来的，本来都是忍住眼泪，假如一说"再见"，就会再也忍不住哭出声来。杜牧在这时候就像是无情人一样，好像我们俩没有感情一样，就这样你看着我，我看着你。我们是不是不哭呢？不是，我们哭过。但眼泪已经哭干，"蜡烛有心还惜别"，我们临别的时候眼泪哭干了，只有蜡烛还在无声地流淌着泪水，那烛泪好像是为我们而流。蜡烛很同情我，它十分有"心"（芯），它燃烧着，无声地替相爱的人儿流淌别离的眼泪，"替人垂泪到天明"啊！这里是说：整整一个晚上，我们对着蜡烛，默默地泪眼相向，你看着我，我看着你。

这种构思不但奇妙，而且充分表达了作者对这位红颜知己的深情。这样看来，杜牧的扬州情结，除了身世之感以外，更有深层次的个人情爱成分在内。因为杜牧的这几首诗情真意切，十分感人，所以千百年来为读者所喜爱，也成为描写扬州的经典之作，后世文人亦常常将它作为典故运用在自己的作品中。如南宋著名词人姜夔的《扬州慢》，下阕全化用杜牧诗意，把它作为扬州繁盛的历史标记："杜郎俊赏，算而今、重到须惊。纵豆蔻词工（《赠别》），青楼梦好（《遣怀》），难赋深情。二十四桥仍在（《寄扬州韩绰判官》），波心荡，冷月无声。念桥边红药（红芍药，二十四桥亦名红药桥），年年知为谁生？"

三、"鸳鸯相对浴红衣"
——杜牧在黄州

杜牧在扬州,虽是人生最不得意的时候,但却写出了一系列精美的诗歌,来表现扬州的美、扬州的情和扬州的人物,也写出他人生的一些体验。"杜郎俊赏"是姜夔对杜牧才情的评价,也是文学史上对他的诗歌艺术特色的形象表述。

其实,杜牧还有很多写爱情的诗,名篇名句为后人所难忘。这里先从当代人金庸的小说《射雕英雄传》谈起,书中有这样一个情节:瑛姑想念老顽童周伯通,情之所至,填了一首词:"四张机,鸳鸯织就欲双飞。可怜未老头先白,春波碧草,晓寒深处,相对浴红衣。"其实这词不是瑛姑创作的,而是一首宋词,乃无名氏之《九张机》中的一首——《四张机》。而无名氏《四张机》的关键词——"鸳鸯相对浴红衣",就出自杜牧的《齐安郡后池绝句》:

菱透浮萍绿锦池,夏莺千啭弄蔷薇。
尽日无人看微雨,鸳鸯相对浴红衣。

这是诗人任黄州(治所在齐安)刺史时写的。郡衙后院小池,水色碧绿,水面上浮萍涨满,朵朵菱花穿透铺满浮萍的水面,点缀其间。"菱透浮萍绿锦池",描写出初夏时节的绿色世界里,小池显得如此幽静,就像一幅美丽的绿锦,无声地铺展开来。然而夏日又是喧闹的,充满了生命的活力。"夏莺千啭弄蔷薇",小池畔,黄莺千啭百啼,嬉戏穿梭于枝间花丛,别是一番景趣。诗人似乎在作画,于青绿底色上又挥笔绘出几只莺、几丛花。初夏时的小黄莺儿,毛方嫩黄,而蔷薇亦多黄色,这几处新黄,更衬托出春末尚留的一点祥和与夏季将临的活泼气息,把整个画面也带得生动起来。初夏多雨,小池终日静悄悄的,只有细雨如丝,只有鸳鸯成双成对,此所谓"尽日无人看微雨,鸳鸯相对浴红衣"。鸳鸯成双作对,在文学作品中正是爱情的象征;而"相对浴红衣",写尽爱侣的幸福与甜蜜,尽显杜郎风格。

《齐安郡中偶题》:

两竿落日溪桥上,半缕轻烟柳影中。
多少绿荷相倚恨,一时回首背西风。

诗的开头——"两竿落日溪桥上",是一幅画:清溪岸边,落日尚有两竿之高,夕阳金辉溶于溪面,洒向溪上的小桥。在落日的辉映下,"半缕轻烟柳影中",暮霭初起,淡如薄纱,迷漫于垂柳之间。诗的前两句中,落日、轻烟、柳影,既写出夏末秋初迷蒙的晚景,又透出淡淡的悲秋之情。这一点,在后两句中表露得十分明白:"多少绿荷相倚恨,一时回首背西风。"水中绿叶红荷,一丛丛,一簇簇,相偎相倚;一阵秋风掠过,片片荷叶顿时回过头去,背对袭来的凉意。这里用的是拟人化手法,突出了对"西风"的怨恨,对青春逝去的悲叹。作者把风翻荷叶的动态

第十二讲 杜牧对历史的反思

图画与悲秋的主题融为一体，十分贴切，又十分形象。

除了在黄州所写的这些优美诗篇之外，杜牧还有很多写景小诗，均以七绝的形式表现出来（唐代有几位诗人最擅长七绝，如盛唐的王昌龄、李白，中唐的李益，晚唐的杜牧，都是七绝好手），最著名的诗有《江南春》（"千里莺啼绿映红，水村山郭酒旗风。南朝四百八十寺，多少楼台烟雨中"）、《山行》（"远上寒山石径斜，白云生处有人家。停车坐爱枫林晚，霜叶红于二月花"）、《秋夕》（"银烛秋光冷画屏，轻罗小扇扑流萤。天阶夜色凉如水，坐看牵牛织女星"）等，都是人所熟知。尤其是他的那首《清明》，更堪称千年绝唱：

> 清明时节雨纷纷，路上行人欲断魂。
> 借问酒家何处有？牧童遥指杏花村。

清明是农历二十四节气之一，也是民间的传统节日。人们在这一天与家人共聚，并到已故亲人的墓地祭奠凭吊，表达一份哀思。而作为游子，因漂泊异乡而不能与家人团聚，不能亲自祭扫亲人坟墓，其寂寥、惆怅之情自可想见。《清明》表露的就是这样一种心绪。

"清明时节雨纷纷，路上行人欲断魂"，一种迷蒙，一分凄清，纷纷雨丝洒落在乍暖还寒的季节里，洒落在清明这一天，洒落在穷途苦旅的游子（"行人"）的心上。"清明时节"应该回乡祭祖，应该回家团圆，但是诗人却在外乡。心情本自不好，偏逢此时又是"雨纷纷"，心情就更压抑了。"路上行人欲断魂"，所谓"路上行人",是指远在他乡的游子。"断魂"中的"魂"是精神的意思,"断魂"是说心情惆怅,心中难过,很孤独,很懊丧。"行人"魂已断,断肠人在天涯。春怨、离愁、乡情、孤恨,此时唯有酒能消除。"借问酒家何处有?牧童遥指杏花村",诗人向牧童打听何处有酒家,牧童不言,只是信手向远方一指,但见前方烟雨迷蒙处,杏花掩映,村舍茅檐,酒旗依稀可见。至于诗人此后如何循杏花觅酒店,如何把酒吟句,如何沉醉不知归路,读者都不得而知,也不必深究了。诗的绝佳之处正在牧童于细雨纷纷、行人断魂、诗人问酒家之时的一指,其中深微奥妙,读者可细细体会。大家想想,蒙蒙细雨中,一个牧童骑在水牛背上,斗篷遮住他那幼稚的脸庞,他只是那么随意一指,牧童的天真、游子的乡愁、诗的韵味,全都表现出来了。所以说,"牧童遥指杏花村"可以称得上是一尊千年雕塑。

这首诗的语言十分空灵,有人做了个文字游戏,不挪动字的顺序,只改变标点符号,便成了一幕小小的情节剧剧本:

清明时节。雨纷纷。路上。

行人:(欲断魂。)"借问酒家何处有?"

牧童:(遥指杏花村。)

又有人把它改作词:"清明时节雨,纷纷路上行人,欲断魂。借问酒家何处?有牧童,遥指杏花村。"这说明杜牧《清明》诗如同一座艺术宝藏,有意挖掘,终有收获,必能博得会心一笑。

杜牧探讨历史,研究"治乱兴亡之迹"(《上李中丞书》)——境界高尚;杜牧报效国家,期盼"平生五色线,愿补舜衣裳"(《郡斋独酌》)——志向远大;杜牧观察自然,描写"霜叶红于

第十二讲 杜牧对历史的反思

二月花"(《山行》)——热爱生活;杜牧敢发新论,料定"胜败兵家事不期"(《题乌江亭》)——评人论史;杜牧忠于爱情,体味"多情却似总无情"(《赠别》)——感情丰富。

杜牧的故事,晚唐时代的故事,永远品味的故事。

当然,杜牧诗歌的总体成就无法与杜甫相比,但就影响力而言,杜牧在晚唐应该也是一面旗帜,不过这面旗帜由他和另一位著名诗人李商隐共同扛起。今天我们介绍了晚唐第一位扛旗人杜牧,下一讲将向大家介绍李商隐,敬请关注。

第十三讲

「无题」诗人李商隐

一、"无端嫁得金龟婿"
——李商隐的婚姻与政治

晚唐最重要的诗人,莫过于有"小李杜"之称的杜牧和李商隐,其中,李商隐的人生最富传奇色彩,他的诗歌同样富有传奇意味。这一讲将给大家介绍李商隐的诗。

谈李商隐的人生,要先从他的一首诗谈起,这首诗叫《为有》:

> 为有云屏无限娇,凤城寒尽怕春宵。
> 无端嫁得金龟婿,辜负香衾事早朝。

这实际上是一首无题诗,所谓"为有",是仿效《诗经》,将第一句的第一个词拿来做标题,不代表诗的中心思想。此诗从字面上看非常好懂,是传统题材,写春怨、闺怨,也就是一位女子心中的怨恨。"为有云屏无限娇",说这位女子在云母屏风背后居住,十分娇美。家有这样的屏风,想来住宅一定是相当豪华的,这是富贵人家的女子,所谓金屋藏娇,无限娇媚。这位女子现在是什么情况呢?"凤城寒尽"指京城里冬天过完了,春天来了,这意味着寒冷退去了,应该感到很高兴,但她却"怕春宵",害怕这春天的夜晚。这就给我们制造了一个悬念——为什么怕春宵呢?原来是"无端嫁得金龟婿"。"无端"就是没来由、没道理的意思。"金龟婿"大家应该都听说过，古代当官的都有官印，官印上面有一个鼻子，可以用来系紫色的绶带，那鼻子往往是个乌龟的形状（龟纽）。在汉代，它由黄金制成。汉代的皇太子、诸侯、丞相、大将军等用的是金龟做的印。隋唐时，官印上不再有"纽"，龟纽成为历史。到武周时出现了金龟袋。什么叫"金龟袋"？隋代开皇时期至武则天以前，五品以上的官员佩的是鱼符（鱼形饰物，"系于带而垂于后"），武则天掌权时改为佩龟符；同时，鱼符、龟符都会用相应品级的小袋装上，称为鱼袋、龟袋。武周时，官员们的龟袋也是有区别的：五品的官员用铜来修饰龟袋的边缘，四品官员用银，三品以上就用金边。金边的袋子，系在后腰上，作为官员级别的标志。这样，金龟就既是一件装饰品，又是官阶大小的标志物。唐中宗时，又将龟符、龟袋改回鱼符、鱼袋。诗中说这女子"嫁得金龟婿"，说明她的丈夫是大官，起码是三品以上的官。

　　作为女人，嫁了一个金龟婿，应该是件好事，这女子为什么反而不高兴呢？第四句给出了回答："辜负香衾事早朝。"什么意思呢？这要从"事早朝"说起。古代当大官的其实很辛苦，每天早上四更天要起床，起床以后沐浴更衣，洗漱熏香，打扮好了去上朝，那时已到了五更天，天还没亮，于是他们就在朝廷门口待漏房待漏。所谓"待漏"，就是等待天亮那一刻。古代计时以铜壶滴漏的方式记刻度，算时间，那种计时器叫"漏斗"。朝廷正殿外有两个厢房，是给官员上朝用的，官员们在那里等着，就像我们今天的接待室一样，等到天亮皇上来坐早朝议事，这些就叫"事早朝"。所以当官的早上是不能睡懒觉的，皇帝每天要上朝，哪像唐玄宗"春宵苦短日高起,从此君王不早朝"啊!

官员很早就起床了,剩下他的太太一个人留在房里面。"香衾"就是香被子,"辜负香衾"是说:这么好的被子,却只剩下我一个人独眠,他老早就走了。这就是她的烦恼,她在说:没来由,没道理呀,这么美好的春光,应该夫妻团聚,现在他每天早上起那么早去上朝,害得我一个人窝在被子里面,多难受,多孤独啊!

这首《为有》与一般的闺怨诗不同之处在于:一般的闺怨大多是女子思念离家的亲人,其亲人或为生计流落他乡,或为祖国戍边死于边地,但此诗中女主人公所抱怨的丈夫只是为早朝而"辜负香衾"。这有什么社会意义?她的丈夫当了大官,无非就是早上起早一点嘛,这是很一般的思妇题材。如果李商隐真要写闺怨诗,写爱恋,他不会写这种题材的。这个女子的烦恼,用现在话说是一种"幸福的烦恼",有了金龟婿还嫌害得自己早上睡不成懒觉,这从字面上看是没有多大意义的。

但是,请读者注意,这首诗是有所指的。诗中说:我不该嫁这么一个高官的丈夫,弄得我生活那么尴尬。这里有难言之隐,其间另有寄托,这又要从李商隐的生平谈起。

李商隐(公元813—858年),字义山,号玉谿生,怀州河内(今河南沁阳市)人。文宗开成二年(公元837年)进士。他生活在晚唐时期,当时朝廷内部有两大政治派别相互斗争,就是分别以牛僧孺和李德裕为代表人物的牛李党争。这两大政治派别互相排斥,互相打击,各自拉帮结派。先是牛僧孺于穆宗时为相,排斥李德裕,李被贬为地方节度使。武宗即位,李德裕为

第十三讲 "无题"诗人李商隐

相,牛僧孺也被贬到地方。后牛派再得势,李被贬死崖州。牛还朝后亦病死。李商隐生活在这样一个复杂的政治环境中,他需要不断地审视局势,不断地"站队",这就决定了他一生极为不幸。

李商隐的父亲当过县令,但不久被罢官了,后来长期为人当幕僚,相当于做秘书。李商隐是长子,三岁时跟着父亲在任所居住。十岁的时候,父亲亡故,一时间家境贫寒,孤儿寡母无处投靠,李商隐就跟着他一个堂叔读书。他很用功,十六岁写得一手好文章,他就凭着这点本事,帮人家抄抄写写,有时候还出卖体力,帮人舂米,青少年时期吃了不少苦。

长到十八岁,李商隐给当时的天平军节度使令狐楚当幕僚。令狐楚在政治上属于牛党,即牛僧孺那一派,是牛党的重要成员。令狐楚文章写得非常漂亮,尤其是应用文,他也是个幕僚出身,所以,李商隐给他当幕僚时,他特别欣赏李商隐,让李商隐和他的儿子令狐绹一起跟着他学写应用文。这样说来,李商隐应该算是令狐楚的门生,跟令狐家渊源颇深。李商隐曾说他一生佩服三个人:一个是韩愈,韩愈以政论散文闻名;一个是杜甫,杜甫的诗好。除了韩文、杜诗之外就是令狐楚的章檄,章檄即应用文,李商隐深得令狐楚章檄之壶奥。

令狐楚培养了李商隐,而令狐绹跟李商隐算是同学,他也很欣赏李。在令狐绹的提拔推荐之下,李商隐考上了进士。所以说,李商隐在政治上、学问上是得牛党之力的。但是,二十六岁时,他到了泾原节度使王茂元的手下当幕僚,王茂元也特别欣赏李商隐,他把自己的女儿嫁给了李。而王茂元在政治上则属于李党。这样，李商隐在政治上受到牛党的推荐、提拔之后，在生活上却又受到李党重要成员的赏识，而且娶了王茂元的女儿，这就得罪了令狐绹。令狐绹很生气，骂李商隐忘恩负义，是一个不讲情义的家伙。后来令狐绹当了宰相，便极力排斥、打击李商隐，所以李商隐先是把牛党得罪了。

按常理来想，做李党的女婿，李商隐既然已经错了，就一条道走到底。谁知他却给令狐绹写信赔礼道歉，请求原谅，并希望令狐绹重用自己（因为他们俩原本就是"同门"啊）。这样一来，又把李党也得罪了。李党的人觉得：你这是两边倒，做了王茂元的女婿，回过头来又给牛党赔礼道歉，见风使舵。结果，牛党不喜欢他，李党也不喜欢他，政治派别的斗争把他夹在当中，里外都不是人。李商隐一生就是在牛李党争的政治夹缝当中求生存，活得很累，很尴尬。

联系到李商隐的身世，我们再来看前面这首诗，就不难明白，《为有》是很有奥妙的。李商隐的意思是：我娶了王茂元的女儿，她出身高贵，本来是很不错的婚姻，但我无端惹了一个祸，让自己陷入这样尴尬的处境。所以，"无端嫁得金龟婿"实际上是"无端娶得富家女"的意思。当然，需要说明的是：其一，关于《为有》的真正主题，这里只是一种推测，就像李商隐其他无题诗一样，作者的题旨往往在"是"和"不是"之间。说实了，李商隐在九泉之下也许不承认；而不做上述理解，你就可能没有读懂他的诗。可以这样说：《为有》一诗，是我们解开李商隐人生之谜的一把钥匙。其二，我们说李商隐可能因婚姻累及政治前途，但并不能认定李商隐真的为这桩婚姻而后悔，更不能认定他不爱他的妻子。他之所以说"无端"云云，只是一种朦胧感觉，是一种无奈，或者类似于"没来由，没道理"的摇头苦笑。

总之，李商隐生活在晚唐政局动荡和政治斗争的旋涡中，活得很可怜，他一生没有做什么大官。他跟杜牧不一样，杜牧好歹在朝廷做过中书舍人，在地方做过刺史，李商隐除了短暂担任过秘书省校书郎、县尉等职外，一辈子都是给人家当幕僚，从一个孤儿到幕僚，一生受压抑，一生忍受痛苦。但他又是一个极有才华的人，否则他也不会走到哪里都博得人家的欣赏。他的一生是个悲剧，才华、理想与现实环境的矛盾，为了生存而不得不隐晦自己的观点，心气高傲与身份卑微的落差，这一切决定了他很痛苦，他的诗充分体现了这一点。

二、"心有灵犀一点通"
——李商隐无题诗的奥秘

现存李商隐的诗有六百多首，内容丰富，有表达政治理想的，有反映民生疾苦的，也有咏史的，当然还有大量的爱情诗。他的诗在艺术上最突出的有两个特点：一是绮丽精工，整齐华丽；二是喜欢用典故，显得比较深奥，比较晦涩难懂。后人评价李商隐写诗是"獭祭鱼"。獭就是会抓鱼的那种小动物水獭，据说水獭抓鱼并不是抓一条就吃，而是抓了之后一条一条地摆旁边，然后用后腿站起来，用前腿给鱼打躬作揖，说"对不起了,我要吃你了","祭"了这些鱼之后才开始吃,所以叫"獭祭鱼"。李商隐的诗典故很多,就像把鱼一条一条地摆成一排,所以,读他的诗,先要懂得里面那些"鱼",读懂典故,然后再好好"吃"透主题。李商隐的诗没人注解是读不懂的,元好问曾说:"诗家总爱西昆好,只恨无人作郑笺。"(《论诗绝句》)"西昆"是北宋初期一个诗文流派,以模拟李商隐的诗为能事,喜欢用典故,他们出了一本《西昆酬唱集》,所以人称"西昆派"(也就是学李商隐的一个诗歌流派)。"郑笺"本为东汉郑玄的《毛诗传笺》,是为《毛诗》(即《诗经》)作注释的。评论家们说:李商隐的诗很美,但咱们读不懂,需要有人来考据、注释!为什么会这样呢?因为他一生受压抑,很多事情不能明说,因此用典多,尤其主题思想很隐讳。

要体会这两个特点,我们再举一首诗来看看,就是中学课文里选用过的《锦瑟》。"锦瑟"是这首诗的第一个词,因此还是一首无题诗:

> 锦瑟无端五十弦,一弦一柱思华年。
> 庄生晓梦迷蝴蝶,望帝春心托杜鹃。
> 沧海月明珠有泪,蓝田日暖玉生烟。
> 此情可待成追忆,只是当时已惘然。

这首诗大概是李商隐后期写的,它的主题思想到现在都没有定论。有的说他悼念妻子王氏,即王茂元的女儿;有的说悼念他的恩师令狐楚;还有一种说法,说这首诗是悼念李党的,因为李党的首领李德裕被贬到崖州,即海南岛,最后死在那里,这首诗便是悼念李德裕的;也有人说这首诗是怀念他家里一个名叫锦瑟的丫鬟;还有的说这首诗写音乐;甚至说此诗是写人生感悟。你们看,一首《锦瑟》就有这么多种说法!清代王士禛曾说"獭祭曾惊博奥殚,一篇《锦瑟》解人难"(《戏仿元遗山论诗绝句》),意思是:李商隐的"獭祭鱼"多么深奥、博大,让人惊叹,而一篇《锦瑟》又需多少人来做注解,让多少研究唐诗的人感到为难啊。现在我们就来对李商隐的《锦瑟》做一点肤浅的解读,大家看看是从哪个角度来解读的。

"锦瑟无端五十弦",李商隐喜欢用"无端"这个词,即无缘无故、没来由,比如前文所提"无端嫁得金龟婿"等。这句的意思是:锦瑟啊锦瑟,为什么是五十根弦?为什么不是五十一根或四十九根呢?你说"五十弦"是不是没来由!虽然说不清道不明它为什么偏偏是五十根弦,但"一弦一柱思华年",每一根弦都记载着我的声音,记载着我对音乐的理解。大家可以想象,李商隐实际上是在发这样的感叹:我这一生啊,为什么是这样呢?无缘无故的,老天就这样安排。我一下子就到了四十多岁了,老了(古人到四十岁就是算老人了),一事无成了。虽然这一生的政治、婚姻选择说不清道不明,但每一年每一月、每一时每一刻,都记下了我的足迹,记下了我的青春。其实,我们每个人都可以这样说,年轻的朋友也会说,转眼我就二十岁了,有没有成就那是说不清道不明的,但每一时每一刻都留下了我青春的印记。

"庄生晓梦迷蝴蝶",这句是用典。"庄生"就是庄子,这句是说:庄子当年曾经做了一个梦,梦见自己化为蝴蝶,醒来以后他感到很迷惑：究竟梦中那只蝴蝶是我庄周（庄子名周）呢？还是我庄周本来就是梦中那只蝴蝶？迷茫啊迷茫，我已经不知道我是谁了！人生不也是这样吗？假如你的理想是从政，结果你去从商，你会感到，我现在从商，难道是真实的自我吗？我的人生就应该做商人吗？我本来应该做政治家的，难道这个我就是真实的我，还是理想中的我才是真正的我呢？"庄生晓梦迷蝴蝶"是说人生总有迷惑的时候。"望帝春心托杜鹃"也是用典，说的是古蜀国有一位国君叫杜宇，后称"望帝"，他让位于其相开明，自己逃到深山隐居，后来他化作鹃鸟，每逢春天就悲惨地鸣叫，一直叫到口中流血，至为悲戚。因为这只鸟是杜宇变的，所以人称"杜鹃"。杜鹃啼血是为他自己退位而后悔，也是因为舍不得他曾经的人民。诗人借用杜宇的故事，则是说：人生也会有悲观失望的时候，也会有极度的痛苦，也会哭到口吐鲜血……。

"沧海月明珠有泪"，传说南海之外有鲛人，也就是人鱼，人鱼常哭泣，其泪化为晶莹的珍珠。这句是说人生常有流泪的时候。"蓝田日暖玉生烟"，蓝田是产玉的地方，玉在阳光照耀下散发着烟霭。这句说人生也有温暖阳光的日子。但是，"此情可待成追忆"，人生迷惑也好，痛苦也好，流泪也好，微笑也好，这些都已经过去了，已经留在我的记忆当中了。"只是当时已惘然"，我为什么会遗失自我？为什么会有痛苦？为什么会流泪或微笑？当时尚且说不清楚，如今时过境迁，还说得清楚吗？既然如此，这一切的一切，都让它留在记忆当中吧。

大家想一想，每个人的人生是不是也都这样呢？当初你也曾有自己的理想，但你目前的处境跟理想有很大的差距。你的人生有痛苦，也有幸福；有光明，也有黑暗。但无论黑暗还是光明的时候，你都说不清这是为什么，为什么要处在黑暗中，或者为什么能在光明中。当时都说不清楚，现在还能搞明白吗？所以人生说不清道不明，"此情可待成追忆，只是当时已惘然"，就让它作为一种经历、作为一笔精神财富，永远留在记忆当中吧。

李商隐这首诗，我感觉他是在讲人生，我们从中能得到一些启发。无论谁的人生，莫不是在挫折与成功、痛苦与欢乐的矛盾中度过的，人生理不出个头绪，当你回首往事的时候，只能大体感觉究竟是遗憾多，还是宽慰多，至于细节，我们总会把它忘却，就让它尘封起来吧。所以，不要老是纠缠人生的一些细节，比如我为什么做错了，为什么得到幸福，追究起来没有多大意义。

此外，关于这首诗，我还有一点理解：不要急于给自己做结论，人生的结论由别人去做，由别人去评价，或者留待身后任人毁誉。人们的毁誉也可能不公正，一个人活着的时候，如果太在意这些"无端"的毁誉，就可能干扰你的正常生活，甚至影响你的发展。那些令人"惘然"的东西，留待余年有闲情时再来"追忆"吧！

上面提到的两首诗毕竟有一个"题"，已经够难懂的了。但真正难懂的还是李商隐那些本自标作"无题"的诗。写无题诗是个文化现象，从古到今，写无题诗的大体有这么几种情况：一种是因为环境不允许你写题目，怕别人抓你的小辫子，遭到迫害，鲁迅的无题诗就是这样，用"无题"本身就是一种抗议。第二种写无题诗的人，往往是刚学写诗的朋友，因为他不会写题目，但为了藏拙,便说"无题"就是我的题目;同时还可故作高深,说"无题"是什么意思?你猜去吧,内涵深着呢!那李商隐是不是不敢写呢?不是。是不是不会写呢?也不是。他属于第三种:不好意思写。李商隐无题诗的内容比较复杂。有的是政治诗,寄意深远,如《为有》,《为有》实际上就是无题诗;有的是感慨身世的,如《锦瑟》,也还是无题诗。然而,他写得最好的是另一种无题诗,就是爱情诗。极富神秘感的是,李商隐的爱情诗并不是写给他妻子的。写给他妻子的诗都有题目,比方说《夜雨寄内》,有的版本也叫《夜雨寄北》:"君问归期未有期,巴山夜雨涨秋池。何当共剪西窗烛,却话巴山夜雨时。""寄内"就是写给内人,指妻子。写给妻子可以明说"寄内",那么,不可明说、只能用"无题"来掩饰的诗是写给谁呢?我们来探寻一下这个奥秘。如果你仔细读几遍,它总是会透露出一些信息。大家来看看以下这首《无题》:

    相见时难别亦难,东风无力百花残。
    春蚕到死丝方尽,蜡炬成灰泪始干。
    晓镜但愁云鬓改,夜吟应觉月光寒。
    蓬山此去无多路,青鸟殷勤为探看。

  "相见时难别亦难"应该不是写给妻子的,妻子是朝夕相处的嘛。见面很难,为什么呢?也许我必须抛弃功名,或者你住的地方我不容易接近。见面以后,我们产生感情,现在分手了,当然难分难舍。"东风无力百花残",现在春天快过完了,正是思念我的恋人的时候，晚春时节，谈惜春，谈恋情，此其时也，这些已说明此诗寄寓着男女爱情的主题。"春蚕到死丝方尽"用的是一个双关语，春蚕吐丝以后作茧，化蛹之后蚕就死了，也就是说，丝吐尽了，蚕也死了。这出自南朝乐府民歌，民歌写道："春蚕不应老，昼夜常怀丝。何惜微躯尽？缠绵自有时。"前两句是说：春蚕在尚未"老"的时候，昼夜都怀着丝。"丝"和思念的"思"谐音，是双关语。后两句是说：等到把丝吐完了，缠缠绵绵做成茧了，蚕的"微躯"也就完了。李商隐化用南朝乐府民歌，意思是说除非我死了才会停止对你的想念，说明我对你的爱是多么地刻骨铭心！"蜡炬成灰泪始干"，我想你想到热泪流淌，就像蜡烛，只要点燃着，它就会不断地消融，直至生命完结才会"泪水"干涸，这也意味着我爱你要一直爱到死。

诗的前四句都是讲"我"如何爱"她"，后四句笔锋一转，开始写"她"如何想"我"。"晓镜但愁云鬓改"，自从分别以后你大概也很孤单吧？早上起来照镜子，会感到思念让你变得衰老了吧？"夜吟应觉月光寒"，晚上你一个人读诗书，没有我陪伴你，该是多么孤单！这是进层描写，作者想象着对方如何被相思折磨，实际上还是在写自己的思念。大家注意，李商隐所写的这个"她"，知书识字会写诗，而且是长发。"蓬山此去无多路"，你住在蓬莱山，蓬莱山是道教仙山，也就是说，这个人是道教人物。蓬莱山离我不远，我想探探你的消息。让谁去探听呢？"青鸟殷勤为探看"。青鸟是王母娘娘驾下的信使，也是道教的。我让王母娘娘驾下的青鸟带着我的问候去探望你。

这样一分析，大家可能猜到这是住在"蓬莱山"修道的一个女道士，女道士是带发修行的，因此有长发。而李商隐为什么会爱上一个女道士呢？其实这是唐代，尤其是晚唐时期一种社会文化现象。大家知道，唐代宗教盛行，女子出家很普遍，武则天当过尼姑，杨玉环虽然没有出家，但是入了道士籍，道号太真。唐代女子出家的大体上有三类人：第一类是皇家公主、贵族千金。大家也许会奇怪，"皇帝女儿不愁嫁"呀，为什么看破红尘出家呢？其实皇帝的女儿最愁嫁，她们的婚姻往往跟政治斗争、朝廷内部的斗争连在一起，高不成低不就，最后心灰意冷遁入空门也很常见。据历史记载，从盛唐到晚唐，曾有不少公主出家，如睿宗的女儿金仙公主、玉真公主、万安公主，代宗的女儿华阳公主，德宗的女儿文安公主，顺宗的女儿浔阳公主、平恩公主、邵阳公主，宪宗的女儿永嘉公主，穆宗的女儿安康公主、义昌公主等都出家了，她们出家还会带出一批为其服务的宫女。第二种人是三宫六院七十二妃。后宫佳丽三千人，有的年长色衰以后就被遣送出宫，让她们再嫁。但在宫廷里享受过荣华富贵的人，再嫁人也会感觉是高不成低不就了，于是也出家。李商隐那个时代，宫中曾一次性安排宫女四百八十人到寺庙和道观里面去修行。第三种人是民间的富家小姐。她们有时候不满足于父母之命、媒妁之言，反抗婚姻，但走投无路，心灰意冷，就出家了。这三种人有共同的特点：首先是漂亮，尤其皇家宫女们从民间选来，都是美女；其次则是有文化。这些有文化的美女都集中在寺庙和道观里，当然就成了当时知识分子追逐的对象，他们纷纷到寺庙、道观中去"学佛""学道"，也就不奇怪了。

　　李商隐就曾在玉阳山灵都观学过"道"，"学道"可以接触

第十三讲 "无题"诗人李商隐

这些有文化的美女，一接触就会产生感情，就难分难舍。但他们之间的感情又不能公开表达，因为这在当时道德层面上是非常不雅、不被人认可的，因此诗中只能以"无题"来掩饰。"蓬山此去无多路，青鸟殷勤为探看"，就是因为他爱上了女道士（女冠）。他还有另外一些无题诗也表达过同样的意思，比如《无题二首》其一"刘郎已恨蓬山远，更隔蓬山一万重"。他用的是东汉时期的一个典故：东汉时的刘晨和阮肇一起进山采药，碰到两个仙女（属道教），仙女邀请他们到家里去一起居住了半年，半年后他们回到自己的家，当想念这两个仙女时，又进山去寻找，却怎么也找不到了。诗里的"刘郎"就是刘晨。李商隐用这个典故，就把自己比作"刘郎"，而"蓬山"仙女就是他所爱的女道士。他在诗中表述自己"春心莫共花争发，一寸相思一寸灰"（《无题二首》其二），说明他爱得很深，死了化成灰都还爱着。为什么李商隐写爱情都用这些"死"呀、"灰"呀一类词语呢？这里有时代给予他的消极感、生活给予他的悲凉感、性格给予他的内敛感，更重要的是，他的这种爱情是一种无望的爱情，不会有结果，所以他写得很伤心，"一寸相思一寸灰""春蚕到死丝方尽"，都有绝望的意思，这也从反面证明了这些诗是写给方外人的。

我们再来欣赏他另外一首《无题》，看看其中又隐藏了什么奥秘：

昨夜星辰昨夜风，画楼西畔桂堂东。
身无彩凤双飞翼，心有灵犀一点通。

> 隔座送钩春酒暖，分曹射覆蜡灯红。
> 嗟余听鼓应官去，走马兰台类转蓬。

这首诗写的什么？从诗中看来，故事发生的时间是"昨夜"，地点是画楼西畔、桂堂东边。"昨夜星辰昨夜风"，昨天晚上星星多么神秘呀，它眨着眼看着你也看着我；昨天晚上的风儿，多么柔和呀，它抚摸着你也抚摸着我。咱们俩昨夜在"画楼西畔桂堂东"见了一面。大家看，这是不是像做地下工作一样偷偷地约会？可见这诗也不是写给他妻子的。两人见面之后说什么呢？"身无彩凤双飞翼"，亲爱的，真痛恨我没有像凤凰一样，长两个翅膀飞到你身边，我们见一面太难了。尽管如此，我们"心有灵犀一点通"，我的心你是知道的，我就像犀牛角一样，角中有条白线直通大脑——我们的心是相通的，我们的思想是相通的。这显然是一种表白：两人见面虽然不易，但请你相信我，我是爱你的，你在我心中。现在分手了，你在干什么呢？"隔座送钩春酒暖，分曹射覆蜡灯红"，你大概还在陪那些老爷们喝酒做游戏吧。"隔座送钩"是古代酒席上玩的一种游戏，即藏钩，就是把一组人分成两边，一边四个或八个，隔一个是一对，像击鼓传花一样，玩传递衣带钩等饰物的游戏。"分曹射覆蜡灯红"，"分曹"说的也是分成两班，大家在"蜡灯"光芒的映照下玩"射覆"游戏。"射"就是猜，"射覆"就是一个用盘子翻过来盖住一件物品，比如衣带钩、玉簪、首饰之类，然后让大家猜那是什么。你大概还在玩藏钩、射覆的游戏吧，我却要走了。"嗟余听鼓应官去"，五更鼓已敲响了，我得去应付差事了，得上班了。"走马兰台类转蓬","兰台"就是秘书省，我就是一名"秘书"，命运"类转蓬"，像蓬草一样，无根无蒂，四处漂泊，不能主宰自己的命运。所以说，你跟老爷们继续玩吧，我要上班去了。

大家看这是怎样的情景：见一面匆匆忙忙，不能多说几句话，马上要回去，公事在身，所以只能来一句"心有灵犀一点通"，然后你还是陪着老爷们玩去吧。可见，这是写给富贵人家的姬妾丫鬟的，他爱上了人家的姬妾。与这一首《无题》同组的还有另一首，其中写道："岂知一夜秦楼客，偷看吴王苑内花！"大家对照这两句来看这首诗，意思就更明显了。李商隐实际上透露了自己看上的是"吴王苑内花"——那个丫鬟就好比老爷家"苑内"的"花"，我只能"偷看"。李商隐的爱情在那样的文化背景下是不能公开说的，他不能自我曝光，所以才"无题"。

其实李商隐的无题诗写给谁并不重要，今人也用不着以某种标准去考证他的人品和人格。我们要关注的是：他的爱情诗描写了一种真诚的、刻骨铭心的爱，让人感动。"春蚕到死丝方尽，蜡炬成灰泪始干"，"春心莫共花争发，一寸相思一寸灰"，那是滴血、滴泪，那是撕肝、裂肺，表达了对爱的追求与忠诚！

三、"夕阳无限好，只是近黄昏"
——李商隐的晚唐之叹

除了描写爱情，李商隐的诗还有很多感叹自己的身世，感叹晚唐的社会形势，比如"夕阳无限好，只是近黄昏"。除了在爱情诗中喜欢用"死""悲""灰""泪"一类词汇之外，其他的诗里他也喜欢描写夕阳、晚晴、残灰、冷露这类事物。李商隐的诗往往是流着眼泪写的，这里举他的一首《蝉》为例。蝉俗称知了，知了在夏秋之际的树梢上吱吱地叫，而且据说蝉是喝露水的，所以诗中写道:

　　　　本以高难饱，徒劳恨费声。
　　　　五更疏欲断，一树碧无情。
　　　　薄宦梗犹泛，故园芜已平。
　　　　烦君最相警，我亦举家清。

　　这是一首咏物诗，被称为"牢骚人语"，与虞世南《蝉》（"清华人语"）、骆宾王《在狱咏蝉》（"患难人语"）并称唐诗"咏蝉三绝"。诗的首联说："本以高难饱，徒劳恨费声。"蝉居高树，吸饮露水，清高倒是清高，但难以饱腹；而饥饿只有自己知道，可叹的是，它费尽力气叫喊饥饿，却是徒劳！尽管如此，它继续鸣叫，"五更疏欲断，一树碧无情"，颔联写出周围环境对蝉鸣的反映：哪怕蝉儿叫到五更天，叫得声音渐小，叫得声音渐歇，却打动不了满树无情的绿叶。诗的颈联一转，诗人由蝉的命运想到自己："薄宦梗犹泛，故园芜已平。"《战国策》中有一则寓言，说洪水来时，桃梗（桃木偶）和土偶都被洪水冲走。落入水中的桃梗对土偶说："你被大水融化，肢体都残败了，而我却是完整的。"土偶回答道："这有什么值得骄傲的！我本是岸边泥土做成的,融化后仍回归岸边;而你虽然完整,却随着洪水不知漂向何方!"诗人以此做比喻,说自己漂泊四方,不过为人做幕僚,低微的职位让自己离乡背井,故园早已荒芜,不知何时叶落归根!所以,诗人在尾联中叹道:"烦君最相警,我亦举家清。"蝉啊蝉,你的叫声引我共鸣,我也如同你一样,举家清贫,无以名状。诗中的满腹牢骚,不正是晚唐广大知识分子坎坷际遇的真实写照吗?

我们再看一首小诗。唐宣宗大中五年(公元851年),李商隐自京赴梓州为人做幕僚,他的同年兼连襟韩瞻(字畏之)置办酒宴为他送行。当时,韩瞻的儿子韩冬郎只有九岁,虚岁十岁,他在酒宴上写了一首诗,送给他的姨父李商隐。李商隐当了五年幕僚回来了,他想起这小孩当年写的诗,于是回了他一首诗(《韩冬郎即席为诗相送,一座尽惊。他日余方追吟"连宵侍坐徘徊久"之句,有老成之风,因成二绝寄酬,兼呈畏之员外》):

十岁裁诗走马成,冷灰残烛动离情。
桐花万里丹山路,雏凤清于老凤声。

他说:韩冬郎啊韩冬郎,你一个十岁小孩居然那么会写诗,令人赞叹!"走马成"就是立马而成,说明思维敏捷。"冷灰残烛动离情",是指宴席上蜡烛已经点干了,冬郎的诗让大家产生离情,让我们更为伤感。现在想来,冬郎的诗写得真好!"桐花万里丹山路","桐花"就是梧桐花,据说梧桐树长在丹山,丹山是凤凰栖息的地方,梧桐引凤凰,那个地方凤凰很多。在凤凰的叫声中，最好听的声音是谁的声音呢？就是"雏凤"——小凤凰。"雏凤清于老凤声"，小凤凰的声音清脆明亮，比老凤的声音更好听。在满席客人中，韩冬郎的诗已经超过我们这些"老凤"了！附带说一句，韩冬郎就是韩偓，后来果然成为晚唐知名诗人。

李商隐诗中的"冷灰残烛"之语，正是晚唐风格，是李商隐的风格，很悲凉。但"桐花万里丹山路，雏凤清于老凤声"极富启发意义，意思是长江后浪推前浪，一代新人胜旧人。这两句在当今应用范围很广，比如你给一个少年书画展或少年音乐比赛写报道，标题可以引用"雏凤清于老凤声"。它告诉人们一个道理：一代胜过一代是客观规律，比方你说你超过了苏轼、鲁迅、巴金、老舍、冰心，这不稀奇，他们总是会被后人超过的，否则中华民族、中国文学就不能进步了。但是，你不能骄傲，不能因此瞧不起他们，你要把他们放在特定的历史时期来评价。同时，你还要明白，你也会被别人超过的。清人赵翼诗云："江山代有才人出，各领风骚数百年。"（当今的"才人"引领"风骚"可能只有数十年、数年，甚至是数月。）如此而已！所以，现在的年轻诗人、年轻作家，你可以觉得自己比巴金、老舍他们强，但你要知道，他们曾经辉煌过，那是在特定的历史条件下创造的辉煌，历史没有绝对的高低之分。

李商隐的诗是唐代社会风雨飘摇的真实写照，如《乐游原》：

向晚意不适，驱车登古原。
夕阳无限好，只是近黄昏。

这首诗是名篇。李商隐说他在某一天的傍晚，心情郁闷，驱车到乐游原去游览。乐游原是当时长安城外一处风景名胜，地势轩敞，登之可俯视长安全城，故在"向晚意不适"之时，便"驱车登古原"。诗人登高望见夕阳西下，烧红了西边的天空，那么绚烂，那么壮美。此情此景本应引发诗人胸胆开张，意气风发，但李商隐认为，夕阳虽好，毕竟是落日，好景不长，于是发出一声"夕阳无限好，只是近黄昏"的千古之叹。

这两句大家都很熟悉，是人人赞赏的好诗。它好在哪里？我觉得有三点值得注意。第一，他把夕阳西下的美景概括得如此精练。一句"夕阳无限好"，作者以虚写实，没有说好在哪里，留给读者很大的想象空间，可以根据自己的经历去填补。第二，这两句包含了作者对夕阳的认识，他告诉你一个道理：夕阳虽好，但好景不长，不能跟朝阳相比，这是自然规律。所以我们要在朝阳时分创造辉煌，时不我待。同时要珍惜夕阳，再献余热。第三，这两句诗形象地描述了晚唐社会的衰落，也形象地概括了唐诗的发展，能引发人们对文学与社会关系的思考。

李商隐——一位能将最精彩的诗句送给你的晚唐精英："无端嫁得金龟婿""却话巴山夜雨时""欲就麻姑买沧海""此情可待成追忆""春蚕到死丝方尽""一寸相思一寸灰""岂知一夜秦楼月""心有灵犀一点通"。

请记住他——李商隐，因为，自此诗坛更无诗！须知，"夕阳无限好，只是近黄昏"！

是啊，豪壮的"一代之文学"——唐诗，至晚唐已逐渐衰落，只有杜牧、李商隐等人的成就可与盛唐诗人相比，他们的诗如云、如霞,映红了晚唐的天空。但是,就像他们挽救不了唐王朝的衰败一样,他们也拯救不了唐诗总体的衰落。因为,一种文学样式,总会有它的萌芽、幼稚、成熟、高潮、衰落的规律。的的确确,"诗到唐代已被做完"(鲁迅语)!

不过,诸位不必悲观。夕阳落下,明天还会升起,明天的太阳仍然是新的。中国诗的高潮虽已退去,但词的高潮即将到来,我们尽可继续期待!

第十四讲

中秋节与咏月诗词*

> * 作者应邀于2008年6月至10月在北京电视台《中华文明大讲堂》系列演讲，其间适逢我国民间传统节日中秋节，于是穿插了『中秋节与咏月诗词』一讲。其中既讲唐诗，也论及唐代前后时期的文学作品。此篇即为该讲的讲稿。

一、"今人不见古时月，今月曾经照古人"
——月亮与历史

月亮是中国人心目中的宇宙精灵，中国人非常崇拜月亮。早在《史记·天官书》中就提到："月者，天地之阴，金之神也。"意思是：月亮凝聚了天地之间的阴气，是"金"这一类属的代表者和主管神。古人认为，天地分阴阳二气，阳凝聚为太阳，阴凝聚为月亮。为什么说月亮是"金之神"呢？古人用金、木、水、火、土"五行"来表述一年四季，春天属木，夏天属火，夏秋之交属土，秋属金，冬属水。月亮掌管秋天，集中了秋天的灵气，秋属金，月亮就是"金之神"了。这里附带说到一个词——"金秋"。一般人理解"金秋"，说是金色的秋天，这是错误的。之所以称"金秋"，是因为秋属金。秋天气候变冷，万物萧疏、衰落，是上天回收生命的季节。而"金"有刀的含义，符合肃杀的规律。古代处决犯人，之所以选择秋后问斩，从人道上来说是为了不违背天理。而春天是生命萌发的季节，不能杀生。这些都是古代中国人主张人道、尊重生命、保护环境、持续发展的意识。古人还认为：太阳凝聚天地间的阳气，代表"德"，德是人类的精神纲领；月亮凝聚天气之间的阴气，代表"灵"，灵就是人类生存的智慧。南朝的谢庄在《月赋》里面说"日以阳德，月以阴灵"，就是这个意思。

所以，古人特别崇拜月亮。中华民族很久以前就开始祭祀月亮,把月亮看作生活、生命的护佑神。《礼记》曾说:"天子春朝日,秋夕月。朝日以朝,夕月以夕。"意思是说:古代天子春天要祭拜太阳,秋天要祭拜月亮。祭拜太阳是在早上,祭拜月亮是在晚上。人们通过祭祀表达了对月亮的崇拜和敬畏。

文学作品也在很早的时候就开始描写月亮,咏叹月亮。《诗经》有一首诗叫《天保》,这样写到月亮:"群黎百姓,遍为尔德。如月之恒(gèng,上弦月),如日之升。"这里是说:国君的道德和智慧总是有限的,所以应当广泛听取百姓的意见,这样道德就会丰满,老百姓能帮助国君提升道德。君王好比"月之恒",就是上弦月,是不饱满的,但只要你善于听取老百姓的意见,就会变成满月;君王又像初升的太阳,还不是那么明亮,如果虚心吸收老百姓的意见,就会如日中天。诗人用月亮来比喻老百姓对君王的帮助,开始关注月亮的人文含义。

汉代《淮南子》还描写过一个关于月亮的故事:"羿请不死之药于西王母,姮(héng)娥窃以奔月。"姮娥就是嫦娥。综合其他一些记载,关于嫦娥奔月的故事是这样的:传说天上本来有十个太阳,它们轮流值班,每天出来一个,但不知什么时候调度出了问题,十个太阳同时出来了。这样一来,给人类造成巨大灾难:"焦禾稼,杀草木,而民无所食。"禾苗萎死,草木干枯,百姓挨饿。于是尧派后羿射落了其中九个太阳。后羿因此得罪了天帝,和妻子嫦娥一道被贬出天庭,成为普通老百姓。为了重返天庭,后羿历尽千辛万苦,到昆仑山西王母处讨得长生不老药,准备择吉日同妻子一同服用。但妻子嫦娥却趁丈夫不在家时,独自一人将全部长生不老药吞下,顿时身体飘扬,一直飞到月宫里。

嫦娥登月后，后羿遍寻不见，十分伤心。嫦娥独自一人在月宫中，也感觉十分孤独、寂寞，也许她当初服药只是出于好奇，或者是回归天庭的心过于急迫，到达月宫以后，她后悔了。李商隐曾写诗说："云母屏风烛影深，长河渐落晓星沉。嫦娥应悔偷灵药，碧海青天夜夜心。"相传后羿终因想念他的妻子而化作一只玉兔，升到天堂，依偎在嫦娥的身边，嫦娥却至今都不知道那只玉兔是她丈夫后羿变的。因月宫有玉兔，所以后人也将月亮称为"玉兔"。这就是嫦娥奔月的故事。当然，神话终归是神话，但不管从哪个角度看，嫦娥奔月神话大概是古人最早的登月梦想的体现。

汉代诗歌中已有了专门咏月的作品，如《古诗十九首》中就有一首《明月何皎皎》：

> 明月何皎皎，照我罗床帏。
> 忧愁不能寐，揽衣起徘徊。
> 客行虽云乐，不如早旋归。
> 出户独彷徨，愁思当告谁？
> 引领还入房，泪下沾裳衣。

这首诗实际上写一个女子在月光下怀念自己的丈夫。"明月何皎皎"，明月多么皎洁，多么明亮。"照我罗床帏"，皎洁的月光透过窗户，照到我的床上，照在我的帏帐上。想到亲人不在身边，我"忧愁不能寐"，难以入睡。于是"揽衣起徘徊"，我提起衣裳下床来，走出房间，到院子里看看月亮。想到丈夫，"客

第十四讲　中秋节与咏月诗词

行虽云乐，不如早旋归"，你远在异地，作客他乡，虽然很自由很快活，还是不如早点归家好。"出户独彷徨"，无论我怎么想念我的丈夫，但是他至今没有回来，于是我出得门来，徘徊惆怅。"愁思当告谁"，在这个明月夜，我的忧愁，我对丈夫的怀念，这种情感我该告诉谁呢？没办法倾诉，只能"引领还入房"，于是我拉拉衣裳，还是进屋吧。"泪下沾裳衣"，眼泪滚落下来，打湿了我的衣裳。

诗中的妇人因为月圆而勾起对丈夫的思念，愁绪满怀，夜不能寐。明月在这里成了思妇唯一可以倾诉的朋友，显得十分亲切。可见，月亮从一开始进入文学作品就代表着一种情爱、一种相思，诗人已经开始把月亮和人的情感联系在一起了。

东汉以后，历朝历代咏月的诗便浩如烟海。而在古诗词各类题材中，咏月题材的数量恐怕要数第一了。以李白为例，流传下来的九百多首诗中，竟有三百二十多首与月亮有关。可以这样说，唐宋以来没有哪一个知名诗人或词人没有写过月亮的赞歌，月亮是中国文学当中最重要的一个题材。

古代文人之所以对月亮情有独钟，大体上有四个原因。第一，因为月亮是离人类最近的一个星体，是人们能够清晰地观察到的星球，连月亮中的"桂树""蟾蜍""玉兔"都看得一清二楚，所以它格外能吸引诗人的注意。第二，月亮的变化很奇妙，有上弦、下弦、月亏、月满、月蚀、月晕，阴晴圆缺，变化万端，其中有很多奥秘，引来人们的好奇，也给文学家留下无限想象的空间。第三，月亮的光芒跟太阳不一样，它亲和、明亮、淡泊、素雅，而中国人的民族特性则是平和、善良、中庸、含蓄，这跟月亮的亲和、素雅是相契合的，因而中国文化对月亮总是持赞美态度，永远把月亮看作自己的朋友。第四，古代的文人为了求功名、谋生计，经常离乡背井，辗转道路之间，跟亲人不能团圆，生活中总是处于"缺"的状态，所以他们尤其向往"圆"的事物，往往通过圆圆的月亮来表达自己情感，所以咏月的诗词就多起来了。

古人咏月亮，首先是探寻月亮与人类社会的关系，比如前面介绍过张若虚的"江畔何人初见月？江月何年初照人？人生代代无穷已，江月年年只相似"，李白的"青天有月来几时？我今停杯一问之""今人不见古时月，今月曾经照古人。古人今人若流水，共看明月皆如此"，苏轼的"不知天上宫阙，今夕是何年""此生此夜不长好，明月明年何处看"，苏舜钦的"不惟人间重此月，天亦有意于中秋"等。这些诗句集中说明一个道理：月亮永恒，人生短暂，月亮与人生、月亮与历史，是永远说不透的话题。

二、"海上生明月，天涯共此时"
——月亮与人情

人类的传承和进步是可以和永恒的月亮相媲美的，美丽的月亮又似乎永远为人类而存在。

我们今天赏月，首先可以通过品读那些关于月亮的诗词来获得一些人生的启发，从而使自己的人生观、宇宙观得到升华。古代诗人通过歌咏月亮来表现乡情、亲情、友情、爱情和闲情，无

第十四讲 中秋节与咏月诗词

不尽致。下面我们来看一首歌咏乡情的诗,这首诗是童蒙皆知、人人都会背诵的李白的《静夜思》:

床前明月光,疑是地上霜。
举头望明月,低头思故乡。

诗的大意是说:夜深人静,难以入眠,明亮的月光照到了床前("床"的释义,传统解释为"卧榻",今有"井栏""井台""窗户""胡床"诸说,均未尽与诗意相合,故沿旧说),它仿佛在地上铺了一层薄霜("疑",并非"怀疑"之义,应为"仿佛是""好像是""简直是"之意;"霜",古人以霜比月色之白——"空里流霜不觉飞""月落乌啼霜满天")。月色如此之白,引得诗人不禁抬头仰望空中——哦,原来是十五日,月正圆,月正亮!而这满天月色不仅映照着旅途中的我,也映照着我的故乡。一想到故乡,诗人便会想到亲朋、故旧、山水、人情、少年时的趣事、青年时的豪迈……。

你曾听过多少人讲这首诗?又有多少人已将这首诗的诗意讲得明明白白?但这是一般的意义、一般人的讲法、一般人的结论。人们都认为《静夜思》的最大特点是通俗,这种说法虽然有道理,却不完全正确,因为此诗的"旅中情思,虽说明却不说尽"(沈德潜:《唐诗别裁集》)。所以,要想真正读懂这首诗,或者说真正领略这首诗的韵味,需从以下几点加深理解:

(一)读懂诗题《静夜思》。唯在"静夜",才有余闲、有心情感受月光;也只有在"静夜"之时,才会有所"思",才会被

"思"乡、"思"人生的情绪所折磨。"静夜"而未成眠，由月光引出感想，这是题中之义。

（二）把握诗的内在连贯性。一般人读此诗，都说此诗好简单，好通俗啊，你看，"床前"有月光，地上有白霜，"举头"一望是一个动作，"低头"一想又是一个动作，多简单！彼此没有联系。其实细读就知道，此诗的逻辑谨严，结构周密，句与句之间一环扣一环，诗意连贯，因果关系明确，颇耐咀嚼。你看，因为"静夜思"，所以才关注"床前明月光"。看看"床前明月光"，今夕胜别夜，尤为洁白，直如霜降，所以才会"疑是地上霜"。从"地上霜"又想到，今夜格外不一样，难道天上发生了什么？于是"举头望明月"：啊！今夜的月亮特别圆、特别明亮，它普照人间，当然也照到了我的故乡。"故乡"！这是个多么敏感的词，多么熟悉的词，多么亲切又多么陌生的词！故乡啊，游子想你了！于是"低头思故乡"。

所以，不要轻易说这首诗简单，这几个动作之间，举头一望，低头一看，再举头一望，又低头一看，其中都有因果关系，每一句都是上一句的果，同时又是下一句的因，环环相扣，十分严密。

（三）理解作者的真挚情感。读这首诗，要联系李白的个性来理解。李白从小性格浪漫不羁，"十五好剑术"，"击剑为任侠"，青年出川，"仗剑去国"，而且"一生好入名山游"，似乎是一个浪迹天涯、四海为家的真正游子。但是，李白又是一个极其谦卑、真诚的人，在这"静夜"之际，在远离故土、久别父母的日子里，在漫游天下却一事无成的际遇中，在他孤单地躺在床上的时刻，他由一轮明月想到了自己的故乡，想到了自己的根，他低下了他那"安能摧眉折腰事权贵"的高昂的头。啊！赤子李白，故乡永远在他的心中。

以上是以月写乡情者，再看以月写亲情者，有杜甫《月夜》：

> 今夜鄜州月，闺中只独看。
> 遥怜小儿女，未解忆长安。
> 香雾云鬟湿，清辉玉臂寒。
> 何时倚虚幌，双照泪痕干？

这首诗作于至德元载（公元756年）八月。这年本是天宝十五载。六月，安禄山叛乱，兵破临潼，玄宗逃蜀。七月，肃宗继位，改元至德。正携家避难的杜甫，听说新君即位，便将家小留在鄜州（今陕西富县），只身前往肃宗行在灵武"保驾"，途中不幸被叛军虏至长安。这首诗就是作为俘虏的杜甫在长安望月思亲而作。

杜甫想念滞留在鄜州的妻子，"今夜鄜州月，闺中只独看"，今夜的鄜州，月亮肯定也是这么圆，但是，我陷于敌手，不能陪在妻子身边，却令她独自一人望月。妻子的孤独、妻子对我的思念，我是感受得到的；但遥念我那年幼的儿女啊，却不懂得他们的母亲此刻正挂念着长安的亲人呢。"遥怜小儿女，未解忆长安"，用的是进层描写的手法（明明是自己想念妻儿，却描写妻儿在家如何望月而挂念他），表达自己的深情。"香雾云鬟湿，清辉玉臂寒"，仍然是进层描写，想象着妻子在月下站立时间之久,以至于头发被夜雾染湿,手臂在月华下冻得冰凉。这一思妇形象,十分鲜明,千百年来被评论家们誉为经典形象。而最后两句"何时倚虚幌,双照泪痕干",是说:什么时候我们能共同倚靠在窗帏前,让月亮能照着成双成对的咱俩?那时我们的泪痕就会不见了。

杜甫通过月亮来寄托他对家中妻儿的思念,表达了作者对夫妻团圆的盼望,以及对国家统一、社会安定的向往,也表现了社会动乱中人们的痛苦情感。其实,即使不是社会动乱时期,人们看到月亮,也会产生对亲人的怀念与关切,也会有思亲的情感。见月思人,见月伤情,古今都是一样的。

我们再来欣赏一首唐诗,王建的《十五夜望月》,写普通老百姓通过月亮来怀念自己亲人:

中庭地白树栖鸦,冷露无声湿桂花。
今夜月明人尽望,不知秋思落谁家?

前两句写月光普照。"中庭地白",是写院子里白色的月光洒满一地。"树栖鸦",是说树上的鸦雀都回窝了,我的亲人却还没有回来。今夜静悄悄,唯有"冷露无声湿桂花",八月十五露水寒凉,秋意渐浓,树上的桂花被露水润湿了。"今夜月明人尽望",今天晚上月亮如此明亮,普天之下的老百姓今晚都在仰头望月。然而,在望月的千家万户中,不知有多少家是在怀亲。"不知秋思落谁家",不知道"秋思"、离别之情会降临在哪个家庭呢?"谁家"就是家家都有,此处是说:此时此刻,谁家没有亲人离别？谁家没有秋夕的怀念？此语写出一个普遍现象，道出一种普通情感，令人感动。它说明，月圆跟我们每个人心中的思亲情绪是紧密相连的，是不可避免的。

古人还喜欢通过月亮来表现爱情。应该说，借月光来咏叹爱情是最贴切不过的，因为月亮最和善、最愿意成人之美，所以有"月老"之说。而且月光最为柔和，适合比喻柔美的情感。再者，无论情侣双方分隔在何地，都可以共同望见月亮，所以月亮又是最好的传递情感的媒介。

张九龄的《望月怀远》大家都很熟悉，诗是这样写的：

> 海上生明月，天涯共此时。
> 情人怨遥夜，竟夕起相思。
> 灭烛怜光满，披衣觉露滋。
> 不堪盈手赠，还寝梦佳期。

这首诗开头两句写得非常耐人寻味。"海上生明月"，今晚明月从大海升起。"天涯共此时"，此句写出了月亮的媒介作用：当月亮冉冉升起的时候，普天之下，无论天涯海角，都会共同分享这团圆的月亮、这明亮的月光。"情人怨遥夜"，对于那分离两地的情人来讲，月圆之夜是很难过的，因为相思难耐，他会抱怨月光太亮，月夜太长。"竟夕起相思"，整个晚上他都会想念他的爱人而不能安眠。"灭烛怜光满"，月亮特别圆特别亮的时候，我把蜡烛吹灭，月光仍将屋子照得通亮。"披衣觉露滋"，披衣而起，徘徊于庭院，举头望月的时间太长，以至于露水打湿了衣襟。月亮这样满,我真想掬起一把月光赠给远方的亲人,但"不堪盈手赠",月光是捧不起来的,只得"还寝梦佳期",还是回屋就寝,做一个美梦,也许能在梦中与他相见。

后世评论家认为,此诗承袭楚辞香草美人的寄兴手法,表达自己的忠君思想,是"五律中《离骚》",这种理解可备一说。但它毕竟以月亮为媒介,以爱情为切入点,写来委婉动人,"如玉磬含风,晶盘盛露"(胡震亨《唐音癸签》),成为千古咏月名篇,也成为描写爱情的名篇。

三、"但愿人长久,千里共婵娟"
——月亮与中秋

在浩如烟海的咏月诗歌中,咏中秋节的数量又最多。因为中秋节是农历八月十五,正值秋季,天高气爽,天空中能见度大大提高,而且,八月十五这一天,是一年当中月亮最圆满和最明亮的时刻之一,这种圆满的事物切合了中国人心目中追求人生、事业圆满的心理。于是,在八月十五祭月亮、庆丰收的习俗之外,人们又追加了一个团圆的意义,让中秋节变成"团圆节",成为亲人团聚的喜庆日子,并由此产生了大量中秋节感怀的诗词。这里给大家推荐一首唐诗,是唐宣宗时期的一位叫栖白的和尚所作,诗题为《八月十五夜玩月》:

寻常三五夜,岂是不婵娟?

第十四讲　中秋节与咏月诗词

及至中秋满，还胜别夜圆。
清光凝有露，皓魄爽无烟。
自古人皆望，年来复一年。

"寻常三五夜，岂是不婵娟"，是说：平时每月十五的月亮难道不圆吗？不，也是圆的。"及至中秋满，还胜别夜圆"，但是，中秋节的月亮却是最圆的，胜过平时十五的月亮。用今天的话说，就是"月到中秋分外明"。中秋节的月光洒向人间的时候，呈现出什么样的景象呢？是"清光凝有露，皓魄爽无烟"，清光凝聚，露水闪烁，人们感觉神清气爽，空气清幽而略无雾气。这般满月，如此良夜，"自古人皆望，年来复一年"，月亮是永恒的，从古至今，年复一年，人们仰望、赞美月亮，通过月亮寄寓了人类多少梦想和希望！

这首诗似乎是一份中秋赏月的"秩序册"，它告诉我们中秋赏月如何赏。答案是：

一赏圆月："及至中秋满，还胜别夜圆"，中秋时节，朗月当空，造物奇观，一年一度，千万别错过观赏的时机。二享清秋：中秋之夜，走出户外，走出都市，感受一下空气的清新、露水的晶莹，赏心悦目，清心怡神。三思月理：亲朋好友聚于月下，一杯清茶，一盘月饼，聊一聊人生，聊一聊宇宙，举头望月，海阔天空，分享生活的美好……。

当然，对中秋节月亮的描写最为精彩的还数苏轼的那首《水调歌头》：

丙辰中秋，欢饮达旦，大醉，作此篇，兼怀子由。

明月几时有？把酒问青天。不知天上宫阙，今夕是何年？我欲乘风归去，又恐琼楼玉宇，高处不胜寒。起舞弄清影，何似在人间！　转朱阁，低绮户，照无眠。不应有恨，何事长向别时圆？人有悲欢离合，月有阴晴圆缺，此事古难全。但愿人长久，千里共婵娟。

宋神宗熙宁九年（公元 1076 年），苏轼在密州（今山东诸城市）知州任上，当时已经四十一岁，自称"老夫"。政治上由朝廷贬至地方，甚不得意，又恰逢中秋佳节，与弟弟苏辙（字子由）也已七年未曾见面了。作者于政治失意、亲人疏离的人生极不圆满之时，填了这首词。一曲"明月几时有"，被誉为"中秋词自东坡（苏轼别号）《水调歌头》一出，余词尽废"（胡仔《苕溪渔隐丛话》），这叫"空前"；而自东坡之后，世亦未见能超过此篇者，这叫"绝后"。如此空前绝后的佳作，我们必须逐字逐句玩味，才能真正读懂。

"明月几时有？把酒问青天。不知天上宫阙，今夕是何年？"如前所述，与世界上其他民族较为关注太阳不同，中华民族在对宇宙的认识中比较重视月亮，我们的祖先曾无数遍地通过观察月亮的运行来探究人和宇宙的关系。月亮是永恒的，人生能永恒吗？月亮是圆满的，人生能圆满吗？于是就有了"青天有月来几时？我今停杯一问之"（李白），于是就有了"明月几时有？把酒问青天"，于是就创造了一个自我安慰的团圆节——中秋。中秋节是亲人团圆的节日，这是人类自己的情感和愿望，上天是否

第十四讲　中秋节与咏月诗词

也是这样盼望着团圆呢？这里面提出了一个宇宙命题：团圆是一个相对的真理还是绝对真理呢？如果是绝对真理，人间团圆，天上也一定是团圆的。"不知天上宫阙，今夕是何年"，实际上，苏轼认为：团圆只是相对的（这一点后面词意更加明确），人生是不团圆的，没有绝对的完美。于是，我想探寻一下。到哪里去探寻？大家知道，人生最完美的莫过于到幸福的"天堂"去，所以——

"我欲乘风归去，又恐琼楼玉宇，高处不胜寒。"多少人猜想着：天堂一定是美的，月宫一定是美的，远方的世界一定是美的。但是，去过的人就知道，无论哪里都会有丑恶和不公平，无论何人都会有不顺心的时候，天堂也不例外。可不是吗？没有生气，没有人脉，"琼楼玉宇"不是也很冷落吗？"嫦娥应悔偷灵药，碧海青天夜夜心"（李商隐），这就叫"高处不胜寒"！所以，理智的做法是：不逃避现实，不放弃生活，勇于面对幸福或烦恼，坦然接受成功或失败。要知道——

"起舞弄清影，何似在人间！"人间会有不幸，会有孤独，你希望找一个世外桃源，但是有吗？没有，还是人间好，现实生活好。苏轼这里讲了一个道理：不要希望找一个没有遗憾的世外桃源，不存在这样的地方。人间尽管有不平，还是人间好。只要你热爱这世界，热爱人生，那么你就会有生活的信心、生活的乐趣、生活的希望！即使是自娱自乐式的"起舞"，即使只有影儿相伴，也比追求那虚无缥缈的"琼楼玉宇"强。一切的一切，"何似在人间"啊！难怪当年皇上读了苏轼这首词，感动不已，慨叹"苏轼终是爱君"，把他从黄州调到汝州。皇帝认为他"爱君"就是爱人间，爱生活，不想归隐，还想为朝廷、为皇帝出力。

"转朱阁，低绮户，照无眠。不应有恨，何事长向别时圆？"中秋之夜，月如飞镜，转过朱红色的楼阁，低下雕花的门户，照在因思念亲人而不能成眠的离人床前。此时此刻，月亮的圆满反衬了离人的孤单，"多情却被无情恼"，自然会心生抱怨。"不应有恨，何事长向别时圆"，作者说：月亮啊月亮，我同你往日无仇，近日无怨，你为什么总是在我别离之际却肆意地炫耀你的"圆"呢？大家要明白，这是词人的"蛮语"，是不近情理的话，是写诗的人常用的将情感推向极端的一种表现手法。实际上，人之有愁有怨，与外在景物何干？如果人不团圆就抱怨月亮，那么生活中还有许许多多不圆满的地方，你都一一地归怨于环境，都以这样的思维方式来思考问题，那还能活下去吗？所以，这只是一个假设、一个铺垫、一个极端，是打了一个"结"。该如何解开呢？

"人有悲欢离合，月有阴晴圆缺，此事古难全。"这是至理名言，将前面的"结"一语宕开，其中蕴含的人生哲学是常人所难以深刻理解的。鲁迅曾说过，中国人往往追求一种"圆"文化，幻想着生活都是十全十美的。其实，人生何曾"圆"过？天灾人祸、意外事故、功名不就、事业无成、家庭矛盾、健康欠佳、爱恨情仇、生离死别，哪一项都可能遇到。人生就是一道道坎，你不得不面对。从某种意义上讲，人生的"不圆"是绝对的，"圆"则是相对的。就像月亮有阴伏、晴出、团圆、缺损一样，自古难以十全。即如十五团圆之夜，每月只有一次，而这一次也是"十五的月亮十六圆"啊！

不懂得"此事古难全",就会出现三种情况:一是只看到"全"而不承认有"缺",对生活的挫折没有思想准备,一旦面临,便被击倒;二是自欺欺人地回避"缺"而刻意求"全",盲目追寻,活得很累,结果事与愿违,适得其反;三是理论上认识到了人生"难全",但行动上却本能地抗拒。比如,有些人很想成为一个作家,但实际上他不具备文学的才能,他写啊写啊,还请一些评论家评价自己的作品怎样怎样。这时,评论家们应该老老实实告诉他:放弃文学事业吧!你不是那块料,你完全可以另作选择。再比如,有些人参加高考,或者考研、考博,今年没考上,明年再考,考了又考,觉得自己总有一天能考上,其实,高考或考研并不是人生唯一的道路,耗费那么多精力,还不如放弃,选择更适合自己的道路。这样的人只知道追求完美,不懂得放弃。我很赞成一句话:人要善于放弃。曾有一位很有名的专家说人生要永远争第一,这话也许可以激励你向上,但不实事求是。大家都是第一了,谁当第二呢?就如体育比赛,得了亚军、季军,甚至没能拿到名次,就不是英雄?要知道,放弃也是一种生活哲理,十全十美做不到,九全九美也可以啊。所以,认识到"此事古难全"是一种境界。

那么,正确的态度是什么呢?——

"但愿人长久,千里共婵娟。"苏轼所说的是兄弟间的离别:既然离别难免,那就请你多多保重,两地共看明月,亦是一种感情交流。这是一种达观的人生态度:既然人生没有十全十美,那么无论是悲欢离合,都要乐观对待,"但愿人长久","努力加餐饭"(《古诗十九首·行行重行行》)。不能因为不团圆就活不下去，不能因为遇到灾难、挫折就活不下去。既然活下来了，就要好好活下去。珍惜生命，热爱生活，好好活着，活出质量来！

苏轼自己就是这样做的。他一生起起落落，风风雨雨，但他在挫折中总是那么乐观。苏轼曾两次被贬到杭州，先做通判，后做知州。在杭州，他做了许多好事，他说"政虽无术，心却在民"。他主持将西湖的淤泥挖起来，修了一条堤坝，后世为了纪念他，就把这堤叫"苏堤"。苏堤修好以后，老百姓很感激他，杀猪宰羊抬到他那里去，说要慰劳太守。苏轼就叫人把猪肉切成大块，烧得红红的，送给修堤民工吃，这就是"东坡肉"的来历。苏轼被贬到黄州（今湖北黄冈市），却迎来了他文学创作丰收时期，他写过两篇家喻户晓的前、后《赤壁赋》，一首《念奴娇·赤壁怀古》词，以及其他许多优秀作品。在黄州，他喜欢过江到武昌（今湖北鄂州市）西山吃一种油炸饼子，那饼就叫"东坡饼"。他在开封写诗说："蒌蒿满地芦芽短，正是河豚欲上时。"后人说起苏轼，总说他是个好吃鬼，说到河豚就流口水，真可谓老饕馋涎欲滴。他六十岁被贬到惠州，当地荔枝多，他说"日啖荔枝三百颗，不辞长作岭南人"，就是说：在这里有荔枝吃，每天吃它三百颗，被贬也没关系，我愿永远做一个岭南人。连睡觉，苏轼都写过一首诗："报道先生春睡美，道人轻打五更钟。"快去告诉道观里的道士们，先生我现在春睡，睡得很香，请把钟敲轻一点，别惊扰了我睡觉。你看他被贬之后，照吃照睡，浑不在意。这首诗传到朝廷，反对他的人就向皇帝告状，说苏东坡贬到惠州还睡大觉，应该把他贬到海南岛去，让他睡不成。就这样，苏轼六十二岁时被贬到海南岛（儋州），那时的海南岛非常

第十四讲 中秋节与咏月诗词

荒僻,儋州地方官长见苏轼到来,很高兴,对他说:东坡先生到我这儿来了,只不过是放逐,并不是犯人,就住我家吧!然而,消息传到朝廷,朝廷说:苏轼不能住在官府,把他赶出去!最后苏轼被赶到牛棚里去了,是真正地住牛棚。哪知苏轼住牛棚也高兴,他说:我可以和儋州的黎族兄弟们一起吃椰子。吃了椰子以后,把椰壳戴在头上,是谓"东坡帽"。在海南岛时,苏轼晚上跟农民朋友一起喝酒,喝醉了,别人担心他不知道怎么回家,要送他。他说:"但寻牛屎觅归路,家在牛栏西复西。"意思是:我没事,你们不要扶我,我自己会找到我的家,顺着牛屎找就行了,因为我就住在牛棚隔壁。你们看苏轼这个人就这么达观,无论遭受什么打击,他是"一蓑烟雨任平生","也无风雨也无晴"。

其实,世上什么事都可能发生,什么事情也都可以由自己把握。我们向往团圆,追求美满;但无论悲欢离合,阴晴圆缺,都应顺乎自然。"一蓑烟雨任平生",才是应取的态度。中秋佳节,月圆人健,生活如诗,长长久久,我们应该树立新的人生观念。

第十五讲

屈原与端午节*

* 本书作者应邀为北京电视台《中华文明大讲堂》做「壮哉唐诗」系列演讲，节目开播时（2008年6月5日），正值中华民族民间传统节日端午节前夕，于是先有此讲座播出。本篇为该讲座的记录整理稿。

一、端午故事

端午节是我国民间传统节日。国家将端午节作为法定节假日，全国放假一天，足见对端午节的重视。

每一个传统节日都有特定的表现形式，如：春节放鞭炮，贴春联，吃饺子；元宵节闹花灯，吃汤圆；清明节踏青，祭祖；中秋节吃月饼，赏月；重阳节登高，赏菊，饮酒，插茱萸；等等。端午节的风俗则是包粽子，赛龙舟，插艾条、菖蒲，涂雄黄。这些风俗都包含着特定的历史、特定的文化，不能轻易否定或废除。废除了，那个节日就不存在了。比如所谓"禁鞭"，说中国人放鞭炮是落后习俗，要革除掉。真的那么简单吗？在中国古代文化中，"年"是一种怪兽，怕火畏声，为驱赶它，古人点燃竹竿，以其火光和爆裂声吓走"年"而求得吉祥、平安。后来演变成放鞭炮辞旧迎新，所谓"爆竹声中一岁除，春风送暖入屠苏"（王安石《元日》）是也。所以，不放鞭炮那还叫"过年"，还叫"春节"吗？特定的形式承载着特定的文化，在当代社会，你可以对传统风俗实行改造、变通（比如在大城市人群密集地区禁放鞭炮），但不能轻易废除，更不能否定它。

还是说说端午节。端午节是中华民族一个古老的节日，起源于周代。端午，又称"端五"。"端，初也"，五月端五，就是五月的第一个"五"日。唐代，为了避唐玄宗的"讳"，将"端五"改为"端午"（唐玄宗生日为八月初五，故不能直呼"五"，而称

"午")。又因为午时为"阳辰",故又称"端阳"。实际上,阴历五月正值初夏,暑气上升,病毒流行,是一个容易生病的、危险的日子,所以,战国时齐国的孟尝君(与屈原同时而稍早)因为生于五月初五,他的父亲差点把他丢掉了。古人在这个节日里采集艾叶、菖蒲插于门上,以酒浸泡雄黄涂于身体,实际上是为了去邪禳毒,颇有防病消灾的科学意识。这也是端午节原有之义,至今仍保留着。

端午节后来演变成一个纪念性节日。在民间,有的地方(今山西一带)说是纪念介子推的。介子推,春秋时晋国人。曾随晋公子重耳长期流亡,其间重耳差点饿死,介子推割下自己大腿上的肉煮给重耳吃,挽救了重耳的生命。但介子推从不贪功,也淡泊名利,在返回晋国途中,同行者狐偃向重耳邀功,介子推十分不屑,羞与为伍,便不告而别。后重耳登上王位,是为晋文公。晋文公遍赏功臣,唯独遗漏了介子推。经人提醒,晋文公十分后悔,便带人搜寻。时介子推偕老母隐居于绵上(今山西介休市)山中,誓不与晋文公相见。晋文公为逼他出山,便三面放火,希望他能从另一面出来,但介子推却抱木而死。据说介子推的忌日为五月初五,民间即于每年当日予以纪念。也有的地方(今江苏一带)说是纪念伍子胥的。伍子胥,春秋末期吴国大臣(原为楚国人,受迫害而避难出走,间道过昭关奔吴)。因以忠言劝谏吴王夫差,被吴王逼令自杀,传说死后成神。后吴国灭亡,百姓便在五月初五祭迎伍子胥神灵,是为端午。还有的地方(今浙江上虞一带)说是纪念孝女曹娥的。曹娥是东汉时一位年仅十四岁的少女。其父曹盱是一巫者,五月初五那天在划船祭神时婆娑起舞，醉酒坠江而死。曹娥悲痛不已，绕江啼哭七天七夜，不见父尸，遂跳入江中。过了五日，两具尸体浮出水面，乃曹娥背着父亲遗体而死。因曹娥悲剧的发生与五月初五有关，所以当地人以这天为端午节。

但端午节最广泛的意义，也是几千年来人们的共识，是纪念战国时伟大的爱国诗人屈原。屈原于公元前278年五月初五投汨罗江而死，此后每年的这一天，当地老百姓都用竹筒装上米，投入江中祭奠他。南朝梁代吴均《续齐谐记》记载："汉建武中，长沙区回白日忽见一人，自称三闾大夫。谓回曰：'闻君常见祭，甚善。但常年所遗，并为蛟龙所窃，今若有惠，可以楝树叶塞上，以五色丝转缚之，此物蛟龙所惮。'回依其言。世人五月五日作粽，并带五色丝及楝叶，皆汨罗之遗风。"这记载是说：东汉光武帝建武年间，长沙地区有一个人，名叫区回，白天遇见一人，自称是三闾大夫屈原。屈原说：你们以前丢到江中的大米，都被蛟龙吃了，请以后用楝树叶包上，用五色丝缠住，蛟龙畏怯此物，必不敢吃。南朝梁代宗懔《荆楚岁时记》记载："五月五日竞渡，俗为屈原投汨罗日，伤其死，故并命舟楫以拯之。"是说：汨罗的老百姓得知屈原投江，便纷纷划船去搭救他。这就是五月初五包粽子、赛龙舟风俗的来历，始于沅湘一带，后传播至全中国。

如前所述，五月初五原本是一个古老的节日，屈原于五月初五投江，可能是巧合，也可能是有意选了这个特殊的日子。但不管怎样，即使从汉代算起，人们五月初五划龙舟、吃粽子的习俗已有两千多年了，说明端午节已专属屈原，纪念屈原才是端午节最重要的内容。

而且，屈原不仅属于端午节，属于中国人民，也属于全世界。作为世界性的文学巨匠，屈原也受到全世界人民的尊重和爱戴。1953年，在屈原逝世2230周年的时候，世界和平理事会号召全世界人民隆重纪念他。当时受到纪念的有世界四大文化名人：中国爱国诗人屈原、波兰天文学家哥白尼、法国文学家拉伯雷、古巴诗人和民族运动领袖何塞·马蒂。由此可以看出屈原在中国乃至在世界文化史上的地位。

屈原究竟是一个什么样的人呢？他有着怎样的传奇人生呢？我们今天应该向屈原学习什么呢？

二、屈原传奇

屈原生活在战国后期，主要在楚怀王（公元前328—公元前299年在位）和楚顷襄王（公元前298—公元前263年在位）时期，这是楚国历史上由盛而衰的转折点。在战国的大环境中，屈原又生逢合纵、连横（又作"连衡"）斗争最为尖锐、激烈的时候。所谓"合纵"，是指当时在中华版图上处于东方纵向地理位置的燕、赵、魏、韩、齐、楚六国的战略联合，以对抗西部地区的强秦，其中主要是齐、楚联合；而"连横"，是指秦国拆散六国联盟而横向与某国联合，以各个击破。主张合纵并挂有六国相印的政治家是苏秦，推行连横战略的代表人物是张仪。战国七雄中，秦、楚、齐三国国力最强（秦国改革彻底，军事力量最强；

齐国滨海,最为富庶;楚之疆域最大),都具有兼并六国、统一天下的条件。三国中,又以秦、楚斗争最为尖锐。屈原的一生始终处在时代斗争的旋涡之中。

1. 屈原的名字颇有讲究

屈原毕生都以他的名、字和生辰为自豪,把它看作一种先天禀赋的"内美"("纷吾既有此内美兮,又重之以修能"——《离骚》),以此来增强自己的社会责任感和时代使命感。这一点,是我们解读屈原时千万不可忽视的。

屈原本不姓"屈",先祖屈瑕乃楚武王熊通之子,受封于屈,本应姓"熊",而以"屈"为氏。在古代,所谓"姓"是指本族共姓,而所谓"氏"则是某一支派的称号。后来姓、氏不分,故以"熊"为姓、以"屈"为氏的屈原也就姓"屈"了。

屈原本名"屈平","原"是他的字,也就是名"平"字"原"。(古代男子都有名有字,字实际上是一种别称,其意义往往与名相关联。生活中,为了表示尊重,彼此往往不直呼其名而只称其字,故人们习惯于称屈平为屈原。)屈原在《离骚》中用诗的语言来表示自己的名和字,又称名"正则"、字"灵均"("名余曰正则兮,字余曰灵均")。实际上,关于"平"和"原",可以做如下解释:

名:平——平正——天——正则。

字:原——广平——地——灵均。

也就是说,屈原名"平","平"的意义是平正,而宇宙中最平正的事物莫过于天(人们在蒙受委屈时总是喊"天啊",是希望天为其主持公道），天道是公正而可以法则的，所以屈原在诗中称自己名"正则"。"原"的含义是广平，宇宙中最广平的事物莫过于地，大地将它的所有财富平均地分给每一个生灵（故人们往往将大地比作母亲），所以说，养物均调莫过于地，屈原在诗中便称自己字"灵均"。

可以看出，屈原的名为"平"，是天的象征；字为"原"，是地的象征。实际上屈原是以天、地为效法对象，追求社会的公正和协调。

屈原在《离骚》中说："摄提贞于孟陬兮，惟庚寅吾以降。"讲的是他的生日。据学者考证，屈原出生这一天是楚宣王三十年，亦即公元前340年的正月初七，恰逢寅年、寅月、寅日。按照古人意识，生逢寅年、寅月、寅日是人生最吉利者。也就是说，"三才"中，屈原除了得"天"得"地"之外，又得"人"，是真正的"内美"。

屈原的故乡（出生地）是今湖北省秭归县。

2. 屈原的经历大起大落

屈原年轻时颇有才干，"博闻强志，明于治乱，娴于辞令"（《史记·屈原贾生列传》）。也就是说，屈原广闻博见，记忆力强，又精通国家管理和政治兴衰之道，口才很好。再加上他出身于王室公族（当时楚国有屈、景、昭三氏同为公族），所以，大约在他二十三岁时，被楚怀王封为左徒之职，其地位仅次于令尹（楚相）。屈原在担任左徒期间，"入则与王图议国事，以出号令；出则接遇宾客，应对诸侯"（同上）。在国内事务方面，他同楚怀王一起共同商量国家大计，颁布改革的号令、法规；在外部事务方面，他负责接待各国间往来的宾客和诸侯访问事宜。也就是说，屈原担负着楚国的内政和外交事务。屈原对内主张修明法度，举贤授能；对外则主张联齐抗秦，统一中国。这是屈原受到楚王信任，努力施展自己的政治抱负，以图有所作为，实现"美政"的时期。

但是，几年之后，屈原便被楚怀王疏远了。怀王曾令"屈原造为宪令"，"屈平属草稿未定。上官大夫见而欲夺之，屈平不与，因谗之曰：'王使屈平为令，众莫不知。每一令出，平伐其功，以为非我莫能为也。'王怒而疏屈平"。（同上）这是说：屈原受怀王重托，起草改革宪令。而代表旧贵族集团利益的上官大夫想探知宪令的内容，屈原不告诉他，上官大夫试图抢夺，两人之间爆发了激烈的斗争。后来上官大夫到怀王那里进谗言，挑拨怀王与屈原之间的关系，上官大夫说："是大王您让屈平起草宪令的，宪令表述的也是您的思想，这件事谁都知道。但是每当一个政令颁布之后，屈平总是夸耀自己的功劳，说什么没有屈平谁也办不成！真是狂妄自大，全不把大王放在眼里！"怀王轻信上官大夫的话，大怒，疏远了屈原。

屈原被疏远之后，随即被罢去左徒之职，转迁为三闾大夫。三闾大夫的职责主要是：一、掌管楚国屈、景、昭三氏的谱牒，也就是管一管公族的家务事；二、主持宗庙祭祀的典礼；三、教育贵族子弟，也就是当老师，教那些纨绔子弟（包括楚怀王的儿子子兰）学学文化，学学礼仪。很显然，这是一个闲散的职位，不能与闻重要政事。从此屈原被排斥在楚国权力核心之外，楚国

第十五讲 屈原与端午节

的改革也由此而中止了。这对屈原来说，无疑是莫大的打击。

怀王十六年（公元前313年），秦惠王派张仪到楚国来，"厚币委质事楚"，用重金贿赂楚国权臣，说动楚王，要求楚齐绝交。作为交换条件，"秦愿献商、於之地六百里"，即愿意将商、於两邑一带六百余里土地割让给楚国。这一条件看似优厚，但相对于齐楚联盟来讲，便微不足道了。况且，在战国七雄之中，楚国疆域最大，它并不缺少土地。而楚王看不到这一点，再加上屈原不能发表意见，楚王便答应了张仪的条件，果然与齐绝交。随后楚王派使者赴秦索要土地，张仪却装病不见楚使。楚王以为秦怪他与齐绝交不彻底，于是派人"北辱齐王"，到齐国的朝堂之上当面把齐王骂了一通。齐王心想：楚国欺人太甚！我们两国本是盟友，现在楚国疏远齐国不说，还派人上门来骂我，这样的朋友不交也罢！于是齐王宣布与楚国彻底决裂。这就导致楚齐分而秦齐合的局面，这显然违背了当初屈原主持楚国外交时所制定的联齐抗秦的国策。齐楚断交之后，楚使再赴秦索地，张仪说："当初只答应割让六里，并未许六百里呀！"这种无赖行径显然是愚弄楚国。楚王大怒，发兵与秦战于丹阳（今陕西汉中市）。但是，打仗是秦国所长，丹阳一战，楚大败，"死甲士八万"，屈原的族人屈匄将军就牺牲在这次战斗中，屈原为此写了一首《国殇》诗，以悼念屈匄和所有阵亡将士。打了败仗，楚怀王恼羞成怒，又"悉发国中兵"再战，将所有兵力都集中到秦楚边界，豪赌一战，结果又败。而且，在秦楚激战之时，楚国的纵约国盟友韩国和魏国却乘虚而入，起兵袭楚。这样一来，楚国腹背受敌，招架不住，只得息兵退守。

这次战争以及所受屈辱，使楚王认识到楚齐联盟的重要性，也想起了屈原，于是派屈原作为使者两次赴齐，希望恢复楚齐联盟关系。由于屈原的努力，也由于自身的利益关系（齐国独自难以抗秦），齐国答应摈弃前嫌，恢复旧好。

齐楚联盟，是秦国所不愿意见到的。于是，秦国再施连横之计，派使者赴楚，称"愿与汉中之半以和楚"。秦国说：咱们之间打过仗，交恶了，这是个误会，咱们讲和吧，我方愿意将汉中地区的一半让给楚国，以表示我们的诚意。大家注意，汉中地区本是楚国领土，是上次丹阳一战中被秦国占领去的，现在只还一半，那还是楚国的土地呀，你可以先接收再谈别的。但楚怀王心中十分痛恨张仪，便说："愿得张仪，不愿得地！"秦王对张仪说：这便如何是好？张仪说：大王放心，我去走一遭。于是张仪赴楚，果然被楚王关进死牢。张仪在狱中买通狱吏，贿赂楚国权奸靳尚。靳尚便跑到怀王的夫人郑袖那儿，告诉郑袖说：大王把秦国的张仪抓起来关进死牢了。郑袖说：我知道呀！靳尚说：夫人啊，张仪是秦国重臣，秦王怎么会坐视不救呢？而秦国要救张仪，必定会用美女换张仪，等秦国的美女一到，夫人您的地位……。郑袖一听，急了，她深知楚王好色，便打定主意劝楚王将张仪放掉，这样，秦国的美女就不会来楚国了。于是，郑袖去见楚怀王，哭哭啼啼，要求放张仪。怀王经不起郑袖死缠烂打，便下令放了张仪。

张仪被释放了，一溜烟地逃走了。堂堂楚国，打了两场战争，折损无数将士，失去大片土地，换得一个张仪。如果将他杀了，或许会振奋一下楚国民心；但楚怀王昏聩，外受骗于张仪，

第十五讲 屈原与端午节

内迷惑于奸臣、宠妃,竟轻易地将张仪放走了。当时屈原正出使齐国,等到他回国后,张仪已经逃远了。屈原十分气愤,请求见怀王,问道:"何不杀张仪?"怀王无言以对,派人去追,但于事无补。

楚怀王背离改革的道路,疏远屈原,又背离联齐抗秦的外交决策,导致楚国一蹶不振,这是屈原最为痛心的。但是,更糟糕的命运还在等着他。

楚怀王二十四年(公元前305年),秦国新君昭襄王(秦昭王)初立,秦国再次向楚国示好。而楚国国内亲秦派得势,再一次背齐合秦。眼见楚国一再延续错误的外交路线,屈原痛心之余,竭力反对,结果反遭流放。屈原第一次流放到汉北,即今湖北郧阳、襄阳一带,时间大约四五年。其后作为联齐的使者被召回。

楚怀王三十年(公元前299年),秦昭王邀请楚怀王到武关(今陕西丹凤县东南,当时属秦国)盟会。本来,春秋战国时期,诸侯会盟之事屡见不鲜,一般也遵守共同的规范,不伤害对方。(中国自古讲信义,强调"两国交兵,不斩来使"。)但基于当时的政治、军事斗争环境,楚国国内围绕着怀王应不应该去武关会见昭王,发生了激烈的争论。以屈原为首的一派认为:"秦虎狼之国,不可信,不如毋行。"秦国是贪暴凶残的国度,不讲信义,怀王出访,安全有保障吗?况且,与秦国谈判,无异于与虎谋皮,能获得什么利益吗?但是,以怀王幼子子兰为首的一派则坚决主张怀王可以到秦国去。他们认为:"奈何绝秦欢?"秦王善意邀请,楚国为什么要拒绝?结果怀王听信了子兰一派的意见,决意赴武关盟会。结果一到武关，果然不出屈原所料，被秦国扣留并关在狱中。其间，怀王曾逃亡至赵国，但赵王不敢收留他，竟将他送还秦国。楚怀王终于入秦不返，"客死于秦而归葬"。这是一个悲剧，更是楚国的莫大耻辱，是屈原和楚国人民所不愿意看到的结局。

怀王死后，顷襄王继位，并以其弟子兰为令尹。楚人（包括屈原）对子兰当初鼓动怀王赴秦之约而导致怀王死于秦，使楚国蒙受奇耻大辱十分愤慨，对子兰颇有怨愤之辞。于是"子兰闻之大怒，卒使上官大夫短屈原于顷襄王，顷襄王怒而迁之"。子兰、上官大夫等一批代表旧贵族利益的当权者视屈原为眼中钉，在顷襄王面前拼命地攻击他，激起顷襄王怒火，将屈原赶出朝廷。屈原被逐出郢都，放逐在长江及沅湘流域荒野之地，过着长期的漂泊愁苦的生活。他沿江而下，到过鄂渚（今湖北武汉市）、陵阳（大概在今安徽境内），再折返溯江而上，过洞庭，到辰阳、溆浦（今均属湖南），再过洞庭，到达汨罗江畔，历时二十年。这是屈原的第二次流放，也是他永远的流放，处境十分悲惨。然而，正是因为流放，使得屈原广泛地接触了底层的人民群众，也接触了丰富生动的楚国民间文化，从而创作了大量的光辉的诗篇。诗人的不幸，正是文学史的幸运，人生的悲剧造就了一个伟大的诗人。

3. 屈原之死令人叹惋

顷襄王二十一年（公元前278年）春天，秦国大将白起率兵攻楚，一举攻下楚国都城——郢。顷襄王毫无战斗力，只得带着老百姓逃跑,"东北保于陈城(今河南周口市淮阳区)"。当时的屈原,正流浪到长沙附近,他得知这一消息之后,深感楚国衰亡大局已定,自己的政治理想已彻底破灭,于是怀着满腔悲愤,于五月初五这一天,怀抱沙石,投汨罗江而死,结束了他六十二岁的生命。

屈原以投江自沉的极端方式来表达自己的失望和悲愤,在今天不一定为人们所理解,后世学界也出现过许多争论。但他的死是人与社会矛盾无法协调的结果,他没有别的选择。他等待过,期望过,期待"哲王"醒悟,期待能召他回郢都,重新开始改革的事业。实现"美政"是屈原生命中的一切,但此时已经无法实现了。所以,他的死是出于无奈。同时,他选择投江,也是一种抗议,因为导致楚国衰亡的正是保守、腐朽的楚国旧贵族集团,是他最不愿看到的楚国革新派和保守派长期斗争的残酷结果。从这个意义上讲,屈原是以生命殉自己的祖国,因而后世尊称他为爱国诗人。一位对祖国、对人民忠心耿耿的志士,却不得不以投江的方式来结束自己的生命,实在令人叹惋!

三、楚辞之花

屈原不仅是一位政治家,更是一位伟大的诗人,他在楚国民歌的基础上创作出大量的具有楚国地方特色的诗歌。汉成帝时期的刘向,把以屈原的诗歌为代表的楚国作家的作品汇编成集,题名为《楚辞》,后世就以"楚辞"作为屈原作品以及早期楚文化的代称。

楚辞的出现，打破了当时中国诗坛自《诗经》之后几百年的沉寂（《诗经》之后，中国思想界、文化界、文学界掀起百家争鸣的风暴，促成了散文大发展），续写了先秦诗歌发展的历史。如果说《诗经》代表了祖国古代黄河流域文化，楚辞则代表了祖国古代长江流域文化。

古代长江流域一带，文学（特别是诗歌）发祥很早。《诗经》中虽然没有标明"楚风"的诗歌（那是因为楚国作为诸侯国立国晚一些），但其中的某些作品实际上是从楚地收集来的，如《诗经·周南·汉广》：

南有乔木，不可休思；汉有游女，不可求思。汉之广矣，不可泳思；江之永矣，不可方思。
翘翘错薪，言刈其楚；之子于归，言秣其马。汉之广矣，不可泳思；江之永矣，不可方思。
翘翘错薪，言刈其蒌；之子于归，言秣其驹。汉之广矣，不可泳思；江之永矣，不可方思。

诗的大意是说：一位砍柴的樵哥爱上一位美丽的姑娘，但由于身份的低微，他自认可望而不可即。他唱道：南方有棵高高的大树啊，枝干太高反而得不到它的荫凉；汉水岸边有一位神女啊，她太美丽，我这凡夫俗子怎能配得上！唉，就像汉水宽又宽，我无法游过去；就像长江长又长，我无法划船渡过江。那错杂的树枝啊，是我砍下的薪柴；姑娘啊，你要是嫁人，不要嫁给别人,一定要嫁给我,我喂饱我的马儿,把你娶回来。唉,就像汉水宽又宽,我无法游过去;就像长江长又长,我无法划船渡过江。那纵横的枝丫啊,是我割下的柴草;姑娘啊,你要是嫁人,不要嫁给别人,一定要嫁给我,为了能够娶到你,我要把我的马驹儿来喂饱。唉,就像汉水宽又宽,我无法游过去;就像长江长又长,我无法划船渡过江。

诗中的"汉有游女,不可求思",讲的是西周时期郑交甫赴襄阳,于汉水岸边月夜遇神女,他爱慕她,向她讨请纪念品,神女解下随身玉佩相赠。但当郑交甫走出十余步,怀中玉佩却不见了,回头寻那女子,也不见了。此为文学作品中最早写到人神相恋的故事。至今湖北襄阳万山还有一个叫"解佩渚"的地方。诗中的"江"(长江)、"汉"(汉水)同时出现,足见其产地在楚。诗中的语尾词"思",亦为楚人口语。

保存至今的春秋后期的楚国诗歌还有《越人歌》:

今夕何夕兮,搴舟中流?
今日何日兮,得与王子同舟?
蒙羞被好兮,不訾诟耻。
心几烦而不绝兮,得知王子!
山有木兮木有枝,心悦君兮君不知!

这是楚康王(公元前559—前545年)的兄弟鄂君子晳的故事。他驾舟出游,船户女子是越人,她一边划船一边唱了这首追慕王子的情歌。大意是说:今晚是个什么样的夜晚啊?它如此美好，王子您竟然乘船夜游长江。今天这个日子是个什么样的日子啊？小女子我居然有幸与王子同在一条船上。我含着羞涩的心情希望得到您的爱，却又怕被人骂为太不自量。我心烦意乱愁思不绝，是因为您的身份让我仰望。山上密密的树林啊，树树都有枝条，王子您莫非没有枝叶依傍？要不然，小妹的爱心您怎么全不知量！全诗对船户女子心理活动的描写十分细致，已超出《诗经》的艺术水准。其中"山有木兮木有枝"，以"枝"喻"知"，语义双关，这种手法对楚辞以及后世民歌创作有很大的影响。诗中"兮"字的广泛运用，也是后来楚辞中所常见。

稍后数十年，又有一首民歌出现，名为《孺子歌》（一名《沧浪歌》）：

沧浪之水清兮，可以濯我缨；
沧浪之水浊兮，可以濯我足。

据说这是孔子在楚国听见一个小孩唱的，是一首地道的楚国民歌。汉水下游称沧浪水，"孺子"（小孩）唱道：沧浪之水清又清，可以用来洗头巾；沧浪之水浊又浊，只能洗我泥巴脚。诗意幽默而富有哲理，十分可爱。

以上作品说明楚国有着悠久的诗歌创作传统，而屈原长期流放，更深层地接触了楚文化，因而能够以他的独特经历和卓越才华，创造出许多优秀的诗篇。流传下来的有：

一、《离骚》。这是我国古代文学史上最长的一首政治抒情诗，是我国乃至世界文学史上一篇光耀千古的杰作。诗中体现了诗人对理想的追求，对邪恶势力的憎恨，和对祖国、对人民的热爱。全诗洋溢着政治热情，充满了丰富的想象，采用了奇特的象征，运用了巨大的夸张，有着鲜明的浪漫主义特色。同时以香草美人做比喻，代指君臣政治上的协调，从而构成庞大的比兴体系。诗中还大量运用当时的楚地方言，"书楚语，作楚声，纪楚地，名楚物"（黄伯思《东观余论·翼骚序》），有着鲜明的楚民族特色，是楚文化的优秀代表。"亦余心之所善兮，虽九死其犹未悔""路曼曼其修远兮，吾将上下而求索"，就是这首诗中的名句。

二、《九歌》。包括《东皇太一》《云中君》《湘君》《湘夫人》《大司命》《少司命》《东君》《河伯》《山鬼》《国殇》《礼魂》，共11篇。其中《湘君》《湘夫人》《山鬼》最为悲怨，《国殇》最激动人心，都是经典之作。这一组诗是屈原在楚国民间娱神歌舞曲的基础上加工创作而成的，是战国时代楚国民间诗歌的印记，也是屈原学习民间文学的例证。

三、《天问》。这是屈原作品中的第二首长诗，是屈原被逐出郢都，向楚之先公先王宗庙告别时所写。诗中针对有关自然、社会的神话传说故事，提出172个问题，表达了诗人不满足于以神话来解释世界，而着力探求科学、追求真理的精神。

四《九章》。包括《惜诵》《涉江》《哀郢》《抽思》《怀沙》《思美人》《惜往日》《橘颂》《悲回风》等9首诗，是后人辑录的屈原的9篇作品，主旨与《离骚》略同。其中《橘颂》最为后人所熟知。诗中"后皇嘉树，橘徕服兮。受命不迁，生南国兮。深固难徙，更壹志兮。……苏世独立，横而不流兮"，表现了屈原热爱祖国、坚贞忠诚的品质，成为千古名句。

上述作品之外，还有《招魂》《远游》《卜居》《渔父》等。虽作者尚有争议，但都是优秀的诗作。

下面我们来欣赏屈原的三篇作品——《湘君》《山鬼》《国殇》，领略一下屈原政治上那凄婉、压抑的情怀和对祖国的赤胆忠心。

《湘君》《湘夫人》以舜帝与二妃的传说为题材，写出了湘君与湘夫人的深深爱恋和苦苦相思，是中国古代最具艺术意味也最为感人的爱情诗。传说尧帝将帝位禅让给舜，并且将自己的两个女儿娥皇、女英许予舜为妃。后来舜帝南巡安抚少数民族，死于苍梧，葬在九嶷山。二妃因牵挂、思念舜帝，便南下潇湘千里寻夫。当她们得知丈夫已死时，伤心的泪水洒落在竹丛中，竹为之尽斑（后世称之为"斑竹"，又称"湘妃竹"）。随后二妃也投水而死，化为湘水女神。屈原依据这一传说，在《湘君》《湘夫人》中塑造了对爱情无限忠贞的一对青年男女的美丽形象。作者将自己政治上不得志的思想情感糅进人物形象中，将两首诗变为失恋的主题，显得格外凄婉、沉郁，同时又开创了中国古代诗歌中以香草美人比喻君臣遇合的传统。《湘君》一诗写湘夫人等待湘君，主人公是湘夫人；《湘夫人》则是写湘君期待与湘夫人约会，主人公是湘君。但阴差阳错，两首诗的结局都是他们难以聚首。

这里以《湘君》为例：

君不行兮夷犹，蹇谁留兮中洲？
美要眇兮宜修，沛吾乘兮桂舟。
令沅湘兮无波，使江水兮安流。

第十五讲 屈原与端午节

望夫君兮未来，吹参差兮谁思？

以上为第一节，写湘夫人约湘君会面。为此，湘夫人把自己打扮得非常美丽，她在等待急迫时便乘上桂木制成的船去迎接他，为了使湘君能毫无阻碍地到来，她命令沅湘的波涛不准汹涌，长江也须风平浪静。但湘君仍然不来，她在无法排遣思念情绪时便吹起了洞箫。这里将湘夫人等湘君不至的焦急心情刻画得十分细致、形象：一、二句盼中有怨，三、四句盼中露急，五、六句盼中透出关怀，七、八句盼得无法排遣。

因为这些诗年代久远，语言上较为难懂，我把它用现代汉语翻译出来（包括后面的《山鬼》和《国殇》），以帮助各位朋友理解原诗。

译诗：你犹犹豫豫地不肯前来／留在洲中是因谁牵住了你的情怀／我把自己打扮得窈窕美好／乘上桂舟还一再把航速加快／让沅水、湘水波涛不惊／叫长江浪平风静，可别把你惊骇／盼望着湘君啊不见君来啊／我吹起排箫耐心地将你等待。

驾飞龙兮北征，邅吾道兮洞庭。
薜荔柏兮蕙绸，荪桡兮兰旌。
望涔阳兮极浦，横大江兮扬灵。
扬灵兮未极，女婵媛兮为余太息。
横流涕兮潺湲。隐思君兮陫侧。

以上为第二节，写湘君驾着龙舟前来赴约，湘夫人满怀着希望乘舟过湖渡江前往迎接,但是却一直没有接到,湘夫人难过得哭了。这是一个转折过渡的段落。前六句将第一节中急切盼望的情绪更推进一层,变为即将实现的希望,变为前往迎接的具体行动。后四句转为希望之不可实现,希望变为失望,导出下文对失望痛苦心情的反复状写。

译诗:湘君驾龙舟由苍梧同北行进/迎接他,我将航向转入洞庭/我以薜荔装饰船舱啊以蕙草缠束旗柄/以香荪作为船桨啊以芳兰缀饰旗旌/遥望涔阳那极远的水滨/横渡大江全凭我这挂帆小舲/驾着小船却始终等不到他啊/女伴也啜泣着为我叹息连声/我涕泪横流如同泉水/悲痛地想你啊实在伤心。

桂櫂兮兰枻,斲冰兮积雪。
采薜荔兮水中,搴芙蓉兮木末。
心不同兮媒劳,恩不甚兮轻绝。
石濑兮浅浅,飞龙兮翩翩。
交不忠兮怨长,期不信兮告余以不闲。
朝骋骛兮江皋,夕弭节兮北渚。
鸟次兮屋上,水周兮堂下。

以上为第三节,写湘夫人失望的心情。前四句的比喻,正细致地反映了湘夫人一场欢喜一场空的惆怅情绪。而正因为思念过于迫切,因此失望之余不免生出种种猜想和对湘君失约的怨恨,这怨恨,正表现了湘夫人对爱情的执着,次六句正是表达这种情绪的。末四句描写湘夫人焦急、烦躁、悲伤、孤独之感。

第十五讲 屈原与端午节

译诗：我用桂桨敲打着兰枻／要撞破那坚冰积雪／我好比向水中去采山里的薜荔／又好比上树梢把水芙蓉采撷／我们的心意不同啊徒劳媒人／我们的爱情不深啊就这样轻易决绝／石滩上的水溅溅地流／水中的龙儿蜿蜒如飞／相交不诚啊你使我怨恨深长／约期不守信啊你以不闲的借口来推卸／早晨，我独自驾车在江边往来／晚上，我又在北岸水边徘徊／只有那鸟儿居留在屋上／只有那流水环绕在堂阶。

捐余玦兮江中，遗余佩兮澧浦。
采芳洲兮杜若，将以遗兮下女。
时不可兮再得，聊逍遥兮容与。

以上为第四节（最后一段），写湘夫人失望中犹自怀着希望，怀着对湘君的信赖，怀着极大的耐心等待着湘君赴约。首二句言将随身佩戴的贵重之物"玦""佩"抛向江中，以期引起湘君的思情。三、四句欲使女伴为之通告相思的情愫。末二句即表明愿意耐心等待之诚，其中包含着对湘君的信赖。

译诗：我将玉玦抛向江波之间／我将佩玉留在澧水之岸／我采撷那芳洲上的杜若／通我意，借助于我的女伴／时机宝贵不可再得啊／等着你，我且把情怀放宽。

《山鬼》是一首歌舞形式的诗，描写一位年轻女神个性的纯朴以及对爱情的忠诚，但对方却使她非常失望，其惆怅凄凉、缠绵悱恻的情状十分引人同情。此诗也是屈原政治上失意处境的真实写照。

> 若有人兮山之阿，被薜荔兮带女罗。
> 既含睇兮又宜笑，子慕予兮善窈窕。
> 乘赤豹兮从文狸，辛夷车兮结桂旗。
> 被石兰兮带杜衡，折芳馨兮遗所思。

以上为第一节。前四句写这位山中女神的奇异服饰、美丽容貌和超凡风度，体现出一种自然的、野性的美。后四句写女神闻召赴约的喜悦心情。开篇八句，色彩鲜明，芳气四溢，情调欢快。

译诗：我似人非仙，就住在山曲那边／薜荔外衣，女罗飘带，仪态超凡／美目含情，嘴露微笑／你的爱更叫我细心打扮／我以赤豹为坐骑，以文狸为侍从前来赴约／我坐上辛夷香车，以桂木作为旗杆／我给车篷披上石兰，用杜衡做旗的飘带／我采来香草鲜花，将赠给心上的侣伴。

> 余处幽篁兮终不见天，路艰难兮独后来。
> 表独立兮山之上，云容容兮而在下。
> 杳冥冥兮羌昼晦，东风飘兮神灵雨。
> 留灵修兮憺忘归，岁既晏兮孰华予？

以上为第二节，写女神来到约会的地方，但对方却没有出现。这时女神丝毫没有怀疑她的恋人，而是想：由于自己居处在茂密的竹丛深处，不见天日，又加上山路险阻，大概来晚了吧！于是她就独自站在山巅上等待。不知道时间过了多久，只见浓云从山腰升起,天色昏暗得如同黑夜,山风吹来,细雨绵绵,淋湿了她的衣裳,但她还是不愿离开,一心一意地等待着恋人的到来。这一段刻画女神的内心活动,十分细腻,突出体现了女神忠于爱情的性格。因为是民间娱神歌舞,它具有浓烈的生活气息,诗中的女主角虽然是深山中的一个"女鬼",但却熔铸了山里姑娘那种忠实厚道、纯朴天真的气质。

译诗:我居处在竹丛深处啊天日不见/我约会来迟是因为山路艰难/自个儿站在这山巅之上/看脚下群山间乌云漫漫/云暖暖,雾重重,昼日昏暗/东风起,又吹得细雨绵绵/专诚心,盼灵修,憺然忘归/要不然,时光过,怎度华年?

采三秀兮于山间,石磊磊兮葛蔓蔓。
怨公子兮怅忘归,君思我兮不得闲。
山中人兮芳杜若,饮石泉兮荫松柏,君思我兮然疑作。
雷填填兮雨冥冥,猿啾啾兮狖夜鸣。
风飒飒兮木萧萧,思公子兮徒离忧!

以上为第三节。写女神久等公子不来,便产生了怨望和猜疑,但她只是猜想对方不得闲暇,她对自己所爱的人是那样一往情深,那样深信不疑。她等待着,从早晨等到夜晚,可是对方依然没有来。这时雷声隆隆,雨丝不断,猿猴哀鸣,大风呼号,落木萧萧,一派凄凉景象。这一切似乎是大自然为女神陷于无望而悲泣,也似乎是女主人公的诚心感动天地,催泣鬼神,又似乎表明:不管雷击雨浇,不管猿啼风号,女神对爱情的坚贞永不动摇。

这确实是惊天地、泣鬼神的人物形象！这确实是惊天地、泣鬼神的感情巨流！这确实是惊天地、泣鬼神的艺术魅力！

所以，唐代沈亚之写《屈原外传》，说：屈原作《九歌》，到《山鬼》篇成，"四山忽啾啾若啼啸，声闻十里外，草木莫不萎死"。他是感受到了屈原作品的惊人感染力的。

译诗：我采摘芝草于巫山之间／哪顾得乱石累累葛藤蔓蔓／怨慕公子，我惆怅忘归／你没来赴约，准是不得空闲／我犹自采取芬芳的杜若／又荫蔽于松柏之下，饮于泉边／而你莫非对我信疑参半／雷声隆隆雨不断／猿鸣声声夜将阑／风飒飒啊木萧萧／思念公子啊我忧愁万千。

《山鬼》篇艺术成就很高，最为突出的是细致地描写景物以衬托人物内心情绪，通篇确实做到了情景交融。人们读毕，合卷凝思，眼前不禁出现那位山中少女独立于高山之巅的景象：山势高峻，半山腰云层堆涌，背后是幽深的森林，白日里是昏沉晦暗的天气和绵绵细雨。到夜晚，四处是幽厉的猿啼，暴雷闪电，风雨交加，木叶萧萧。一个少女在失望、悲伤之余看见这样的情景，只能增加她的悲痛，更使她感到孤独无告和忧思绵绵。当然，人物的忧思也在一定程度上寄托着屈原孤独、忧愁的情绪。

《小尔雅》曰："无主之鬼谓之殇。"国殇，死于国事者，亦即为国捐躯的无名烈士。这首诗成功塑造了一位刚强勇武、以身殉国的令人崇敬的爱国英雄形象，也是追悼所有为国牺牲的将士的挽歌。它寄托着屈原的爱国精神，今天读来，依然能激发人们的爱国热情和牺牲精神。《国殇》与《九歌》中其他篇章的艺

第十五讲　屈原与端午节

风格不同，声调激越、铿锵，风格刚健、豪放、苍凉、悲壮，完全是写实的。

操吴戈兮被犀甲，车错毂兮短兵接。
旌蔽日兮敌若云，矢交坠兮士争先。

开篇略去任何叙述，如同运用电影特写镜头，直接描写在主帅指挥下的楚国士兵和秦兵拼死战斗的激烈、紧张场面。

译诗：手执吴地长戈啊身披犀皮铠甲／战车轮轴交错啊敌我短兵厮杀／旌旗遮蔽日光啊敌如乌云低压／勇士争先杀敌啊乱箭交相穿下。

凌余阵兮躐余行，左骖殪兮右刃伤。
霾两轮兮絷四马，援玉枹兮击鸣鼓。
天时怼兮威灵怒，严杀尽兮弃原野。

楚军阵地被秦兵攻陷，主帅车骑受伤，但他仍坚定地指挥着战斗，直杀得天怨神怒，最后与敌人同归于尽，与战士们一同倒下，壮烈牺牲在战场之上。这一节具体写主帅指挥战斗直至牺牲时的情景。

译诗：敌军窜犯阵地啊又践踏我们戎行／你左边骖马阵亡啊右骖负了刀伤／车轮陷于尘埃啊战马跌倒泥浆／你亲手挥动大槌啊擂得战鼓震天响／上天正在怨恨啊神灵也已盛怒／一战拼杀殆尽啊弃尸原野之上。

> 出不入兮往不返，平原忽兮路超远。
> 带长剑兮挟秦弓，首身离兮心不惩。
> 诚既勇兮又以武，终刚强兮不可凌。
> 身既死兮神以灵，魂魄毅兮为鬼雄！

这一节是对楚国阵亡将士的哀悼和对其精神的歌颂。

译诗：出征就不再回来啊上阵就一往不返／平原一望无边啊疆场道路遥远／你依然挟着强弓啊犹自带着长剑／虽然身首分离啊忠心毫不改变／你不愧武艺超群啊更兼气概非凡／你刚强坚毅盖世啊不可凌辱侵犯／你身体纵然牺牲啊神灵永不消散／你魂魄与众不同啊长为百鬼典范。

四、屈子精神

屈原以他的人生经历和诗歌作品，在我们民族的历史上树立起一座丰碑。他的人格、他的品质，凝聚成一种精神，这就是屈子精神。主要包括三个方面：

1. 为真理而求索

屈原出身贵族，却不安于既得利益。他坚持改革的理想，毕生追求"美政"，亦即改革内政，实行法治，举贤授能，振兴楚国，进而由楚国来统一全中国。

他在诗中这样写道："奉先功以照下兮，明法度之嫌疑。国富强而法立兮，属贞臣而日娭。"（《惜往日》）意思是说：秉承先君之功烈而照耀后世，申明法度以解决国事疑惑。国家富强，法治井然确立，这样，国君便可放心地将国事托付于改革之臣。

屈原还写道，对于国事，要"章画志墨"（《怀沙》），亦即应当申明规划，不忘法度。他强调："举贤而授能兮，循绳墨而不颇。"（《离骚》）政治上要举用贤者和能者，要遵守一定的规矩而没有偏颇。为了这些理想，屈原不懈地追寻，"路曼曼其修远兮，吾将上下而求索"（同上），体现了一种执着的精神。

2. 光辉峻洁的人格

按常理，以屈原的贵族身份，完全可以在楚国旧贵族把持朝政的环境中随波逐流。但屈原却不与腐朽的旧贵族集团同流合污，他因此而受到黑暗势力的残酷迫害与打击。然而，屈原没有低头，他奋起揭露旧贵族，同他们做斗争。正是在这一斗争中体现了他的高尚人格。

屈原在诗作中无情地揭露旧贵族集团争权夺利、贪婪嫉妒、倚仗权势、蔑视法度的丑恶行为："众皆竞进以贪婪兮，凭不厌乎求索。"（同上）众人争先恐后地比着谁更贪婪，贪财好利全然不知满足。他还联系楚国社会现实，指出那些奸党苟且偷安，把国家引入幽昧、危殆的境地："惟夫党人之偷乐兮，路幽昧以险隘。"（同上）他指斥这些奸党还肆意地残害贤能忠士："变白以为黑兮，倒上以为下。"（《怀沙》）"忠不必用兮，贤不必以。"（《涉江》）

正因为如此，旧贵族集团在楚国形成了一股遮天蔽日的黑暗势力，造成了一个"溷浊"的社会环境："世溷浊莫吾知，人心不可谓兮。"(《怀沙》)屈原说：举世混浊，没有人理解我的志向，没有知己可以告语。但是，他没有低头，没有屈服，他始终不放弃自己的理想，始终不改变自己的节操："亦余心之所善兮，虽九死其犹未悔。""虽体解吾犹未变。"(《离骚》)他说：只要是我所热爱的，纵使是死上九回我也毫不后悔，哪怕将我五马分尸我也不会改变。"吾不能变心而从俗"(《涉江》)啊！

屈原的斗争精神，成为历代仁人志士所效法的节操和人格。

3. 赤诚的爱国者

在战国时代，知识分子朝秦暮楚是常见的选择，是一种社会风气。但屈原热爱故乡，热爱人民，他把热爱楚国与热爱华夏民族统一起来，是真正的爱国主义者。

屈原在《哀郢》中写道："鸟飞反（返）故乡兮，狐死必首丘。"是说：鸟飞千里，终究要回到自己的故巢；狐狸死时，它的头必定朝向出生之地。屈原在《离骚》结尾写到自己也曾试图离开浑浊的楚国，他乘龙使鸟飞升到祖国上空，似乎得到了解脱，但是，"陟升皇之赫戏兮，忽临睨夫旧乡。仆夫悲余马怀兮，蜷局顾而不行"。他说：我在光辉陆离中升上天空，却突然间看见了下界的故土，我的车夫哭了，我的马儿不走了，我怎能割舍得下！这是多么诚挚的对故土的热恋！一个人的爱国主义思想，往往是从爱乡土而发展来的。如果他对自己的生身故土都没有一点感情，又哪里谈得上对祖国、对民族会有真诚的爱呢？在当时社会背景下，朝秦暮楚无可厚非，但热爱故乡，为祖国富强而奋

第十五讲 屈原与端午节

斗，则更为高尚！

屈原不但热恋故土，更热爱故乡的人民，同情他们，关心他们的命运，与他们息息与共。在屈原的诗歌中，常常写到"民"和"百姓"，他深深地怀着忧国忧民的思想，不愧为一位伟大的人民诗人！

屈原还将对乡土的热爱、对人民的同情升华为对祖国前途的关怀和对统一的整体的中国的神往。屈原一生为楚国奔走奋斗，他全心全意地为国家尽忠效劳。在那个时代，人们把对祖国的忠诚变为对国君的忠诚，因为他们认为国君就是国家的代表。所以屈原说："岂余身之惮殃兮？恐皇舆之败绩。"（《离骚》）我怎能顾及个人是否遭殃？我所做的一切都是因为担心君王的车驾崩毁啊！君王的銮驾——"皇舆"就是国家的象征，他把自己的一切都献给了这驾至高无上的"皇舆"！

同时，屈原渴望楚国富强起来，并不是要存亡继绝，让楚国割据南方，而是希望振兴楚国，统一全中国。他尊重中华民族共主——三皇五帝，自称"帝高阳之苗裔兮"（同上），是高阳帝颛顼的后代。在他的心目中，除了楚国之外，还有一个高踞其上的整体的中国。他的爱国主义正通向整体的中国，是把热爱楚国同热爱整个中华民族联系在一起的。

我们为拥有屈原而骄傲，我们为拥有楚辞而自豪！屈原走了，端午节还在；楚国早已统一于华夏大家庭了，但楚辞还在。在西汉，文人深受楚辞的影响，创造了太平盛世标志性的文学样式——汉赋，汉赋华丽的辞藻、铺张扬厉的形式，都是直接学楚辞的，因而被称为汉代"辞赋"。后来，"楚辞"又成为文学的代名词,"风骚"中的"骚"就是指屈原的作品《离骚》。到了魏晋南北朝时期,受楚辞排比、夸张手法的影响,又产生了骈体文,讲究对仗,讲究修辞;而在南朝齐代永明年间产生的永明体诗歌,更是讲对仗,讲平仄,讲押韵,又直接影响了唐代格律诗(律诗、绝句)的产生。从某种意义上讲,楚辞促成了唐诗的繁荣,更不用说以"香草美人"为特色的宋词了。可以这样说:在五千年中华文明史上,黄河流域文化影响了中国人的思想,长江流域文化影响了中国人的文学。其中,屈原和楚辞功不可没,所以国学大师王国维说:"楚之骚、汉之赋、六代之骈语、唐之诗、宋之词、元之曲,皆所谓一代之文学。"(《宋元戏曲史·序》)楚辞是"一代之文学",汉赋是"一代之文学",骈体文是"一代之文学",唐诗、宋词、元曲都是当时的"一代之文学"。

再版后记

　　2008年6月至10月，我应北京电视台《中华文明大讲堂》之邀，在该栏目做"壮哉唐诗"系列演讲，共十五个专题。在节目录制、播出间隙，我将讲稿逐篇整理、加工，结集成书，于当年10月正式出版，这就有了《壮哉唐诗》一书的发行。

　　我其实就是一个中国传统文化，特别是古典文学的爱好者，大学本科在武汉大学攻读汉语言文学专业，那时武大中文系的教师队伍有"五老""八中""十二青"之说。"五老"中有楚辞研究大师刘永济（字弘度），有章太炎大弟子、文字学家刘赜（字博平），有国学大师黄侃之侄、古代散文研究大师黄焯（字耀先），有国学大师陈寅恪之弟、现代文学研究大师陈登恪，以及席鲁思先生。"八中"诸贤更富传奇色彩：有古代文学大师程千帆教授和他的夫人、人称"江南才女"的沈祖棻，有中国现代著名诗人毕奂午教授，有训诂学家周大璞先生和现代文学史专家刘绶松教授，有先秦散文研究专家李健章和文字学家、《汉语大字典》副主编李格非教授，还有唐诗研究大家胡国瑞先生等，其中周大璞、李健章、李格非先生是我读书时的正、副系主任。"十二青"中的陆耀东、苏者聪、毛治中、易竹贤、何国瑞等教授，也都是学界声名显赫的人物。我毕业留校任教后，系里安排了一年多的青年教师培训，上述老、中、青师长大多为我们直接讲过课。任教初期，因为一个特殊机会，我曾作为助手，协助著名魏晋南北朝史专家、武大唐长孺教授整理出版了《曹操诸葛亮著作选注》一书，又曾参与杭州大学著名楚辞专家姜亮夫先生《楚辞今绎讲录》整理工作。1978年至1979年，北京大学中文系主办了一个全国青年教师研修班，我有幸被选送进入该班专习中国古代文学。北大中文系给我指定的导师是彭兰教授，彭先生是西南联大高才生，是她的同乡闻一多教授的嫡传弟子，我在北大一年多，每周两次到彭先生府上接受她的训导。此外，北大中文系的陈贻焮、袁行霈、费振刚、沈天佑、周强等诸多教授都亲自给我们授课，当时健在的古汉语大家王力先生、现代文学大师王瑶先生也给了我们极大的影响。1978年6月至7月，恰逢著名学者叶嘉莹教授在北大中文系讲学，我们也全程参与学习。同时，北大中文系还安排我们在校内外听侯仁之先生的"历史地理"、张岱年先生的"哲学史"、高明先生的"文字学"、郭预衡先生（北师大）的"先秦文学"、韩兆琦先生（北师大）的"《史记》研究"等专题讲座。这些都极大地丰富了我的学术素养。

　　我之所以十分虔诚地提到上述大师们，是为了说明文脉的延续是可以溯源的，文化也是需要传承的。人们的师承中，有的是学术偶像，会以光芒照耀着你；有的是学业导师，会用知识滋养着你；有的是工作同事，会以传统影响着你。而我，就像一棵小草，是在日月星辰照耀、甘霖雨露滋润之下成长起来的。我接受他们的教育，有时是在课堂上，有时是在课余生活中。我至今仍保存着一书柜纸质发黄的当年听课笔记，以及在补课、"开小

再版后记

灶"时先生写给我的、勉励我进步的书法作品。比如，早在上世纪六十年代，我到刘博平先生家请教学问，他高兴之余赠我一个书法条幅。（博老是书法家，他的墨宝十分珍贵，仅我和李格非先生各存一帧。）我到建章先生家，他也有书法作品赠我。我十分崇拜数学家李国平教授，因为他同样是一位诗人、书法家，他的墨宝我保存了两幅，有一幅是他写来勉励我的："长江纳众水，百折不回头。大海能容物，滔滔向海流。"我还保存有书画家、诗人闻钧天先生送给我的书法奇珍，是他八十四岁时怀念其兄闻一多的诗句："云天雁足如能寄，含笑应归看杜鹃。"此外，还有陈贻焮先生赠我手书《珞珈绝句》等。有了这一切耳濡目染，薪火相传，我怎能不热爱中国传统文化？又怎能不沉迷于中国古典文学，尤其是古诗词的学习、研究中？

我所从事的工作是讲授中国文学史和中国传播史，在四十余年的教学实践中，我将从前辈那里汲取来的知识和自己思考的心得融汇成讲稿，编写作教材，凝聚为论著，传授给学生。其中有几个知识点受到学生或其他听众、读者的欢迎，于是我又将其提炼成文化讲座，如"屈原与楚辞""司马迁与《史记》""曹操与建安文学""蔡文姬与《悲愤诗》""诗仙李白""诗圣杜甫""白居易与《长恨歌》""小李杜与晚唐诗歌""李后主和他的词""杰出的女词人李清照""辛弃疾与南宋爱国词派"等，甚至包括"闲读《水浒》"这样的专题。这些讲座也受到传播媒体的关注，于是在2003年至2005年，中央电视台《百家讲坛》栏目邀请我主讲了"怎样欣赏中国古典诗词""李后主和他的词""屈原""司马迁"等专题，2008年上半年，上海电视台艺术人文频道邀请我讲"《水浒》新读"(系列),下半年便是前面提及的在北京电视台讲"壮哉唐诗"。其他如学校讲坛、机关企事业单位文化论坛、人员培训班,也常邀我做交流、演讲,并得到一些肯定。可以这样说,做关于唐诗的系列讲座,无论水平如何,就我而言,算是倾平生之所学,凝平生之心血,是十分认真的,也愿意与广大读者朋友分享学习心得。

"壮哉唐诗"讲座是面向所有电视观众的,这本书(《壮哉唐诗》)也是面向普通读者的,因此,它必须具备概括性、完整性、系统性、通俗性,需向读者讲清有关唐诗的几个问题,如"唐诗的基本面貌""唐诗繁荣的主要原因""唐诗发展经历了哪几个阶段""唐诗有哪些风格流派""唐诗的主要代表人物""唐诗的名篇佳作"等,都必须涉及,这样才能帮助读者全面认识唐诗——中国民族历史上这份珍贵的文化遗产的全部精华。

本书共十五讲。其中第一讲"唐诗之盛"重点介绍了有关唐诗的基本知识以及唐诗繁荣的社会、历史、文化背景,为读者进一步欣赏唐诗打一个良好的基础。这一讲,我特别指出:"唐代真正称得上是'诗的时代',当时人们写诗就像今人使用网络一样普及,现今中国有多少网民,如同唐代有多少诗人。唐诗,实际上是当时的通俗文学,离大众很近,离时代很近,是人们用来表达思想情感、表现社会生活的一种工具。它在当时不神秘,今人读来也并不神秘,它离我们很近!"这将文学与时代文化特征联系起来了。同时,我还认为:唐朝建国以来,先后经历了贞观之治和开天盛世,社会呈现出疆域辽阔、民族融合、政治稳定、经济发展、人民安居乐业的繁荣景象,唐王朝"处在中国封建制

再版后记

度运行一千多年、已经达到顶峰的时期,是当时世界上首屈一指的强大帝国。政治的安定和经济的发展必然导致文化的繁荣,这一切,正为唐诗的发展创造了前提"。在这种背景下,当时的诗人"一个个都非常自信,认为自己'文可以为相,武可以为将',大多具备太平盛世士人所特有的积极用世、出将入相、舍我其谁的壮阔情怀"。"唐代的太平盛世,为诗歌繁荣提供了广阔的社会平台和诗人创作的底气。"所以,"唐诗的壮美与昂扬,系拜时代所赐"。并且,"在唐代,中国文化中的各种艺术综合成长,高度发达,臻于成熟,呈现出五彩缤纷的光芒"。如音乐、舞蹈、杂技、绘画、书法等艺术门类,都得到了长足的发展,呈现出一片繁荣的景象,其盛况都在唐诗中得到了充分的反映,并且促进了诗歌的创作。"从综合艺术互相促进和影响的角度看,唐诗植根于如此肥沃的文化艺术土壤之中,怎能不繁荣?"这对文学作品与时代政治、经济、文化背景的关系做了一些探讨。

本书第二讲"唐诗之美",论及唐诗的阳刚美与阴柔美,还谈到唐诗的语言艺术及形式特点,指出唐诗"代表着中国古典诗歌在世界诗歌苑地中的独特体制与风格"。第三讲概述了初唐诗歌的基本特点,并对刘希夷、张若虚、陈子昂的诗歌艺术加以赏析,尤其是对陈子昂诗歌创作给予肯定,指出:"他的创作实践、他在理论上的大声疾呼,完全可以说是端正了唐诗发展的方向,为李白、杜甫等人攀登高峰开辟了正确的道路。"第四讲则重点论述盛唐诗歌特色。盛唐诗歌是唐诗繁荣的顶峰,这一时期涌现出许多在中国诗史上堪称第一流的诗人,如张九龄、孟浩然、王维、贺知章、储光羲、王昌龄、高适、岑参、李白、李颀、常建、杜甫等。在这段大约五十年的时间里，又以安史之乱为界，分为前后两期。前期以李白的诗歌为代表，散发着强烈的浪漫气息，追求进步的政治理想，抒发昂扬的胸襟抱负，表达热烈的爱国激情。诗作气象浑穆，感情强烈，情调激昂，语言纯美，集中反映了时代的进取精神，被称作"盛唐气象"。安史之乱以后的诗歌依然带着盛唐气魄，以杜甫为代表的一批诗人，敢于正视惨淡的人生和动乱的时代，为国家的安危、人民的疾苦而大声疾呼，洋溢着积极乐观的精神。盛唐诗风是壮美的，这种壮美之诗包括政治抒情诗、边塞诗，也包括写景诗，被称作"盛唐气象"。第五讲、第六讲突出介绍盛唐诗人的代表人物李白和杜甫，其标题用"仰天长啸的诗仙李白"和"悲天悯人的诗圣杜甫"，正表述了中国诗歌史上两位最伟大诗人的个性、特色。第七讲开始讲中唐诗。中唐诗歌以现实主义为其基本特色。以白居易为代表的一批诗人，倡导新乐府运动，主张"文章合为时而著，歌诗合为事而作"，用现实主义的诗歌来反映人民疾苦和社会问题，语言浅显平易，具有独特的风格。此外，由于中唐社会的衰落，知识分子参与政治的平台和机会减少。他们本身际遇坎坷，加上政治上不得志，不能够像之前的李白、杜甫甚至边塞诗派那样慷慨激昂地抒发自己的激情，内心的压抑和痛苦迫使他们在诗歌结构、艺术技巧上下功夫，出现了元稹（悼亡），韩愈、孟郊、李贺（险怪派），刘长卿、韦应物（隐逸山林而怀萧条之感），大历十才子（卢纶、吉中孚、韩翃、钱起、司空曙、苗发、崔峒、耿沣、夏侯审、李端，于悯乱哀时、应酬送别中透出伤感），柳宗元（模山范水），刘禹锡（讽刺时政）。这些诗人

再版后记

佳作，呈现出瑰丽多彩、琳琅满目的新景象，在中唐各成一派。中唐诗多以精致、含蓄、耐咀嚼而见长，诗风精美，有许多名篇佳句。关于中唐诗人，本书则重点讲述刘禹锡、白居易和李贺的诗，对其中以白居易的感遇名篇《长恨歌》《琵琶行》为代表的中唐名篇，以及刘禹锡的讽喻、怀古诗，李贺的险怪音乐诗等，都进行了重点赏析。第十一、十二、十三讲说的是晚唐诗。晚唐诗歌充满着迟暮黄昏的梦幻情调，主要有两大类型：一是以皮日休、杜荀鹤、聂夷中、陆龟蒙、罗隐为代表的一批诗人，追踪元白，以诗歌反映社会矛盾，关心人民疾苦，取得一定的成就。但他们的诗缺乏创造性，不及中唐新乐府那样美，那样深刻，但还是取得了一定的成就。二是以杜牧、李商隐、温庭筠等为代表的一批诗人，继承了中唐讲究艺术表现的传统，在艺术构思上下功夫，写了一些感伤身世、沉迷声色的诗歌。有些诗作风格清新峻拔，语言瑰丽多彩，也不乏上品。总体来看，由于唐代社会急剧衰落，唐王朝处于危亡之中，时代风气较为悲观，反映到诗歌创作中就是一种凄美。也就是说，美则美矣，是一种带有悲剧性的凄美。在晚唐众多诗人中，"小李杜"的诗也是彪炳于中国诗歌史的杰作，其中杜牧的"咏史"、李商隐的"无题"，我都做了重点介绍。

  总而言之，唐诗是中国诗歌发展的顶峰，唐代之后，中国诗歌创作渐趋没落，"诗到唐代已被做完"（鲁迅语）。但是，就唐诗自身的发展而言，它经历了开创、高峰、再盛、衰落四个阶段，这也体现了文学的一般规律。唐诗不仅属于过去的时代，而且在今天依然有着鲜活的生命力，它从不同侧面融进当今的社会生活中。唐诗名篇名句是唐诗中的精粹,千百年来被人们口耳相传,深入民心,已成为生活中的风向标和精神营养品,我们必须熟读熟记,代代相传。学习唐诗是接受一次教育,承担一份责任,获取一种享受。

本书的第十四讲,是我在北京电视台《中华文明大讲堂》做"壮哉唐诗"系列演讲时,定期播出档适逢我国民间传统节日中秋节,于是穿插了"中秋节与咏月诗词"的内容。这一讲写的是有关月亮的话题,其中大部分内容还是讲唐诗,有许多咏月的名篇,分析起来感触人情,切近事理,相信读者仍会喜欢它。最后一讲"屈原与端午节",看起来与唐诗无关,但缘起于"壮哉唐诗"开讲那一天(2008年6月5日)正值中华民族民间传统节日端午节前夕,遂应电视台之邀,先讲屈原与楚辞,也算是打开中国诗歌发展的源头大门,以导出唐诗,从而帮助读者理解唐诗乃中华民族"诗中的诗""顶峰上的顶峰"(闻一多语)之论断。

《壮哉唐诗》最初由华艺出版社出版,至今已十余年,社会上仍不乏读者。很多学校、机关、企业的学习培训,都希望能得到此书,台湾地区高校学生还组织了一个"《壮哉唐诗》读后感"写作竞赛,这令我有些欣慰。今年4月间,我与商务印书馆厚艳芬编辑谈及此书的出版发行情况,她热情建议我修订再版。我听从了她的意见,并在她的指导下对原书进行修改。但是,书中所讲内容,当年从课堂教学搬到电视屏幕,已经显得有些仓促;然后再由电视讲稿整理成书,更嫌准备不足。今天再读,仍觉得许多地方值得斟酌,原书修改任务不小。而我年逾古稀,虽已退休,但尚有不少未竟工作要做,精力有限,效率不高,又逢社会

再版后记

上新冠肺炎大流行特殊时期，拖拖沓沓将原书重读两遍，并随手修订补充，校正了一些错讹之处，增加了一些新的观点（有些语言表述和例证今天看来似显"陈旧"，但出于对时光的尊重，此次修订便一仍其初）。今日之我，不过一介老朽，没有什么团队相帮，修订工作仅赖我的孙女李承原协助，查找资料，考订文字，我的儿子李微，繁忙工作之余帮我打印、校对全部书稿。没有家人的帮助，我也许一事无成。并且，在我将全部修订稿呈交出版社之时，又生出许多关于几十年前学习生活的回忆与感慨，写出来，以期能对读者，特别是对年轻朋友有所启发、借鉴，于是有了以上的"再版后记"。希望读者理解作者的苦心，并对本书提出批评意见。

本书能够再版，承蒙厚艳芬、白彬彬、黄御虎等编辑的鼓励和推进，商务印书馆相关负责人和诸多专家也给予了很多帮助，在此一并致谢！

李敬一

2020年6月1日

于武昌珞珈山